驴皮记

[法] 巴尔扎克 著
郑永慧 译

中国友谊出版公司

图书在版编目（C I P）数据

驴皮记 / (法) 巴尔扎克 (Balzac,H.) 著 ; 郑永慧译. — 北京 :中国友谊出版公司, 2011.12（2022.3重印）
ISBN 978-7-5057-2929-2

Ⅰ. ①驴… Ⅱ. ①巴… ②郑… Ⅲ. ①长篇小说－法国－近代 Ⅳ. ①I565.44

中国版本图书馆CIP数据核字(2011)第222589号

书名 驴皮记
作者 [法] 巴尔扎克
译者 郑永慧
出版 中国友谊出版公司
发行 中国友谊出版公司
经销 新华书店
印刷 文畅阁印刷有限公司
规格 889 × 1194毫米 32开
9.25印张 193千字
版次 2012年10月第1版
印次 2022年3月第4次印刷
书号 ISBN 978-7-5057-2929-2
定价 49.80元
地址 北京市朝阳区西坝河南里17号楼
邮编 100028
电话 （010）64678009

巴尔扎克（1799—1850）

19 世纪法国伟大的批判现实主义作家，欧洲批判现实主义文学的奠基人和杰出代表。与莎士比亚、托尔斯泰并誉为“人类为自己建立的三座丰碑”。

人的欲望越多，生命就会越短

La peau de chagrin

B a l z a c

目录

献给

科学院院士萨瓦里先生

引自斯特恩的《特里斯特拉姆·香迪》第三二二章[1]

① 斯特恩（1713—1768），英国小说家。在四十六岁时出版了他的第一部小说——《特里斯特拉姆·香迪的生平和见解》，其中有一章的插图是一条蛇形曲线，表示人生命运的曲折。

La peau de chagrin

B a l z a c

第一部

法宝

去年[①]10 月末，在赌场开馆的时刻，一个青年走进了王宫大厦[②]，毫不犹豫地踏上了三十六号赌馆的楼梯。赌博这种恶习之所以受法律保护，让人开设赌馆，主要是因为可以征税。

“先生，请把帽子给我！”栏杆后面一个蹲在阴暗角落的小老头子突然站了起来，用干巴巴的声音带点责备的口气向他叫喊，这小老头子面色苍白，模样儿像是按照非常难看的模子浇铸出来的。

一个人走进赌馆以后，按照规矩第一件事就是拿掉他的帽子。这种行为是否表演福音书里的寓言，还是神的隐喻？或者是同你订立恶毒的契约以索取抵押品的一种方法？又或是强迫你在要赢你钱的人们面前，保持恭敬的态度？抑或是潜伏在社会各个罪恶渊薮的警察，坚决要知道你的帽子店的名字，或者你的名字，如果你曾经在帽子里写上你的名字的话？又或者是要量一量你的头骨的尺寸，以便对赌徒的大脑能力，得出有益的统计数字？面对这种种疑问，行政当局完全保持沉默。可是不管怎样，要知道你向赌桌迈出一步，你的帽子已经不属于你，正如你的整个人已经不属于你一样，因为你在赌博，你，你的财产，你的帽子，你的手杖和你的大衣，都在赌博。当你走出赌馆的时候，赌神会以行

---

① 作者在篇末写下写作日期，是“1830—1831”，那么所谓“去年”当指 1829—1830；但从书中某些情节发生日期来看，“去年”应指 1830 年。

② 王宫大厦是一座带花园的建筑群，由黎希留大主教所建，1636 年赠给法国国王，称为王宫大厦。其南部建有游廊，当时是风雅的交际场所及洽谈生意所在地。

动来残酷地挖苦你，他向你表明他将你的一切还给你的时候，还为你留下了一点东西。假如你戴着的是一顶新帽子，你从这个教训里就会懂得必须定制一套赌徒服装。

青年人的帽子边缘已经有点脱毛，他把帽子递过去，换回来的是一张有号码的卡片，脸上露出吃惊的样子，这就足够说明他的灵魂还很纯洁，也使那个从年轻时起就卷进赌徒们沸腾的娱乐生活的小老头子，向他瞟了一眼。老头的眼光呆滞而毫无热情，一个哲学家可以从中看出医院病人的凄惨，破产人的漂泊流浪，一大堆窒息的纪录[①]，终生的苦役，流亡到夸萨夸尔科斯[②]等人生经历。这个人一副长脸，脸色煞白，说明他目前只靠达赛[③]的廉价汤来营养；他的模样，正是赌博的惨白形象的赤裸裸的暴露。他脸上的皱纹，隐藏着旧日受尽折磨的痕迹，他一定是领到他的那份微薄的薪金以后，当天就去赌光。他像驽马一样，鞭子在他身上再也不起作用，没有什么能使他打一个寒战。输光了的赌徒走出大门时的长吁短叹，他们的默默咒骂，他们的呆滞目光，都不能使他有丝毫激动。他就是赌神的化身。如果那个青年仔细观察一下这个看门狗的悲惨样子，也许他就会说："这个人的心里只想着赌博！"这个活的样板大概是上帝特意安置在那里的，正如上帝将令人讨厌的标志放在所有藏垢纳污处所的门上一样，可惜这个活忠告没能使青年听从，他坚决地走进了大厅。厅里金钱的铿锵声对充满贪婪的人心，正在施展勾魂摄魄的魅力。这个青年大概是受了让·杰克·卢梭全部雄辩的话中最符合逻辑的一句话的驱使，才到这儿来的。这句话的悲惨内涵是这样的："是的，我理解一个人可以去赌博，因为那时候他只剩下最后一块银币，

---

① 指投水自杀者被救起后，警察的讯问笔录。

② 夸萨夸尔科斯是墨西哥一座城市和一条河流的名字，位于墨西哥特旺特佩克地峡，是离法国十分遥远的地方。

③ 达赛（1725—1801），法国化学家。

除了一搏便只能投入死神的怀抱了。”

傍晚时分，赌场宛如一首庸俗的诗歌，可是非常动人，就像一出流血的悲剧那样。大厅里挤满了观众和赌徒，一些贫穷的老头子，为了取暖，也在那里流连忘返。到处都是激动的面孔和狂欢的场面，这些从喝酒开始的狂欢，必然以跳进塞纳河而终结。尽管大厅里充塞着赌徒的气味，由于登场人物过多，使人无法看清赌博恶魔的真面目。夜场赌博是一首真正的重唱曲，整队人都在叫嚷，乐队的每件乐器都在抑扬地奏出自己的旋律。你可以看见许多有身份的人到这儿来花钱找乐，就像他们花钱看戏和上馆子一样，也像他们到娼寮去花钱购买三个月刻骨铭心的悔恨一样[1]。可是你能理解一个焦急地等待赌馆开门的人，心中多么兴奋和心跳得多猛烈吗？早上赌徒和晚间赌徒之间的差别，就像一个懒洋洋的丈夫同一个在情妇窗下等待得差不多要昏倒的情夫之间的差别一样。只有在早上，突突直跳的赌瘾才会发作，十足骇人的需要才会出现。这种时候，你可以欣赏到一个真正的赌徒，他不吃、不睡、不过日子、也不思想，因为他受尽了赌输后下加倍赌注赢回来的煎熬，受尽了急切希望在“三十与四十”[2]纸牌赌上赢一注的折磨。在这个可诅咒的时刻，你会遇见冷静得可怕的眼光，使你瞧得发呆的面孔，想将纸牌掀起来并把它吞掉的视线。因此赌馆最壮观的时刻是它开馆的时候。如果西班牙有斗牛，罗马有角斗士，巴黎也有王宫大厦足以自傲，这里刺激神经的轮盘赌，给人以欣赏血流成河的快乐，却不至于在血泊中滑倒。你要偷看一眼这个竞技场吗？请走进去吧！……装修多么简陋啊！墙壁上糊满了油垢斑斑的纸，高与人齐，却没有一幅使人灵魂清醒

① 指染上性病。

② “三十与四十”是一种纸牌赌博：庄家抽牌，排成两行，A为一点，人头为十点，其余照牌面数算；两行相对应的牌点数相加应在三十与四十之间，最接近三十一点者胜。

的画像，连钉子也没有一颗，想自杀也不容易。地板又破又脏。大厅中间有一张长方形的桌子。一些简陋的草垫椅子密密地围绕桌子摆着，桌上的绿台毯已被金币磨损，这一切，说明到这儿来为着发财和奢侈享受而丧命的人们，却奇怪地对这些毫不奢侈的陈设一点也不在乎。这种人间的矛盾现象只要内心对自己起了强烈的反作用，便随处可见。一个情郎总想将自己的情妇放置在绮罗堆中，给她穿上东方柔软的丝绸，然而多数时间他却在简陋的床上占有她。野心家梦想达到权力的顶峰，然而自己却不惜匍匐在地奴颜婢膝。商人躲在一间又潮湿又不卫生的铺子里无声无息地小本经营，赚了钱他盖了一座高楼大厦，然而他的儿子，过早到来的继承人，将因兄弟打官司而从大厦里被赶出去。总之，世上还有什么东西比一家赌馆更能使人不快的呢？这是一个奇特的问题！人类是喜欢用反面同正面对比的，他用眼前的痛苦来欺骗将来的希望，又用不属于自己的将来，来欺骗眼前的痛苦，他使自己的一切行为，都带上前后不一致和软弱的性质。在人世间只有灾难是完整无缺的。

青年走进大厅的时候，已经有了几个赌客。三个谢顶的老头子，懒洋洋地围着一张绿台毯的赌桌坐着。他们的像石膏一样的脸，同外交官的脸一样毫无表情，说明他们的灵魂早已麻木不仁，他们的心好久以来已经不会激动，即使将老婆的陪嫁财产拿去孤注一掷也无动于衷。一个黑头发、橄榄色面孔的意大利青年，支着肘子，静静地坐在赌桌的一端，似乎在倾听注定要在赌徒耳边秘密叫喊的输赢预告。这个南国青年满脑子里都是黄金和激情。有七八个旁观者站在那里，排成一长行，等待着观看命运变幻的各种场景，观看赌徒的模样，金钱和钱耙的移动。这些无所事事的人们静静地站在那里，动也不动，集中注意力就如同老百姓在刑场上观看刽子手杀头一样。一个又高又瘦的男子，穿着旧西服，一手拿着记录簿，一手拿着大头针，来登记红方和黑方的获胜次数[①]。他是现代的一个坦塔罗斯[②]，完全同本世纪的一切享乐不沾边；他是一个没有财富的守财奴，只能以想象中的赌注来赌博；他是一个有点理智的疯子，惯用幻想来安慰自己的穷苦，对待罪恶和危险有如年轻的神父在主持普通弥撒时对待耶稣圣体一样。在庄家的对面，有一两个善观赌运的精明的投机家，活像古代的苦役犯，面对着苦役船也不害怕一样，走到庄家的对面，碰碰运气赌三次，赢了就走，他们就靠赢来的钱过日子。两个上了年纪的侍者，抱着胳膊，懒洋洋地在大厅里踱步，不时通过窗户向花园张望一下，似乎要将自己在玻璃上压扁的脸，作为招牌，向行人显示一下。庄家和副手用惨白的眼光向下赌注的人们投射致命的一瞥，然后用尖细的声音喊道："下赌注吧！"这时候青年推门进来。场内的空气显得更静寂，大家都好奇地掉转头来朝着他。这真是闻所未闻的怪事！老头们发呆了，职员们愣住了，看客们，包括那个入迷的意大利人在内，所有的人看见那个陌生人的时候，都涌现了一种可怖的感觉。在这个大厅里，痛苦应加以掩饰，贫困应表现出快乐，绝望应保持稳重，那么，要叫人怜悯，不是必须表现出十分不幸吗？要得到同情，不是必须显得软弱无能吗？要想使这里的人灵魂受到震动，不是必须有一副凄凉可怕的外表吗？这三者在这个青年身上都具备，他一进来就给人一种全新的感觉，把所有冰冷的心都震撼了。在法国大革命时期，不是也有不少刽子手，为他们即将斩首的处女的满头金发而流泪吗？

赌客们一眼就看出这位新赌客脸上有可怕的秘密，他的青春

① 玩"三十与四十"，纸牌分成两行，一行是红方，一行是黑方，获胜次数分开计算。

② 坦塔罗斯是希腊神话中的吕狄亚王，被神罚站在水中，他口渴想喝水时，水就减退；他头上有果树，肚子饿想吃果子时，树枝就升高，一切他渴想的东西都不能得到。

焕发的容貌覆盖着一层阴霾，他的眼光证实他的种种努力都白白费掉，他的无数希望都成了泡影！可悲的藏而不露的自杀念头，给他的前额添上一层病态的灰白色，苦笑使他的嘴角出现了浅浅的皱纹，他的整个容貌表现出听命运摆布的神态，使人看了很不舒服。他的眼睛深处闪烁着隐秘的天才，而眼神暗淡，也许是娱乐生活过分疲劳所致。他的高贵面孔，以前既纯洁又热情，如今既堕落又颓唐，是不是放荡生活在上面打下了肮脏的烙印？他的眼皮上有黄圈，脸颊上有红晕，医生们一定会归咎于心脏和肺部有病，而诗人们则认为这些痕迹是钻研学问和灯下苦读所造成的。可是，比疾病更致命的恶习，比学习和钻研更残酷的疾病，使这颗年轻的脑袋变了样：富有生命力的肌肉萎缩了，只稍为接触过美酒、学问和疾病的心被绞碎了。他的进入大厅，如同一个恶名昭著的罪犯走进监狱，受到其他罪犯恭恭敬敬的迎接一样，眼前这班人世间的恶魔，折磨人的专家，也在向一个他们从未见过的痛苦致敬，向他们用眼睛探测的深深的创伤致敬。他们从他的一言不发的嘲讽中认出了他的王家气魄，从他的破旧衣服中认出了他的风度翩翩，他是他们的王子！青年的确穿着一件很雅致的燕尾服，可是背心和领带之间接合得非常巧妙，使人怀疑他里面是否还穿着衬衫。他的那双像女人的手是否干净实可怀疑，因为他已经两天不戴手套了！庄家副手同赌场侍者们看见他就打起寒战，那是因为在他的细长、灵巧的身躯和他的稀疏的天然金色鬈发里，还残留着天真淳朴，散发着魅力。他的模样儿只有二十五岁，他的嗜赌似乎纯出偶然。他正在以旺盛的青春活力，同放荡生活做斗争。光明与黑暗，生和死，在他身上进行着搏斗，因而同时出现了高雅和下流。他像一个失掉灵光的天使，迷了路，才到这儿来。因此所有在场的诱导别人做坏事的老行家们，宛如一个掉了牙的老虔婆，眼见一个漂亮少女即将堕落，动了恻隐之心，也几乎要向这位新手叫喊："离开这里吧！"可是新手笔直走到赌桌旁边，站在那里，毫不犹豫地把手中的一块金币扔到绿毯子上去，金币滚到黑方；然后，他又像一切有魄力的人一样，痛恨争论和多疑，他用既激动又冷静的眼光向庄家助手瞟了一眼。他的赌注引起大家的极大关注，以致那些老头子都不下注了，只有那个意大利人，以赌徒的狂热，突然心血来潮想出了一个好主意，将一堆金子押在红方，和陌生人恰恰相反。庄家竟忘记了叫喊："下注！——下注完毕！——不能更改！"这几句话因为每天重复多次，最后竟变成了沙哑而含糊的喊声了。庄家助手把牌摊在桌子上，似乎在祝愿新来的赌徒交好运，他本来就对承办这些黑色娱乐的老板们能否赢钱毫不关心。每位观众都想从这块金币的命运中看到一出悲剧，看到高尚人生的最后一幕；他们的眼睛闪闪发亮，全神贯注地盯着那些决定命运的纸牌。可是尽管他们仔细地轮流察看青年和纸牌，他们也无法从青年冷冰冰和无所谓的脸上看出有任何激动的痕迹。庄家助手正式宣布："红方双数胜，下新注。"意大利人看见庄家把折叠着的纸币一张张地扔到他的面前，不由得深深地喷出一口气。至于那个青年，直到钱耙子伸出来把他的最后一枚拿破仑金币带走的时候，他才明白他一败涂地了。象牙钱耙子碰到金币发出干巴巴的声音，金币像箭一样迅速归并到庄家面前那堆金子里。青年慢慢地闭上眼睛，嘴唇发白，可是他很快就睁开眼皮，嘴唇重新出现珊瑚红色，装出一副看破红尘的英国人模样，走了出去，并没有像别的输钱赌徒那样，用令人心碎的眼光，投向观众，乞求怜悯。在这世界上，一秒钟时间，骰子的一掷，会发生多少事情啊！

赌场的一个收银伙计在沉默了一阵以后，用拇指和食指拈起那枚金币，给在场的人瞧瞧，微笑着说：

"这一定是他的最后一颗子弹了。"

“他是一个爱冒险的狂热者，准会去投水。”一个赌客环顾四周回答；他是赌场的老主顾，同周围的赌客都彼此熟识。

一个侍者吸了一撮鼻烟大声说了一句：“啊！”

“可惜的是我们没有跟着这位先生下注。”一个老头子指着意大利人对同伴们说。

大家都一齐瞧着那位幸运的赌客，他正在用哆嗦着的手去数钞票。

他说：“我听见一个声音在我耳边叫喊：‘赌神会因青年人的绝望而惩罚他’。”

庄家说：“他根本不会赌，如果他是内行，就该把金币分三份下注，这样他赢的机会就多一些。”

青年没有要回帽子就走过去了，那个看门的老头，注意到帽子的破旧，一言不发地把帽子还给他，青年机械地递还了牌号，走下楼梯，嘴里吹起罗西尼的名曲《让心儿狂跳》，吹得那么轻，连他本人也听不见那优美的旋律。

他很快就穿过王宫大厦的长廊，一直走到圣奥诺雷街，向杜伊勒里公园走去，犹犹豫豫地走过公园。他像在沙漠里行走一样，看不见同他擦肩而过的路人，在嘈杂的人声中他只听见一个声音——那就是死神的召唤；最后，他完全陷入毫无知觉的沉思状态中，宛如从前那些关在小车内，朝沙滩广场的断头台驶去的罪犯所陷入的状态一样，这个断头台自从 1793 年以来已经被鲜血染红了。

自杀包含着不知什么伟大和恐怖的因素。有许多人的垮台是没有危险的，像孩子们从极低处跌下来没有危险一样；可是一个伟大人物的倒台就不一样，他准是从很高处掉下来的，他已经爬得那么高，一直到了天上，窥见了常人不可进入的某种乐园。他在人生途中所遇见的暴风雨一定是难以平息的，所以才迫使他求助于手枪的枪口，以得到灵魂的平安。多少困居斗室的天才青年，由于在茫茫人海中缺少一位朋友、一个女人来安慰他们，只好面对着厌倦了金钱和感到无聊的人群慢慢地枯萎，以至死亡。一想到这一点，自杀的念头便百倍增长。在自杀同饱含希望到巴黎来的青年之间，只有天知道有多少观念，多少弃置不用的诗篇，多少绝望和压抑的喊声，多少无益的尝试和未成功的杰作，在互相矛盾冲突。每一次自杀都是一首雄伟壮丽的悲歌。试问，在浩瀚的文学海洋中，能否找到一本浮出水面的书，在才华上能同下列花边新闻比美的呢？

昨天下午四时，一少妇从塞纳河艺术桥上投水自尽。

这条简练的巴黎新闻，足以使一切剧本和小说黯然失色，包括这个古老的书名在内：《光荣的卡埃那万国王，被子女囚禁在狱里的哀歌》；这是一本失传的书的残篇断简，唯一使斯特恩读了后潸然泪下的书，斯特恩本人就是抛妻弃子的。

无数类似的思想正在袭击那个陌生青年，这些思想像破布一样掠过他的心头，就像许多破旗子在一场战斗中拂扬一样。有时他临时卸下思想和回忆的重负，欣赏一下在万绿丛中迎风摆动的花儿，可是过不多久，求生的意志同自杀念头的对抗又使他吃了一惊。他抬头仰望天空，只见空中到处是灰色的云，一股股满载伤感的阵风吹来，气氛十分压抑，像是在劝告他还是死了好。他一边向王家桥走去，一边想着以前自杀的人在最后时刻所做过的怪事。他想起了卡斯尔雷爵士[①]在割断脖子之前先满足了最平常

① 卡斯尔雷（1769—1822），英国政治家。巴尔扎克将他的姓 CASTLEREAGH 错拼为 CASTELREAGH。因受众人憎恨，难以忍受而自刎。

的方便需要，而奥日[1]则找到自己的鼻烟壶，以便一边走向死亡，一边吸鼻烟，他不禁微笑起来。他分析这些古怪行为，并且反躬自问，为什么他在桥上紧靠栏杆给中央菜市场的一个搬运工人让路时，搬运工人身上的白粉稍为弄脏了他的上衣的袖子，他竟然要小心地把灰沙抖掉。他走到了桥顶，用阴沉的目光俯视着河水。

“在水里淹死现在可不是好时光，”一个穿得破破烂烂的老太婆笑着对他说，“这条塞纳河，又脏又冷！”

他报以一个天真无邪的微笑，这说明他的勇气已鼓到了极点。可是突然间他远远地看见了杜伊勒里公园码头上的木屋，屋顶上竖起一块招牌，写着尺把高的大字：“窒息者急救处”，他不由得打了一个寒战。他的眼前仿佛出现了满怀博爱精神的德舍[2]先生，他拿出乐于行善的船桨，飞快地划动，溺水的人如果不幸浮出水面，船桨就会砸破他们的脑袋。他又仿佛看见德舍先生招惹了许多好奇的围观者，找来了医师，准备好熏蒸疗法；他仿佛读到了新闻记者发牢骚的消息，这消息是在一场欢乐的宴会和一个舞女的微笑之间写的；他仿佛听到船夫们数金币的声音，那是塞纳河的市政长官为了捞起他的尸首而赏给船夫们的。他死了倒值五十法郎，他活着只不过是一个没有人提携的天才。没有朋友，贫无立锥之地，没法吸引人注意；一个社会上无足轻重的人，对国家无用，国家也毫不关心他。他认为在光天化日下自杀太不像话了，他决定在夜间死亡，以便留下一具难以辨认的尸首给这个忽视他的崇高生命的社会。于是他继续往前走，向伏尔泰码头走去，他的懒洋洋的步伐活像一个无所事事的人在消磨时光。当他走到桥的人行道尽头，在码头的角落上正要走下石级时，摆在栏杆上的旧书吸引了他的注意，他差点儿就想讨价还价

① 奥日（1772—1829），法兰西学院院士，投塞纳河自杀。

② 德舍是当时塞纳河救溺委员会的督察。

买几本。他猛然醒悟，微笑起来，以达观的态度把两手插进背心的小口袋里，正要以无忧无虑和冷漠地蔑视一切的神态继续走路的时候，他忽然听到衣袋深处有几枚钱币非常怪异地在叮当作响，这使他惊讶不已。一个充满希望的微笑立刻闪耀着他的脸，而且从嘴唇上扩散到整个脸部，扩散到前额，使他的眼睛和阴郁的双颊都发出快乐的光芒。这颗幸福的火星颇像一张烧毁的纸上的火迹，不久就变成黑灰了，青年的脸也是一样，当他迅速地从衣袋里抽出手，发现只有三个苏[①]时，他又变得愁容满面了。

“喂！好心的老爷，做做好事吧！做做好事吧！为了圣女卡特琳娜[②]，给一个苏，让我买点面包吧！”

一个扫烟囱的小伙子，面孔浮肿，脸色乌黑，浑身皮肤被煤灰染成炭褐色，衣服破烂不堪，伸出手来想拿走他的最后几个苏。

离萨瓦小伙子两步远，一个羞羞怯怯的老穷汉，满脸病容，浑身是病，不要脸地披着一条七穿八洞的破毯子，用粗哑的声音对他说：“老爷，随您的意思给点钱吧，我会为您祈祷上帝的……”

可是青年望了老头一眼以后，老头立刻不作声，不乞讨什么了，也许他已经从青年沮丧的脸上看出来他的处境比自己更糟。

“做做好事吧！做做好事吧！”

青年把手里的几个苏给了小伙子和老穷汉，自己离开了人行道，向商店走去，塞纳河的令人揪心的样子实在使他受不了。

“我们祷告上帝让您长命百岁。”两个叫花子对他说。

他来到一家图片商店的橱窗前面，这个差点儿死去的青年，撞见一个年轻女人正从一辆金碧辉煌的豪华马车上下来。他尽情

---

① 苏，法国辅币名，相当于二十分之一法郎，即五生丁。

② 求乞的扫烟囱工人是萨瓦人。萨瓦与意大利接壤，所以求乞者夹杂着意大利语，这三句话原文是意大利文：“La carita！ La carita！ catarina！”

快意地欣赏这位迷人的佳丽，她的粉脸被一顶时髦帽子的缎子边檐十分和谐地裹住。他更着迷于她的苗条身材和漂亮的举止。她的长袍下摆被马车的踏脚微微地掀起一角，让他透过紧紧地裹着的白色袜子看到大腿的美丽的轮廓。年轻女子走进商店，讨价还价买了几本画册和一些石印图画，一共花了好几个金币，这些金币在柜台上闪闪发光而且铿锵作响。青年表面上站在门口注视着那些陈列在橱窗里的图画，实际上却飞快地向漂亮的陌生女人送过去一个媚眼，这是一个男人所能投射的最敏锐的眼光，他得到的回报是一个漠不关心的、偶然向过路人投去的眼色。在他说来，这就等于向爱情告别，向女人告别！可惜他的最后而强有力的试探，没有被对方理解，没有打动这轻佻女人的心，没有使她脸红和低垂双眼。这对她意味着什么呢？不过又一次被人爱慕，又一次挑逗起男人的情欲，使她到了夜晚就可以对自己说这句很中听的话：“我今天很美。”青年很快就走到另一个橱窗前面，那个陌生女人上马车的时候，他连头也没有回过来。马车走了，这个奢侈和豪华的最后象征消失了，正如他的生命即将消失一样。他以忧郁的步伐沿着商店走过去，没有多大兴趣观察那些商店陈列的样品。等到商店看完时，他就仔细观察罗浮宫，法兰西学院，巴黎圣母院的钟楼，高等法院的塔楼和艺术桥。这些宏伟的建筑物反映着天空的暗灰色，使自己的外表显得凄凄凉凉，天空射下来稀少的亮光，给了巴黎一种可怕的气氛，宛如一个漂亮妇人，时而丑，时而美，难以解释。这样说来，大自然本身也参与了阴谋，一起把垂死的人投入痛苦的神志恍惚中。他受有害健康的力量所折磨，这种力量的溶解作用找到了流通于我们神经系统中的流体作为媒介，使他觉得自己的机体不知不觉地处于流动变幻中。这种临终的痛苦使他产生同波浪一样的起落动荡，使他看到的建筑物和人群，都像隔着一层雾，一切东西都在雾里起伏波动。他想摆脱这种肉体反应在灵魂上造成的不安，便走向一家古董店，想给他的感官一点精神食粮，或者在店里为那些艺术品讨价还价直到天黑。这就等于鼓一鼓勇气，或者服一帖补药，因为他就像那些走向断头台的罪犯一样，怀疑自己的力量；可是青年意识到自己即将死去，顿时又恢复信心，像一个同时有两个情人的公爵夫人。他带着轻松的神气走进古玩店，嘴角像醉汉那样挂着固定的微笑。难道他不是醉倒在生存中吗？也许是死亡中？不久他又陷入昏乱状态，看到的事物都呈现奇异的色彩，或者正在蠕蠕而动，其起因一定是由于他的血液循环不正常，一会儿像瀑布那样沸腾，一会儿又像温水般平静和无味。他只要求逛一逛商店，以便搜索一下，商店内是否藏有他中意的奇珍异宝。一个年轻的伙计，胖胖而红润的脸，赭红头发，戴着一顶水獭皮的有舌帽，把看守商店的责任，交给一个乡下老太婆。她是一个女的卡列班[①]，这时候正在忙于揩拭一只炉子，炉子的花纹精美绝伦，是贝尔纳·德·帕利西[②]的天才杰作。年轻的伙计对客人说：

“您瞧，先生，您瞧！我们在楼下只有普通商品，如果您不嫌麻烦登上二楼，我可以让您看到从开罗来的完美的木乃伊，几种镶嵌的陶瓷器，一些雕刻的乌木，真正的文艺复兴时代作品，最近新到的货，精美绝伦。”

对于处在绝境的陌生青年，这一大堆废话，这些愚蠢的商业辞令，对他说来就像庸人用来杀害天才的低级趣味的玩笑。他决心把十字架背到尽头，装出倾听那位导购介绍的样子，用些手势或者唯唯诺诺来回答他。可是不知不觉间他取得了保持沉默的权利，而且能够毫无畏惧地进入最后的沉思，这些沉思是可怕的。

① 卡列班是莎士比亚神话剧《暴风雨》中的一个侏儒，父亲是魔鬼，母亲是女巫，喜欢恶作剧，敌视现存秩序。

② 贝尔纳·德·帕利西（约 1510—1589 或 1590 年），法国陶瓷专家。

他是诗人，他的灵魂意外地遇见一片一望无涯的牧场，他应该有可能看到二十个世界的残骸了。

第一眼看去，商店给他的印象是一切都杂乱无章，人造的东西和神圣的东西在那里打架。鳄鱼、猴子和蟒蛇的标本在对着教堂的彩绘玻璃微笑，似乎想咬那些半身雕像，又像是追逐那些漆器，或者爬上那些玻璃吊灯。一只塞夫勒产的瓷瓶，上面有雅各托夫人[1]画的拿破仑像，放在一只奉献给塞索斯特里斯国王的狮身人面雕像旁边。混沌初开和过去历史上发生的事件，用古怪的天真手法结合在一起。一只旋转烤叉放在一只圣体盒上，一把共和国的军刀放在中世纪的一柄火枪上。拉图尔画的杜巴里夫人[2]像，头上有一颗星，在云端里赤裸着身体，好像在用贪欲的眼光注视着一只印度的长管烟斗，而且尽力猜想那根对着她弯弯曲曲的螺旋形烟管，究竟有什么用处。许多致人死亡的凶器，如匕首，怪异的手枪，秘密武器，乱七八糟地同人类赖以生存的工具堆在一起，如瓷汤碗，萨克森瓷碟，中国来的半透明瓷杯，古代的盐缸，封建时代的糖果盆，等等。一只象牙船扯满了帆，正在一只一动也不动乌龟背上行驶。一台抽气机正在使面部威严而毫无表情的奥古斯特大帝瞎了一只眼睛。好几幅大革命前的法国市长和过去荷兰市长的肖像，高踞在这堆乱七八糟的古物上头，像他们生前那样冷酷无情，以苍白和冰冷的眼光凝视着这堆东西。世界各国似乎都把它们的科学残余和艺术的样品拿到这里来了。这里是一个具有哲理性的垃圾堆，什么都不缺乏，既不缺野蛮人的长烟斗，也不缺土耳其宫廷的绿色和金色的软鞋，既有摩尔人的弯刀，也有鞑靼人的偶像。这里甚至有大兵的烟袋，教士的圣体盒，国王宝座上的羽饰。这些奇形怪状的画面，由于受到千万

① 雅各托夫人（1778—1855），帝国时期著名的瓷器艺术家。

② 杜巴里夫人（1743—1793），法王路易十五的情妇。

种反光的变化和突然的明暗对比而显得光怪陆离。耳朵里仿佛听到连续不断的喊声，心灵上感觉到有未完成的悲剧，眼睛里如同看见了遮掩不住的光线。最后，一层执着的灰尘覆盖着所有这些东西，它们的各种不同的角度和无数起伏不平的线条，产生了最为别致动人的效果。

陌生青年起初把这三间塞满了文明、宗教、神道、杰作、王朝、奢华、理智和疯狂的大厅，比作一块多面镜，每一个镜面代表一个世界。经过这个朦胧的印象以后，他想选择自己的享受了，可是由于观看、思索和幻想过多，他竟发起烧来，也许是饥饿所致，他的肚子里正饿得咕咕叫呢。看了这许多被人类生存所证实的国家或个人的成就，陌生青年的神经麻木了；原来驱使他到这商店来的欲望已经得到了满足：他从现实生活中走了出来，逐步登上一个理想世界，到达了令人心醉神迷的魔宫里，在这里宇宙是以一块块碎片和火花的形式出现在他的眼前的，正如从前圣约翰在帕特莫斯[①]时人类未来以耀眼的光芒出现在他眼前一样。

他仿佛看见了无数人像，有痛苦的，和蔼可亲的，可怕的，昏暗模糊的，清晰明亮的，远的和近的，他们成群结队地，成千上万地，一代一代地站了起来。僵直而神秘的埃及从沙漠中耸起，由一具用黑带子捆绑的木乃伊来做代表，接着便是埋葬了无数人民为自己建造陵墓的法老们，还有摩西，希伯来人和沙漠，他似乎看到了整个古老而庄严的古代世界。一尊美妙鲜艳的大理石雕像，安放在一根螺旋形柱子上，泛出白光，向他讲述古希腊和伊奥尼亚的色情神话。啊！有谁如果看见一个棕色头发的少女，在一个精细的陶瓶里跳舞，背景是红色，面前是普里阿普斯天神[②]，她向天神欢乐地致意，能不像他那样微笑起来吗？在她

① 帕特莫斯，希腊的一个岛，相传福音书著者之一曾隐居在这里撰写《启示录》。
② 普里阿普斯天神是罗马神话里的男性生殖器之神。

的对面，一个罗马王后正在爱抚着她的一头怪兽！整个罗马帝国的放荡生活都呈现出来了，还显示了一个懒洋洋的朱丽[①]在出浴，睡觉和化妆，她情思昏昏，在想念着她的情人。西塞罗的头像由于具有阿拉伯符咒的魔力，使人回忆起当日自由罗马的景象，又仿佛翻开了李维[②]的著作。青年默默地观赏“罗马共和国”的文物：执政官，执法官的侍从官，镶红边的宽大外袍，广场上的斗争，愤怒的群众排成行列在他面前慢慢地走过，面目模糊朦胧，仿佛梦中所见的人物。最后超出这些形象的，是基督教的罗马。一幅图画打开了天国的大门，他看见了圣母玛利亚出现在金色的云端里，一群小天使围绕着她，使光辉的太阳为之黯然失色；这位再生的夏娃在倾听苦难者的哭诉，报之以温和的微笑。他用手触摸了一幅用维苏威火山和埃特纳火山的各种熔岩做成的镶嵌画，他的心立时飞向热情而野性的意大利：他参加了罗马贵族的狂欢酒席，跑遍了阿布鲁佐山区，憧憬着意大利爱情，为白皙的脸蛋和长而黑的眼睛而热情奔放。他看见了一柄中世纪的短剑，剑柄像花边一样精雕细琢，剑身的锈斑就像血迹，使人联想到情人夜间幽会，被丈夫冰冷的短剑所拆散，他不禁浑身战栗。一尊头戴尖顶帽的佛像使人想起了印度和它的宗教，尖顶帽上的菱角向上翻，挂着许多小铃，佛像身穿绣金的绸袍子。佛像旁边有一条辫子，漂亮得像当年把它盘在头上的印度舞姬，还散发着檀香的香味。一个中国妖怪，眼睛歪斜，嘴巴扭曲，四肢不整，这是一个民族用来唤醒心灵的创造发明之一，这个民族由于经常看到的都是单一的美，觉得厌倦了，便在丰富的百丑中找到了难以形容的乐趣。一只产自本韦努托·切利尼[③]雕刻室的盐瓶，把他带到了文艺复兴时代，那时候艺

① 朱丽（公元前 39—14），奥古斯特皇帝的女儿，生活很不检点，后被其父放逐。
② 李维（公元前 59—17），古罗马爱国史家，著有《罗马史》，称颂旧日的共和政体。
③ 本韦努托·切利尼（1500—1571），意大利雕刻家及金银器制作者。

术繁荣，人们生活放荡，君主们以酷刑折磨人为乐，躺在妓女怀里的主教们颁布教谕，要求普通教士遵守贞洁美德。他从一块玉石浮雕上看到了亚历山大大帝的盖世武功，从一支带信管的火枪上看到了皮扎罗[①]的大屠杀，从一只钢盔上看到了乱糟糟的、沸腾的、残酷的宗教战争。最后，从一具米兰制造，精巧地镶嵌金银丝图案而且擦得锃亮的盔甲中，他看到了骑士们的欢笑形象，帽檐下面还闪耀着游侠骑士的眼睛。

这一片家具、发明物、时装、艺术品和古董的海洋，为他构成了一首没有结束的诗篇。各种形态、颜色、思想，都在这里复活了，可是并没有向心灵提供完整的东西。伟大的画家将人生的无数偶然事件大量地、轻蔑地在这块巨大的调色板上画下草图，诗人有责任去完成这些草图。青年在游览过全世界，欣赏过许多国家、时代和朝代以后，又回到个人生活里来。他恢复了自我，注意起鸡毛蒜皮的小事，放弃了对各民族的生活的关心，因为对单独一个人说来，那是太重的负担。

这边睡着一个蜡制的小孩，他是从勒伊斯赫[②]的陈列室里抢救出来的，这个可爱的小家伙，使他想起了快乐的童年。看见塔希提岛上某个少女的一条迷人的遮羞布，他的狂热的想象立刻描绘出在大自然中的朴素生活，真正贞洁的裸体，符合人类天性的甜蜜的休闲生活，整个一生都在一条清澈、梦幻般的溪水边度过，躺在香蕉树下，这种美味的食物是天赐的，不必费力去种植。可是，突然间，他又变成了海盗，披上拉腊的服装，在这个角色身上完全体现了这首骇人叙事诗的精神[③]；上千种贝壳发出五颜六色的珠光，使他灵感大发；看见一些带有海藻、海带和大西

① 皮扎罗（约 1475—1541），西班牙殖民主义者，曾入侵秘鲁。

② 勒伊斯赫（1638—1731），荷兰解剖学家。

③ 《拉腊》，英国诗人拜伦的叙事诗，主角即为拉腊。

洋风暴气味的石珊瑚，就使他兴奋不已。再走过去一点，他欣赏到精巧的细密画和珍贵的弥撒书手稿，这些手稿都有天蓝色和金色的阿拉伯装饰以显示其富丽，他就忘却了海洋的汹涌波涛。一种宁静的想法在温柔地安抚着他，他又想重新献身于学术和科学研究，他希望过一过修道士的舒适生活，既没有烦恼，也没有欢乐，睡在修道的斗室里，从尖拱形的窗户眺望修道院的牧场、树林和葡萄园。在几幅特尼埃[1]的绘画前面，他穿上兵士的制服或者工人的破衣裳；他渴想戴一顶荷兰人肮脏而带烟灰的软帽，痛饮啤酒，同荷兰人玩纸牌，向一个长得丰满迷人的胖农妇微笑。

他看到梅伊里斯的雪景绘画时，就冷得发起抖来，看见萨尔瓦托·罗沙[2]的战场图时，立即引发了战斗的念头。他抚摩一柄印第安人的战斧时，仿佛感觉到一个印第安人正在用解剖刀剥他的头皮。一只中世纪的三弦乐器使他惊叹不绝，他将乐器递到一位贵妇人手中，傍晚时分在哥特式壁炉旁边，细细品味她弹奏的音调优美的浪漫曲，向她倾诉爱情，她的表示默许的眼光在昏暗中消失了。他紧紧地抓住所有的乐趣，也不放弃所有的痛苦，遍尝所有的生活方式，毫不吝啬地将自己的生命和感情洒在这些虚假而造型美观的模仿自然物上，以致他的脚步声在他的灵魂里回响，好像巴黎市街的闹声传到圣母院的钟楼上一样。

他踏上二楼通往各展览室的楼梯时，看见许多古代为还愿而奉献的盾牌，全副盔甲，雕花的圣体匣，木雕的头像，挂在墙上，或者放在楼梯的每一级上。这些千奇百怪的形象缠绕着他，那些处在生死界线上的奇妙创造物追逐着他，使他宛如中了魔法，在梦中行走一般。最后，他怀疑自己的生存，他觉得自己就像那些古董一样，既没完全死亡，也不完全活着。等到他走进新

---

① 特尼埃（1610—1690），荷兰画家，又称小特尼埃，所绘多为平民生活。

② 萨尔瓦托·罗沙（1615—1673），意大利画家。

的储藏室时，阳光已经开始变暗淡了；可是光线似乎对于那些堆积在这里闪耀着金银光辉的宝物不起什么作用。那些曾经是百万富翁的挥霍者，后来死在顶楼上，他们花了大把金钱任性购买的东西，如今都汇集在这间人类蠢事百货店里。一个文具盒，用十万法郎买回来，现在被人以十个苏买走，就放在一把秘密锁旁边，这把锁价值连城，过去足以抵充一个国王的赎金。在这里，充分表现了人类天才从豪华到贫困，从光荣到极度微贱的全过程。一张乌木桌子，是按照古戎[①]的构图雕花的，成为艺术家们的崇拜对象，过去要花几年工夫才雕好，现在也许只要出个买木柴的价钱便可以到手。一些珍贵的首饰盒，一些仙女巧手制造的家具，像是不值一顾地都堆放在那里。

青年走过一间间相通的房间，这些房间都是经过上世纪的艺术家们装修和雕刻得金碧辉煌的，他到了最后一间时叹道：

“你们这里藏有价值几百万的财宝！”

“不如说几亿吧！”那个胖脸的肥伙计回答。“不过这不算什么，请上四楼瞧瞧去！”

青年跟着他的向导走到第四间陈列廊，在他疲乏的眼前陆续出现的是好几幅普桑[②]的名画，一座美妙绝伦的米开朗琪罗的雕像，几幅克洛德·洛兰[③]的迷人的风景画，一幅热拉尔·劳[④]的画，就等于斯特恩的一页书[⑤]。还有浓彩重墨的伦勃朗的画，穆里略[⑥]的画，贝拉斯开兹[⑦]的画，宛如拜伦的一首诗。接着是一些古代浮雕，玛瑙杯子，妙不可言的缟玛瑙杯子！……总之，这

---

① 古戎（约 1510—1566），法国雕刻家，画家，建筑师。
② 普桑（1594—1665），法国画家。
③ 克洛德·洛兰（1600—1682），法国自然风景画家。
④ 热拉尔·劳（1613—1675），荷兰画家。
⑤ 斯特恩（1713—1768），英国小说家。
⑥ 穆里略（1618—1682），西班牙画家。
⑦ 贝拉斯开兹（1599—1660），西班牙画家。

里积存的工艺品做工之精美，使人厌恶了创作；所有的稀世杰作使人憎恨起艺术和丧失掉热情。他走到一幅拉斐尔的圣母像前面，可是他已经厌倦了拉斐尔。一幅科雷琪[①]的肖像画他甚至不屑一顾。一只用古斑岩雕成的花瓶，是只无价之宝，周围一圈刻着罗马所有最滑稽最下流的淫猥图画，是科丽娜[②]之流所最喜爱的东西，几乎没法引起他的微笑。他在已消逝的五十个世纪的废墟下被压抑得喘不过气来，人类的所有思想使他难过，奢华和艺术简直要了他的命，这些模拟的形象使他心情沉重，它们就像怪物一样，在他的脚下由狡猾的鬼怪变化出来，同他展开一场无尽头的斗争。

像近代化学可以随心所欲地把一切创造归纳成气体一样，人的心灵难道就不能迅速地将享乐、力量和思想集中起来构成可怕的毒素？许多人不就是由于身体内部受到精神酸素突然散发的袭击而致死的吗？

他走到一个大房间里，这里就是人类努力成果和一切奇珍异宝的最后堆放的处所，他指着一只用银链挂在一颗钉子上的、桃花心木制的方形大匣子问：

“这匣子里装的是什么？”

“啊！老板有这匣子的钥匙，”胖伙计带着神秘的样子说，“您要是想看看这幅人像，我愿冒险去通知老板。”

“冒险！”青年说，“难道您的老板是位亲王？”

“那我可不知道。”伙计说。

他们互相注视了一会儿，两人都感到惊讶。伙计把青年的沉默解释为同意，就留下他一个人在房间里，自己找老板去了。

---

① 科雷琪（1494—1534），意大利画家。

② 科丽娜（公元前6—前5世纪）希腊女诗人。

你在读着居维埃[①]的地质学著作的时候，是否曾经投身于无限的空间和时间中？你跟着他的天才走的时候，曾否像被一个巫师的手托着那样，在过去的无边深渊上飞翔？你在蒙马特尔石矿和乌拉尔片岩下面，一片片和一层层地找到远古时代的动物遗骸化石时，你的心灵必然惊骇，因为你看到的是几亿年时间和数以百万计的人民，他们早已被人类微弱的记忆力和消失不了的神圣传统所遗忘，他们的骨灰堆积在地球的表层，构成了不到一米的泥土，却给我们带来了面包和鲜花。居维埃难道不是我们世纪最伟大的诗人吗？拜伦用文字描绘了某种精神的激动，可是我们不朽的博物学家却用白骨来再造了各个时代的世界；他用牙齿来建造城市，就跟卡德摩斯一样；他只通过几块煤渣，就重新使几千座森林布满各种各类的动物；他从一只猛犸的脚，找到了巨兽的群落。这些形象耸立起来，扩大而且和谐地充实了同它们的巨大身体相适应的地域。居维埃是数字的诗人，他把一个〇放在一个七的旁边时简直美妙绝伦。他不必用魔术的虚假语言就使虚无苏醒过来，他检查一块石膏，查到一点痕迹便大喊："你瞧！"眼睛一眨大理石就有了生命，死人复活了，世界展现在我们眼前！经过巨兽的无数王朝和鱼类及软体动物的世界以后，终于出现了人类，也许人类是被造物主摧毁的某种巨型生物退化而成。这些刚诞生的软弱的人类，受到他的回溯眼光的鼓舞，能够越过混沌，唱起无尽头的赞歌，将宇宙的过去化成颠倒的《启示录》景象。在这些由于一个人的声音而得以复活的可怕景象面前，我们所获得的一点点时间的使用权又算得了什么？我们称之为时间的无限物，是宇宙所共有的，得到其中一分钟的生命使我们觉得可怜。我们自问，背负着亿万年废墟的重压，我们的光荣，我们的

① 居维埃（1769—1832），法国动物学家和古生物学家。

恨，我们的爱，究竟有什么意义；难道为了将来变成一个不可捉摸的小点，就应该接受生活的痛苦？脱离了现在，我们就是死人，除非猛然间我们的贴身男仆走进来对我们说："伯爵夫人回话，说她正在等候先生。"

刚才呈现在青年眼前的人类已知创造的各种奇迹，使他心情沮丧，正如哲学家以科学眼光看待人类未知的创造时一样，因此他比任何时候都更想自杀，他颓然倒在一张象牙椅上，任凭他的眼睛浏览过去时代的全貌。各种图画都发出光辉，圣母的头像向他微笑，各个雕像都染上可以乱真的有生命的颜色。他的头脑像要裂开似的有一场激烈的暴风雨正在里面沸腾，加上阴影的作用使一切都好像在跳舞，这些艺术品都在他面前摇动和旋转；每个瓷人都在向他做鬼脸，画中人物都在闭上眼睛养神。这些形体的每一个都在战栗，跳跃，都在按照自己的生活习惯，自己的性格和自己的组织结构严肃地、轻快地、优雅地或者粗暴地离开了原来的位置。这是一个神秘的巫魔夜会，比得上浮士德博士在布罗肯山上看到的怪现象。可是这些由于疲倦、视力紧张或者黄昏光线变化而产生的视觉幻象，并不能使青年人惊骇。人生的各种恐怖对于一个已经习惯于死亡恐怖的人，是不起作用的。他甚至开玩笑地帮助这些怪事出现，因为这符合他的最后想法，就是这些想法使他感到自己还活着。他的周围笼罩着太深沉的静寂，使得他不久便冒险进入柔和的梦乡，梦里的印象好像变魔术似的，随着光线的逐渐暗淡而慢慢变黑。一缕光线从天而降，同黑夜做斗争，映照出一片红霞。他抬起头，朦胧中看见一具骷髅，正在疑惑地左右摇头，似乎想对他说："死人堆里还没有你的位置！"青年用手往额角上一抹，用来驱赶睡魔，想不到他清清楚楚地发觉不知从哪里吹来一阵凉风，毛茸茸地拂在他的脸颊上，他战栗起来。玻璃窗上响起了一个低沉的撞击声，他想这个阴森冰冷的抚拂，也许是来自一只蝙蝠。在一段短时间内，落日的余晖还让他模模糊糊地看清他周围的鬼怪，后来这些静物全部消失在黑暗中。黑夜到了，自杀的时间骤然到来了。从这时起，有一段时间他对世间的一切都没有感觉，也许是因为他已落入深沉的梦乡，也许是因为他太累了，各种思想使他心乱如麻，因而陷入麻木不仁状态。猛然间他似乎听到一个可怕的声音在叫唤他，他浑身哆嗦起来，好像我们在噩梦中一下子被扔进深渊一样。他闭上了眼睛，一道强烈的光线把他照得晕眩；他睁开眼睛，看见黑暗中有一个红色光团，当中站着一个矮小老头，将一盏灯的灯光向他照射过来。他没有听见他走近，也没有听见他说话和动作。他的出现像是变魔术似的。世间最大胆的人，在睡梦中被惊醒，看见这个像从邻近古墓里钻出来的人物，也一定会发抖的。那个鬼怪似的人物双眼动也不动，放射出奇特的青春光芒，这就使青年不可能相信他是超自然的人物。然而在他从梦游回到现实生活之间的瞬间间隔中，他一定是陷入笛卡儿所推荐的哲学怀疑里，身不由己地受到不可解释的幻觉控制，这种幻觉的神秘被我们的自尊心所否定，或者是我们的科学所无法解释的。

试想一个矮小的干瘪老头儿，穿着一件黑天鹅绒袍子，腰间束着一条粗大的丝带。他的头上戴着一顶天鹅绒的无边圆帽也是黑色的，两边鬓角各露出一长绺白发，紧紧粘贴在脑门上，使前额仿佛镶着框架。他的袍子像块宽大的裹尸布掩住他的身体，只让人看见一张狭长而苍白的脸，看不出其他部分。老头儿消瘦的手臂好像一根棍子，上面被人盖了一块布，如果老头儿不是将手臂高举在空中，以便将灯光凑近青年，人家就会怀疑他的脸是悬挂在空中的了。他的灰白胡子修剪得尖尖的，遮住这个古怪家伙的下巴，他的样子很像画家们要画摩西像时，雇来当模特儿的犹太人。他的嘴唇一点没有血色，很薄，使人要特别注意才能猜得出在他苍白的脸上的那条线就是嘴巴。他的前额宽阔而满是皱纹，双颊苍白而深陷，两只绿色的小眼睛十分严峻无情，既没有眉毛，也没有睫毛，足以使青年认为是热拉尔·道所绘的《称金人》从图画里走了出来。脸上弯弯曲曲的皱纹和环绕太阳穴的褶痕说明他像审判官一样精明，对于人生万事都有深刻的理解。对这样一个人，欺骗是不可能的，而他却似乎具有天赋，能抓住别人内心深处最隐秘的思想。地球上所有民族的风俗习惯和它们的智慧都集中到他冰冷的脸上，正如全世界的产品都堆积在他的布满灰尘的店里一样。你可以从他的脸上看出来洞悉一切的神明所具有的清醒的安详，或者一个见多识广的人自豪的魄力。一个画家可以用两种画法，画出两种不同的表情，把老头儿的脸画成容貌美好的上帝，或者在旁冷笑的恶魔，因为他同时具有一个无上威严的前额和一个阴森森地冷笑的嘴巴。这个老人以无边的威力粉碎了人类的一切痛苦，他一定也同时扼杀了人世间的一切欢乐。这个濒死的青年战栗了，因为他猜到老头儿一定是居住在一个与世隔绝的环境里，而且是单独居住，没有什么享受，因为他再也没有幻想；也没有痛苦，因为他不知有欢乐。这老头儿站着，一动不动，仿佛明亮的云端里的一颗星星。他的绿色眼睛，充满一种说不出的冷静的恶意，好像在照亮着精神世界，宛如他的灯在照亮着这间神秘的房间。

青年人睁开眼睛时，他惊讶地看到的，就是这幅奇异的景象，他刚才是在种种死的念头和荒诞的形象催眠下入睡的。他醒过来后之所以未能摆脱麻木状态，之所以暂时仍然像儿童听保姆讲故事那样信以为真，那是由于他的沉思默想在他的生命和理解力上覆盖了一层薄纱，由于他的受刺激的神经产生的不快，由于激烈的戏剧场景给了他大量的装在鸦片烟里的残酷乐趣。他的幻象是在巴黎出现，在伏尔泰河堤上，时间是 19 世纪，时间和地点都表明不可能有巫术出现。何况青年是盖 – 吕萨克和阿拉戈的信徒，权贵的诈骗行为的蔑视者，他隔壁的房子就是法国怀疑大师伏尔泰的断气之所，因此他一定是受了诗意诱惑的结果，就像我们经常顺从这种诱惑以逃避绝望的现实，或者以考验上帝的威力一样。他在这灯光和这个老头儿的面前哆嗦起来，不知怎样预感到有某种奇异的能力即将发生因而激动，就与我们在拿破仑或者某个享有盛名的伟大天才面前所感到的激动相同。

“这位先生想瞧瞧拉斐尔绘的耶稣基督像吗？”老头儿彬彬有礼地问他，声音清脆短促，有点金属声的味道。

他把灯放在一根断柱头上，使得灯光照亮了整个棕色匣子。

青年人听到耶稣基督和拉斐尔这两个宗教性质的名字，不禁流露出好奇的样子，这正是那个商人所期待的，他已经去转动弹簧了。突然间桃花心木护板沿着槽子滑下来，毫无声息，就将图画呈现在青年人眼前。看到这幅不朽的名画，他忘记了商店里的各种奇珍异宝，忘记了突然到来的瞌睡，重新变成人，而且在老头儿身上看出来他也是有血有肉的人，活生生的人，绝无一点虚幻古怪，他自己也重新活到真实的世界上。耶稣基督的圣容温柔慈爱、和蔼安详，立刻对他产生了影响。从天上吹来的一阵清香驱散了焚烧着他的骨髓的无边痛苦。救世主的头像绘在黑色的背景上，仿佛是从黑暗中走了出来；一个光轮在他头发周围光芒四射，好像光线想从头发中射出。额头下面，肌肉下面，每个线条都以沁人心脾的气息透露出动人的信念。鲜红的嘴唇刚刚宣讲过人生真谛，听讲的人正在向天空找寻神圣的回声，他向静寂询问那些美好的寓言，他在未来听到它，在过去的教训里找到它。他的令人敬爱的眼睛又淳朴又冷静，如同《福音书》一样，是烦乱的心灵的庇护所。总之，天主教的全部精神都表现在这个甜蜜而优美的微笑里，这微笑仿佛概括和表达了这句箴言：“你们要彼此相亲相爱！”这幅画使人产生祈祷的愿望，劝人宽容，扼杀自私，唤醒一切沉睡的道德。拉斐尔的杰作与音乐具有同样的魅力，它使你像中了魔法似的对回忆着了迷，它的成功是完美无缺的，人们已经忘记了谁是画家。光线的威力也在这幅珍品上表现出来：有时候，你会觉得耶稣基督的头是在远处云端里晃动。

“我这幅宝画价值连城。”商人冷冷地说。

“啊！该是去死的时候了。”青年人大声说。他从大梦中醒过来，维系住他的最后希望，被他梦中最后一个想法不知不觉地推论下来而得到了绝望的结论。

“啊！啊！我对你保持戒心，我做对了！”老头儿一边说一边用一只手抓住青年的两只手，紧紧扼住，使双手好像夹在钳子里。

这个误会使青年人悲戚地微笑起来，他温和地说：“喂！先生，您不用害怕，我说的是我该去死，而不是您。”他朝那个满怀不安的老头儿望了一眼，然后又说：“我装作没事人儿似的，是没有恶意的，为什么我不敢承认？我到这儿来是想看看您的宝物，这样消磨时光，到了黑夜我就可以投水自杀而不致引起风波。对一个科学家兼诗人，有谁会拒绝给他最后一点乐趣呢？”

满腹怀疑的商店老板一边听他说话一边用有洞察力的眼光仔细端详这个假顾客。过了不久，也许是听见他的声音饱含悲痛，也许从他的苍白面孔猜出来他遭到了过去使赌徒们哆嗦的噩运，他放心了，松开了他的双手；不过，他还有一点怀疑，说明他有至少上百年的经验，他漫不经心地将一只胳膊伸向柜台，仿佛要靠在柜台上，却从里面拿出一把尖刀，对他说：

“您是不是在国库当了三年编外人员而得不到一文钱的额外报酬？”

青年人禁不住摇了摇头微笑起来。

“您父亲是不是很生您的气，狠狠地责备您不该活到世上来？或者您的名声被败坏了？”

“如果我愿意名声败坏，我就会活下去了。”

“您是不是在杂技舞台上给人喝了倒彩？或者您为了支付情妇的车队费用，不得不写一些流行歌曲？要不您就是害上了金钱病？您想摆脱烦恼吗？总而言之，是什么错误叫您非死不可呢？”

“请您不要在迫使大多数人自杀的庸俗理由中找寻我致死的原因。我的痛苦是很难用语言表达的，为了免得我向您袒露我的闻所未闻的痛苦，我只对您说，我陷入最深刻、最卑鄙、最刺骨的苦难中。而且，”他接着说，说话的声调带有异常的傲慢，把他前面所说的话都否定了，“我既不想求助于人，也不愿乞求安慰。”

“唉！唉！”

开头老头儿用这两个单词作为全部的回答，有点像摇动木转轮所发出的声音。然后他接着说：

“用不着强迫您恳求我，不必使您脸红，也用不着给您一个法国的生丁，东方国家的巴拉，西西里的塔伦，德国的黑勒，俄国的戈比，苏格兰的法丁，旧世界的任何一种小钱币，或者新世界的一枚银圆，用不着给您任何金币、银币、铜币、纸币、钞票，我想使您更富有，更有权势，更受人尊敬，连一个立宪君主都不如您。”

青年人以为老头儿老糊涂了，呆在那里，不敢回答。

“转过身去，”商店老板说，突然拿起那盏灯照向画像对面的墙壁，加上一句说，“请瞧瞧这张驴皮。”

青年人突然间站起来，不无惊异地发现他的座椅上边的墙上挂着一块驴皮，大小同一块狐皮差不多；可是，说也奇怪，第一眼望去，这张皮在笼罩着商店的深沉黑暗中，发射出耀眼的光芒，宛如一颗小彗星。满腹狐疑的青年走近这个据说是可以拯救他脱离苦海的法宝，同时心里暗自嘲笑自己。可是他受到一种合理的好奇心的驱使，他弯下身子反反复复地把这张皮各方面察看了一番，不久就发现了这种奇异光线的很自然的来源。原来驴皮上的黑颗粒经过仔细地磨光和擦亮，不规则的条纹十分干净和十分清晰，就像石榴石上的多面体，这块东方皮革的凹凸不平的表面就构成了许多小焦点，把光线强烈地反射出来。他精确地向老头儿解释了这种现象发生的原因，老头儿不答话，只是狡黠地向他微笑了一下。这种显出比他优越的微笑，使得有学问的青年人相信自己此刻正在上江湖骗子的当。他不想多带一个不解之谜到坟墓里去，便很快地将驴皮翻过来看，仿佛一个孩子急于想看出新玩具的秘密。

“啊！啊！”他大声说，“这就是东方人称为所罗门之印的印记。”

“您认出来啦？”商人问，他的鼻孔哼出来两三次白气，这比最有力的言辞能表达更多的意思。

“世界上竟有头脑这样简单的人会相信这种怪事的吗？”青年人嚷道，他被这无言的嘲笑激怒了。他接着说，“您难道不知道东方人的迷信，已经将这个代表非凡能力的标记，用神秘的形式装扮起来，而且使它具有骗人的特点吗？我不相信在这种情况下比我谈起希腊的狮身女怪或者狮身鹰头鹰翼的怪兽，更被人视为傻瓜，而狮身女怪和狮身鹰头鹰翼的怪兽是在神话里承认它们存在的。”

“既然您是一位东方学的专家，”老头儿又说，“也许您读懂这句格言？”

他把灯凑近那件法宝，让青年人看看那些深嵌在这块奇妙的皮的蜂窝组织里的文字，青年人正反拿着皮，看来这些文字好像是原来的驴子身上生出来的。

“我承认，”青年人大声说，“我猜不出用什么方法才能将这些文字深深地刻在一只野驴的皮上。”

然后他很快地转过身来，他的眼睛仿佛在堆满古董的桌子上找什么东西。

“您找什么？”老头儿问。

“找一个能切开驴皮的工具，我想看看这些文字到底是印上去的还是刻上去的。”

老头儿把他的尖刀递过去，青年人接过来就在皮上有字的地方着手切开；可是，等他掀起一层薄薄的皮时，那些文字仍然非常清晰，完全同印在表面上的文字一模一样，他在短时间内，竟以为自己并没有将皮掀起。

“东方的工艺的确有它特殊的秘密。”青年人边说边以不安的心情注视着那段东方文字。

“说得对，”老头儿回答，“应该责怪的是人，而不是上帝！”

那段神秘的文字是按照下列格式排列的：

لو ملكتني ملكت الكل

ولكن عمرك ملكي

واراد الله هكذا

اطلب وستننال مطالبك

ولكن قسن مطالبك على عمرك

وهي هاهنا

فبكل مرامك استنزل ايامك

أتريدني

الله يجيبك

آمين

这段文字译成法语，意思就是：

如果你得到了我，你就得到了一切。
但是你的生命将属于我。这是神
的意愿。许愿吧，你想什么
就得到什么。可是你的
生命就在我身上，
用愿望来衡量
生命吧，多
一个愿望，
我就缩小一
点。你愿意
吗？神会使
你一切如意。

老头儿说："啊！您能流利地读梵文[①]，也许您到过波斯或者孟加拉吧？"

"没有，先生。"青年回答，同时在抚摩这块象征性的驴皮，由于驴皮不很柔软，很像一块金属薄片。

老头儿把灯放回到断柱头上，向青年人瞟了一眼，眼光里充满了冷酷的嘲笑，似乎在说："他已经不想自杀了。"

青年人问："这是开玩笑吗？还是真的奇迹？"

老头儿摇了摇头，严肃地回答道：

"我不知道应该怎样回答您才好。我曾经把这个具有惊人力量的法宝献给比您精力更旺盛的人，可是他们认为可以主宰将来

① 这段文字不是梵文，而是阿拉伯文。

命运的力量是值得怀疑的，他们加以嘲笑，谁也不愿意冒险去同不知来源的力量去订这样一个要命的契约。我的想法同他们一样，我怀疑，我也不干……”

“您连试也没有试过吗？”青年打断他的话说。

“尝试！”老头儿说，“如果您站在旺多姆广场上圆柱[①]的顶端，您想不想从上往下跳？谁能停止生命的进程呢？有人能把死亡分成几次吗？在走进这所房间以前，您是决心自杀的；可是突然间一个秘密吸引了您，使您不再想自杀了。真是孩子气！您生活的每一天不是都能为您提供一个比目前这个更有趣的谜语吗？听我说吧，我曾经目睹过摄政王的淫乱宫闱[②]。像您一样，我当时很穷，要讨饭吃；可是我今天已经有一百零二岁，而且是百万富翁，我的好运是贫困给我带来的，无知倒教育了我。我用简单的几句话给您揭露人生的一大秘密吧。人类由于本能地完成两种行为而衰弱，这两种行为使他的生命源泉枯竭。有两个动词可以表达这两种死亡原因的各种形式：意愿和能力。在这两者之间，贤人采取了第三种行动，我的幸福和长寿就是由此而来。意愿焚烧我们，能力摧毁我们；只有知识可以使我们软弱的躯体永远处在平静的状态中。因此欲念或者愿望在我身上已经被思想扼杀；行动或者能力则被我的器官的自然作用消除了。总而言之，我将我的生命既不寄托在容易破碎的心里，也不寄托在容易衰退的器官上，而是寄托在脑子里，因为脑子不会用坏，而且比一切器官都长寿。我的灵魂和肉体都没有被任何过度的刺激所损伤。可是，我到过世界各地。我踏上过亚洲和美洲的最高山峰，我学会

---

① 旺多姆广场上的圆柱，是用拿破仑军队从敌人手中所缴获的一千二百门大炮铸成的铜柱，屹立在广场中央。

② 摄政王，指奥尔良公爵（1674—1723）。法王路易十四死时留下遗嘱，将权力交给曼因公爵，1715 年议会废止遗嘱，立奥尔良公爵为摄政王，这位公爵在任期间，生活奢侈放纵。这儿老头儿引用摄政王的宫廷，说明他已活了一百岁以上。

了人类的各种言语，我经历过许多朝代。我借过钱给一个中国人，要他父亲的身体来做抵押；我相信阿拉伯人的口头诺言，睡在他的帐篷里；我曾在欧洲所有首都签订过合同；我毫无顾虑地将我的金子留在野蛮人的棚屋里；总而言之，我得到了一切，因为我懂得蔑视一切。我的唯一野心就是观看。观看，不就是知道吗？……啊！知道，青年人，不就是直观的享受吗？不就是发现事物的本质而且基本上占有它吗？物质被占领之后还剩下什么呢？剩下概念。请你设想一下，一个人能把一切现实的东西都铭刻在他的思想里，把幸福的泉源搬到心灵里，从中提取出排除尘世污染的无数理想的快感，这个人的生活应该多么美满啊。思想是一切财富的关键，它能赐给守财奴快乐而没有忧愁。我就这样在世间翱翔，我的快乐始终是精神上的享受。我的放荡生活就是欣赏大海、民族、森林和高山。我看见过一切，都是安安静静地看，一点不累；我从来不渴想什么东西，一切都在我的预料之中。我在宇宙里散步就如同我在自己住宅的花园里散步一样。人们所谓的忧愁、爱情、野心、挫折、悲哀，对我来说，都是我转化为梦幻的概念；我对它们不是感觉，而是表达和说明它们；我不让它们吞噬我的生命，我却把它们发展了，夸大了；我把它们当成我的内心将要阅读的小说，以作消遣。我从来不让我的器官疲乏，因此我还享有健康的身体。我的灵魂承受了我从未浪费过的全部精力，我脑子里容纳的东西，比我的店铺更多。”说到这里他用手拍了拍前额，“这里才真正藏有百万家财。我过着快乐的日子，用聪明的眼光回顾过去，我追念许多国家、景物、海洋风景和历史上卓越的人物！我有一个想象的后宫，里面我拥有我从来没有过的所有女人。我常常回想你们的战争，你们的革命，我给它们判定是非。为什么宁愿要狂热地、轻佻地去崇拜带点红润的肌肤，有点丰满的形体呢？为什么宁愿要你们的错误意志所造成的一切灾难，而不肯运用最高的能力使宇宙出现在自己的心中，能够自由行动，不受时间限制，也不受空间束缚因而获得无限乐趣呢？为什么不肯拥抱一切，观看一切，俯身在世界的边缘，向其他星球提出问题和倾听上帝而获得乐趣呢？”接着他对着那块驴皮用响亮的声音说：“这东西就是意愿和能力的结合。它包含你们的社会观念，你们的过度纵欲，你们的饮食无度，你们的能置人于死地的欢乐，你们的使人活得太久的痛苦；因为痛苦也许就是一种强烈的欢乐。谁能够确定快乐变成痛苦和痛苦仍然是快乐的界线呢？想象世界里最强烈的光线，不是会爱抚视觉？而物质世界里最柔和的黑暗，不是经常伤害视觉吗？智慧这个词不是从知道这个词变来的吗？疯狂是什么？难道不是无节制的愿望和无节制的能力吗？”

“您的话一点不错，我就想毫无节制地活着。”青年一把抓住那块驴皮说。

“小伙子，您可要当心啊。”老头儿迅速反应，敏捷程度令人难以相信。

“我曾经决心将生命消耗在研究和思考中，可是它们都养活不了我，”青年回答，“我并不愿意上当受骗，既不愿受类似斯文登博[①]说教的欺骗，也不愿被您的东方护身符所愚弄，更不接受您留我活在世上的善举，因为我再活下去已经不可能了。您瞧！”他用一只痉挛的手紧紧抓住那件法宝，眼睛盯着老头子，接着说：“我想举办一次盛大豪华的晚宴，本世纪不是被人称为一切都尽善尽美的世纪吗，我的宴会就是纵酒狂欢美不胜收的大宴会！我希望我的来宾都是年轻而才智横溢和毫无偏见的人，他们欢乐到疯狂的程度！饮用的酒要连续不断，而且越来越强烈，

① 斯文登博（1688—1772）瑞典哲学家兼神智学者，曾经创立一个神秘教派，在英美有相当信徒。

越来越冒泡，而且力度能使我们陶醉三日！这一晚上，我要有许多热情的女人来点缀！我要极度兴奋的荒淫放荡之神，吼叫着用他的四匹马拉的车子载着我们飞驶到世界尽头，把我们卸在人迹罕至的海滩上；让灵魂升上天堂或者陷入泥潭，我不知道那时候灵魂是上升或者下降，我不在乎！我只命令这个不祥的力量为我把一切快乐浇铸成一个快乐。是的，我需要最后一次享尽天上和人间的一切快乐，然后死去。因此我希望饮酒以后能听见淫荡的古代颂歌，也有能唤醒死者的歌声，有热情的长吻，这些没完没了的亲吻，声音震动巴黎，如同火灾的爆裂声一样，把睡着的夫妻都惊醒，引起他们炽热的情欲，使他们全都恢复青春，连年过七旬的老夫妻也不例外。”

一阵哈哈大笑的声音，从矮小老头的嘴里爆发出来，在那个年轻的傻瓜耳边震动，像是从地狱里发出一样，霎时间粗暴地制止了青年的滔滔不绝，使他沉默下来。

老头儿说：“您相信我的地板会突然裂开，让出一条通道，让摆满了山珍海味的宴席和从阴间来的宾客进来吗？不，不，傻小子。您已经签订过契约，这就够了。现在您的意愿将一丝不苟地得到满足，但以您的生命为代价。您生命的所有日子，都表现在这张驴皮里，驴皮将根据您的愿望的强度和数量而收缩，从最轻微的愿望到最过分的愿望，毫厘不爽。当初送这张驴皮给我的婆罗门教徒曾经向我解释：在驴皮同它的所有人的命运和愿望之间，将会发生一种神秘的调协一致的作用。您的第一个愿望是庸俗的，我本来能使它实现；可是我要留下来让它成为您新的生命中的事件之一。总而言之，您不是想自杀吗？好吧，您的自杀不过推迟一点罢了。”

陌生青年觉得这个古怪的老头儿总是跟他开玩笑，不禁有点愕然，而且差点儿动恼了，不过最后一句玩笑话中蕴藏着的仁慈意图是明显的，他嚷道：

“先生，在我横过这个码头的短短一段时间内，我的命运是否会发生变化，我是清楚的。可是，如果您不嘲笑我这样一个不幸的人，我为了报答您给我的要命好处，我希望您爱上一个舞女！那时候您就懂得荒淫放荡的乐趣，也许您就会变成挥金如土的浪子，把您达观地积聚下来的所有财产都挥霍光。”

他走了出去，根本没听见老头儿发出长长的一下叹息。他穿过店堂，走下楼梯，匆匆忙忙地奔跑，就像一个当场被逮的小偷，后面跟着那个胖脸颊的伙计，徒劳地拿着灯为他照明。极度兴奋使他失去判断力，他根本没有发觉那块驴皮的难以置信的伸缩性，驴皮变得像手套那么柔软，能够卷在他的狂热的手指里，他不自觉地将它塞进上衣口袋。

他从商店大门奔向人行道的时候，撞见三个手挽手的年轻人。

“混蛋！”

“傻瓜！”

这就是他们互相交换的亲切优雅的称呼。

“原来是你，拉斐尔。”

“我们正在找你。”

“怎么！原来是你们。”

骂了两句以后紧跟着就是这三句友好的话，一盏被风吹得直摇晃的路灯，把灯光照射在这群不期而遇的青年人脸上。

“亲爱的朋友，”那个几乎被拉斐尔撞倒的青年对拉斐尔说，“你要跟着我们走。”

“到底是怎么回事？”

“继续走吧，我边走边把事情告诉你。”

不管强迫或者自愿，总之拉斐尔是被他的朋友们包围了，他们挽住他的胳膊，使他成为他们中快乐的一员，拉着他走向艺术桥。

“亲爱的，”说话的人继续说，“我们到处找你，都找了一个星期了。在你住的可敬的圣康坦旅馆里——顺便说一句，这个旅馆永恒不变的招牌，从卢梭时代起就是一个红字母接着一个黑字母地交错写成的——你的莱奥纳德[1]告诉我们说，你到乡下去了。可是我们的外表并不像那些催债鬼，例如执达吏、债权人、商事法警等等呀！没关系。幸亏拉斯蒂涅前一天晚上在滑稽剧院瞥见过你，我们才恢复了勇气，为了维护我们的自尊心，我们一定要发现你是不是栖息在爱丽舍田园大街的树上，你是不是花两个苏到慈善机构去睡觉，那里的乞丐都是倚靠在绷紧的索上睡觉的，又或者，更幸运一点，你是不是在女人的闺房里宿营的。我们到处都找不到你，连圣佩拉日监狱和拉·福尔斯监狱的囚犯入狱名册里都找不到！政府各部，歌剧院，修道院，咖啡馆，图书馆，巴黎行政公署，报馆，饭馆，剧院休息室，总之，巴黎的一切好地方和坏地方，我们都细心地探索过，我们为丧失一位有相当天才、既可进入宫廷也可以投入监狱的人而叹息。我们正在谈论要把你谥为革命英雄呢！说真的，我们的确为失掉你而惋惜。”

这时候，拉斐尔和他的朋友们走过了艺术桥，他没有听他们说话，只是注视着塞纳河，咆哮着的河水反映出巴黎的灯光。他本来是想投河自尽的，现在那个老头儿的预言应验了，他的死期不可避免地要推迟了。

“我们真的为你惋惜！”他的朋友继续他的长篇大论，“因为我们搞了一个组织，包括你在内，你的身份是个超人，换句话说就是置身于一切之上的人。时至今日，宪法的魔球，在王室的魔杖之下，变消失了，这种情形比任何时期都更为严重。被英雄的

---

① 莱奥纳德是法国作家勒萨热的小说《吉尔·布拉斯》中女仆的名字，这里青年同拉斐尔说话完全用开玩笑的口吻，所以用莱奥纳德来泛指女仆。

人民推翻的可耻的专制政体，是人人都可以调戏的娼妇，而祖国却是一个坏脾气而有德行的妻子，我们不管怎样，都得接受她的呆板的爱抚。正如你所知道的一样，权力已经从杜伊勒里宫转移到新闻记者手上，负责国家预算的机关，也从圣日耳曼区[①]移转到昂坦大道[②]。不过也许你还不知道下面的事实：政府，也就是说银行家和律师的贵族政府，他们今天利用祖国就像过去教士们利用专制政体那样，这个政府觉得有必要用新字眼包装着旧观念去迷惑善良的法国人民，就像各派哲学家和各个时代的当权人物所做的那样。因此必须反复向我们灌输一种全国一致的盛大舆论，向我们证明，与其向一个自称为朕而不是我们的国王缴纳十一亿九生丁，还不如向代表祖国的某某和某某先生缴纳十二亿三十三生丁来得更好。总而言之，一家拥有二三十万法郎的报纸创刊了，目的是充当反对派，使不满意的人感到满意，而不致损害国王兼公民[③]的国民政府。由于我们既嘲笑自由，又嘲笑专制，既嘲笑宗教，又嘲笑不信神，又由于在我们的心目中，祖国只是一个首都，在这里思想可以交换或者按每行多少钱出卖；在这里每天都有丰盛的晚餐，无数的娱乐，大批淫荡的妓女；在这里夜宵一直吃到天亮，爱情用钟点计算，像出租车一样；我们只希望巴黎永远是所有祖国中最可爱的首都！包括欢乐的祖国，自由的祖国，智慧的祖国，美女的祖国，坏蛋的祖国，美酒的祖国，等等，在这里我们很少感到权杖的压力，因为我们就在手拿权杖的人旁边……我们是魔鬼的真正信徒，我们负责制造舆论，给粉墨登场者换新装，给政府这家旧铺子钉上新招牌，给空论派一些药吃，重新再煮一下老共和党人，再捧一下波拿巴派，为中间派提

① 圣日耳曼区是贵族聚居的地区。
② 昂坦大道是银行家聚居的街道。
③ 1830 年七月革命后，资产阶级拥戴奥尔良公爵路易·菲力普继承王位，自称为“国王兼公民”。

供给养，只要允许我们在私底下[①]嘲笑国王和老百姓，只要允许我们晚上的意见和早上不同，让我们过巴汝奇[②]一样的快乐生活，或者照东方人的做法[③]，躺在柔软的垫子上就行。我们内定你为这个滑稽诙谐帝国的最高领导人，因此我们现在就带你去参加晚宴，是由前面我们提到过的报纸的创办人请客，这位创办人是个退休的银行家，他不知道怎样花他的钱，就想把金钱变成智慧。你将在宴会上受到兄弟般的欢迎，我们要尊你为一班捣蛋鬼的国王，这班捣蛋鬼是吓不倒的，而且他们聪明得能够在奥地利、英吉利或者俄罗斯还没有定下意图之前就发现奥地利、英吉利或者俄罗斯的意图！是的，我们要建立你为智慧王国的统治者，这些王国曾经给世界提供过像米拉波、塔莱朗、皮特、梅特涅[④]等大人物，这些大胆放肆的克里斯平[⑤]们，拿一个帝国的命运来赌博，正如普通人玩骨牌时，拿他们的樱桃白兰地来赌博一样。我们认为你是最勇敢的伙伴，你从来没有拥抱过腐化堕落的小姐，所有坚强的人都想同这个值得赞美的怪物较量一番；我们甚至可以肯定它还没有战胜过你。我希望你不要否定我们对你的赞美。我们晚宴的东道主是泰伊番，他答应我们要把晚宴办得超过近代许多小吕居吕斯[⑥]的规模有限的狂欢宴。他相当有钱，可以使渺小的事情变得伟大，可以使邪恶化为高雅而优美。你听见吗，拉斐尔？”演说家中断自己的长篇大论，问他。

“听见了。”青年人回答，他对自己愿望的实现，并不觉得

① “私底下”原文是意大利文 IN PETT0。

② 巴汝奇是拉伯雷所著《巨人传》中庞大固埃的仆人，到处旅行去追求幸福。

③ “照东方人的做法”原文是意大利文 MORE ORIENTALl。

④ 这几个人都是 18、19 世纪欧洲政界的风云人物：米拉波（1749—1791）是法国政治家，塔莱朗（1754—1838）是法国外交家，皮特（1759—1806）是英国首相，梅特涅（1773—1859）是奥地利首相。

⑤ 克里斯平是意大利喜剧中仆人的名字，这里用来指这些政治家是人民的公仆。

⑥ 吕居吕斯是古罗马将军，以生活奢侈著名。

过度惊讶，倒是对于这一连串事件这么自然地连续发生，感觉奇怪。

尽管他不可能相信这是魔法的影响，他不得不钦佩人类命运的偶然巧合。

走在他身边的一个同伴说："可是你回答'听见了'的口气，好像你正在想着你的祖父的逝世一样。"

"是吗！"拉斐尔接着说，语调之天真，使得这群代表年轻法国的未来的作家们都笑了起来，"我的朋友们，我认为我们很接近于要变成一群大坏蛋了！到目前为止，我们只在两次喝酒之间亵渎过宗教，我们在喝醉酒的时候衡量过人生，我们在消化食物的时候评价过人和物。我们没有任何行动，空谈却十分大胆；现在我们给打上了政治的烙印，我们就要走进这座大监狱并且在那里消失我们的幻想了。一个人只相信魔鬼的时候，就准许他回忆儿时的天堂，惋惜天真未凿的时代，那时我们只会虔诚地伸出舌头，去接受善良的神甫送给我们的耶稣基督的圣体。啊！我的好朋友们，如果我们这么乐于去犯宗教上的第一次罪过，那是因为我们用忏悔来使它们美化了，给了它们特别的刺激和趣味的缘故，而现在……"

"啊！现在，"第一个说话的那人说，"我们只剩下……"

"剩下什么？"另一个问。

"罪行……"

"这两个字具有绞刑架的高度和塞纳河的深度。"拉斐尔说。

"啊！你不懂我的意思。我说的是政治罪行。从今天早上起，我只想过一种生活，那就是阴谋家的生活。到了明天，我不知道我的古怪想法是否还会继续下去，可是今天晚上，我们平淡的文明生活，像铁路的轨道那么单调，使我厌恶得作呕！我热爱莫斯科战败[1]后的种种不幸，热爱《红色海盗》[2]的激动人心和走私者的生活。既然法国再也没有夏尔特勒修士[3]，我希望至少有一个博塔尼海湾[4]，这是给那些小拜伦们[5]准备的医务室，这些小拜伦们把生活当作餐后的餐巾那样揉成一团以后，没有别的事情好做，只能纵火焚烧他们的家乡，自杀，为共和国暗中密谋，或者要求战争……”

“埃米尔，”拉斐尔旁边的那个同伴激动地对发言的人说，“我发誓，如果没有七月革命，我早就当上了神父，到偏僻的乡下去过野人的生活了，而且……”

“而且你每天都背诵日课经文了吗？”

“不错。”

“你是一个自命不凡的人。”

“我们每天都看报纸。”

“不坏！对一个新闻记者来说，确是不坏。可是，你闭嘴吧，我们正在一大群报纸订户中间行走呢。新闻业，你瞧，就是现代社会的宗教，而且有了进步。”

“怎么讲？”

“那些所谓权威人物不一定要相信，老百姓也是……”

他们这样东拉西扯地闲谈着，就像那些多年来早已熟读《古代名人传》[6]的老实人一样，不知不觉走到了儒贝尔街的一所公馆前面。

---

① 莫斯科战败，指拿破仑从莫斯科败退。

② 《红色海盗》是美国小说家库珀（1789—1851）的作品；库珀写过很多海上冒险小说，写过不少海盗式人物。

③ 指夏尔特勒修院的修士。

④ 博塔尼海湾是澳大利亚东海岸的一个海湾，坐落在悉尼之南，1788年曾被指定为罪犯流放之地。

⑤ 英国诗人拜伦善写讽刺诗，抨击时政；曾参加希腊争取自由的战争。

⑥ 《古代名人传》原文是拉丁文 *DE VIRIS ILLUSTRIDUS*。

埃米尔是一个获得很大光荣的记者，他可以不干什么事，却比别的记者得到的成功更多。他是一个大胆的批评家，充满了激情，十分尖酸刻薄，具有他的缺点所能容忍的一切优点。他为人直爽，爱说笑，当着面，他可以用上千种方法来挖苦一个朋友，可是背着面，他却能勇敢而忠诚地为他辩护。他嘲笑一切，甚至自己的前程。他始终身无分文，却像某些有点影响的人物那样，难以形容地懒惰，而且能就一本书用一句警句当面责备那些不会把警句写进自己书里的人。他轻于言诺，却从未履行过自己的诺言。他把自己的发迹和光荣当成垫子，躺在上面睡大觉，冒着一觉醒来自己年纪老迈躺在医院里的危险。再者，他为朋友可以上断头台，吹牛可以不顾廉耻，单纯得像个孩子，他只是心血来潮或者迫不得已时才工作。

他指着吐放芳香和绿化楼梯的一盆盆花对拉斐尔说："按照阿尔戈佛列伯斯[①]大师的说法，我们去参加的是一场了不起的酒宴[②]。"

拉斐尔回答道："我喜欢的是温暖的门厅，铺着华丽的地毯。从前厅开始就有奢侈的陈设，在法国是罕见的。到了这儿，我觉得我是再生了。"

"可怜的拉斐尔，我们到了上面还要再一次大喝和大笑一番。啊！这一次，"他接着说，"我希望我们是胜利者，能够踩着所有这些人的脑袋走过去。"

同时他用一个嘲弄的手势，指了指他们走进去的大厅的所有宾客，大厅里金碧辉煌，灯光灿烂，他们立即受到巴黎最出色青年的欢迎。其中一个刚显露出天才，要将他的第一幅画同帝政时代的光荣绘画比个高低。另外一个前一天刚刚冒险出了一本充满

① 创作《巨人传》的拉伯雷，将自己的革新思想掩藏在无穷无尽的秽言脏语中，第一次出版《巨人传》时，他不敢注真名，将自己名字的十六个字母拆开重新排列，成为"阿尔戈佛列伯斯"。

② 《巨人传》里的主角食量酒量奇大无比，所以每饭都是空前盛大的酒宴。

尖酸刻薄语言的新书，标志着文学上的一种蔑视，为现代派的写作发现了新路。过去一点，一个满脸粗犷表明他有旺盛天才的雕塑家，正在同三个冷酷的嘲讽家中的一个谈着话，这些嘲讽家根据不同场合，有时不承认任何地方有高明的人，有时却认为高明的人到处都是。这里有我们最机智的讽刺画家，他的眼睛狡猾，嘴巴恶毒，正在窥探着各种俏皮话，想将它们化作漫画。那边有一个年轻而大胆的作家，他能比任何人都更好地提炼政治思想的精华，或者开玩笑地压缩一位多产作家的作品，他正和一个诗人闲聊，这个诗人的天才如果具有他的仇恨的威力，他的作品准能压倒当代的一切作品。他们两人彼此用甜言蜜语互相恭维，尽可能不说真话，也不撒谎。一个有名的音乐家用降 B 调带嘲讽的声音去安慰一个最近在政治上垮台而未受损害的青年政客。一些没有风格的青年作家，站在没有思想的青年作家旁边；一些充满诗意的散文家，在毫无诗意的诗人旁边。一个可怜的圣西门派弟子，相当天真地信仰了圣西门的学说，看见这些人都不完善，仁慈地把他们配对在一起，无疑是想把他们改造成信奉他的学说的信徒。最后，还有两三个学者，他们的任务是在谈话中加进一点氮元素[①]，另外几个通俗喜剧作家，已经准备好放射出转瞬即逝的火花，这种火花像钻石的闪光那样，既不发热也不发光。还有几个反常的人，他们暗笑那些对人和事表示崇拜或者蔑视的人们，他们自己早已采用一剑双刃的政策，阴谋反对所有的制度，却不支持任何一种制度。一个对一切都妄加评论的人，任何事都不能使他惊讶，他能在滑稽剧院演唱咏叹调中间大声擤鼻涕，抢在众人之前大声叫好，驳斥任何说出自己意见的人，这时他正在那里设法把聪明人说的警句据为己有。在这些宾客中，有五个是有前

① 氮是一种化学元素，约占空气总体积的五分之四。

途的，有十来个人可以获得某些终身的光荣；至于其他的人，他们只能像那些平庸的人一样，引用路易十八的那句著名谎言："团结一致，忘却过去"，用来自慰。设宴的东道主有一种忧愁的喜悦，因为他一顿饭花了两千埃居。主人的眼睛经常不耐烦地注视客厅的门，期待着迟到客人的到来。过了不久一个又矮又胖的客人果然出现了，一阵恭维的喧闹声迎接他，原来他就是今天早上完成了这张报纸的创办手续的公证人。

一个穿着黑礼服的仆人走过来打开了一个宽大餐厅的几扇门，大家都熟不拘礼地走过去认出了自己环绕一张大桌子旁的位置。拉斐尔在离开客厅以前，向周围望了最后一眼。他的愿望的确是完全实现了。所有房间的墙上都覆盖着绸缎和金子；富丽堂皇的多支烛台上插着无数蜡烛，把金色檐壁的最细微部分，精致的青铜雕镂和室内装饰的豪华色彩都照射得大放光芒。用竹造成很有艺术性的花盆架上摆着罕见的名花，发散出甜甜的香气。这里的一切，甚至帷幔，都具有毫不夸张的典雅；总之，这里的一切都像诗一般优雅，其威力必然会使身无分文的人产生无穷的想象。

拉斐尔叹了一口气说："十万法郎的年金是《教理入门》最有趣的注解，而且能奇妙地帮助我们把道德付诸行动！啊！对啊！我的道德不能赤着脚走路。对我说来，所谓不道德就是住顶楼，穿破衣服，冬天戴顶灰帽子和欠门房的债。啊！我想在这奢华的环境里住上一年，或者半载，都可以！然后死去。这样我至少认识了，经历了，消耗了无数人生。"

听见他说话的埃米尔对他说："你把拥有股票经纪人的一辆马车当作幸福。算了吧，你不久就会发现财富剥夺了你成为一个高尚的人的机会，你就会讨厌财富了。艺术家难道会在富有的贫困和贫困的富有之间犹豫吗？对我们这些人来说，不是经常需要有斗争吗？因此，还是准备饱餐一顿吧，你瞧，”他用英勇的手势，指了指外表十分威严、神圣而安详的餐厅和餐厅的主人：装出一副温和相的资本家。“这个人，”他继续说，“他拼命赚钱是为了我们。难道他不像是被自然学家遗忘，没有归入珊瑚虫类的一种海绵，必须细心地压榨他的油水，然后让他的继承人去吮吸的吗？你没有发现装饰着墙壁的浮雕别有风格？还有分支吊灯，墙上的名画，多么奢华啊！如果听信那些妒忌的人和那些坚持要看到人生原动力的人的话，这个人在革命时期，曾经杀过一个德国人和别的几个人，据说，其中有一个是他最要好的朋友，还有一个是他最要好的朋友的母亲。你能给头发斑白、受人尊敬的泰伊番加上杀人的罪名吗？他外貌多像一个老好人。请看银器多么光彩夺目，你会相信银器的每道光芒都是他的匕首发出的闪光吗？……算了吧，与其相信这些，不如去相信穆罕默德更好。如果传闻是可信的话，这儿三十位有道德有天才的人，正在准备好要吃掉一家人的脏腑和喝掉他们的血呢。而我俩，我们是满脑子天真和热情的青年，我们会变成这桩罪恶的同谋犯！我真想去质问一下我们的那位资本家，他是不是一个正派的人。”

“现在不要问！”拉斐尔大声说，“等到他醉得半死而我们已吃完了这顿饭时再问。

两个朋友嘻嘻哈哈地入了座。每个宾客一开头就用比说话还迅速的眼光，向豪华的长餐桌表达了自己的赞美，那长桌子洁白得像一层新落下来的雪，桌子上对称地摆着餐具，餐具上面堆放着金黄色小面包。水晶器皿反射出彩虹颜色的星光，蜡烛的光芒交叉辉映，无穷无尽，盖在银罩子下面的美味佳肴，既刺激食欲，又引起人们的好奇心。很少谈话，相邻的人们只是互相注视。马德拉葡萄酒轮流斟到宾客的酒杯里。然后第一道菜带着它的全部辉煌出现了，它称得上是康巴塞雷斯[1]的手艺，而布里雅－萨瓦兰[2]也会给以赞美。波尔多的白葡萄酒，勃艮第的红葡萄酒，以王家气派滔滔不绝地大量供应。宴会的第一部分，从各方面看来，都像古典悲剧的情节展示。第二幕戏就变得有说有笑了。每个宾客都根据自己的爱好更换各种特产葡萄酒，而且喝得很有节制，使得仆役们将这些美味佳肴的剩菜搬走的时候，就爆发了暴风雨般的争论：有些人苍白的前额变红了，有几个鼻子开始泛红，有人脸上发光，有人眼睛发亮。在这微醺阶段，谈话还没有超出礼貌的范围；可是戏言和警句已经逐渐从所有的嘴巴里脱口而出；随后诽谤就轻轻地抬起它那毒蛇的小头，用笛子似的声音说话；这里那里有几个阴险的人在留意倾听，只希望能保持清醒的头脑。第二道菜上来时，大家完全兴奋了。每个人都边吃边谈，边谈边吃，喝酒时也不注意到几种酒的汇集，因为各种酒都那么容易入口和香气扑鼻，一个人这样喝了，别的人就受到传染。泰伊番自夸能使宾客活跃起来，就叫人送来罗纳省的烈性酒，托卡依葡萄烧酒，容易上头的鲁西荣陈酒。喝过这些酒以后，他们还不耐烦地等待香槟酒的到来，结果给他们倾倒了大量的香槟酒。他们活像从驿站里出发的邮车的马匹，在香槟酒火花的鞭策下，使他们的思想在空虚里急促奔驰，他们的推理没有人听，他们讲的故事缺乏听众，他们为询问而发出的千百次呼喊没有人响应。只有狂饮的酒席在放大喉咙发出吼声，这吼声是由无数喧闹声组成，就像罗西尼[3]的渐强音一样，越来越响。然后就是设下圈套的干杯，夸口吹牛，向人挑战。大家都不再以智力优越为荣，却去夸耀自己有一酒桶、一大桶、一酿酒桶的酒

---

① 康巴塞雷斯（1753—1824），法国法学家，也是美食家。

② 布里雅－萨瓦兰（1755—1826），法国美食家兼作家。

③ 罗西尼（1792—1868），意大利作曲家。

量。宾客们似乎都有两种声音。在一段时间里似乎都是主人在同时说话，而仆人在微笑着。在这场大舌战里，那些不清不楚的怪论，打扮得十分古怪的真理，在吵嚷声中，在中间判决、终审判决和连篇蠢话声中，彼此冲突和撞碰，正如在一场战斗中炮弹、枪弹和霰弹互相交叉飞过一样，其中思想的古怪会引起哲学家的兴趣，而体系的奇异，又会引起政治家的吃惊。这一切既是一本书也是一幅图画。范围各有不同的各派哲学，各种宗教，各种道德，各种政府，总之，人类智慧的伟大行为，都落到一把长柄镰刀之下，这把镰刀的长度同时间老人的那把镰刀相同，也许你会难以判断挥舞这把镰刀的，到底是喝醉了酒的智慧，还是变成暴风雨的醉鬼。这些思想像海面的惊涛骇浪冲击悬岩一样，似乎要动摇游离于各种文明之间的所有法则，这样就在不知不觉间满足了天主的愿望，天主在自然界留下善与恶，只将它们永恒斗争的秘密保留在自己手中。眼前的争论是狂热又滑稽的，有点像知识界的巫魔夜会[①]。这班大革命的儿女们在一家报纸创刊的前夕所说的悲惨的玩笑话，同快活的酒徒们在卡冈都亚[②]诞生时所发表的谈话，中间隔着19世纪同16世纪整整一条鸿沟。后者在嬉笑中准备好一场大破坏，我们19世纪却在破坏的废墟中嬉笑。

公证人指着拉斐尔问埃米尔："坐在那边的青年人叫什么名字？我似乎听见人家称他姓瓦朗坦。"

"您瞎扯什么，他的姓就叫瓦朗坦这么简单？"埃米尔笑着嚷起来，"对不起，他的全名叫拉斐尔·德·瓦朗坦。家徽是一只金鹰，背景是淡茶色，头戴银冠，釉质的鹰嘴和利爪，作橙红色，还配上一句拉丁文题铭：勇气长存！我们不是路边捡回来的弃儿，我们是瓦朗斯皇帝的后裔，是瓦朗斯族的祖先，西班牙和

① 中世纪传说，巫师和女巫们在犹太人的安息日（星期六）夜晚召开由撒旦主持的夜会。

② 拉伯雷的《巨人传》里，主人翁庞大固埃的父亲名叫卡冈都亚。

法兰西两国的瓦朗斯城的创建者，东罗马帝国的合法继承人。如果我们让马赫穆德在君士坦丁堡登上宝座，那是出自我们的真心诚意，而且也因为我们缺少金钱或者军队。”

埃米尔用手中的叉子在拉斐尔头上描画了一顶皇冠。公证人沉思片刻，然后又喝起酒来，无意中作了一个真诚的手势，似乎承认他是没法子把他的顾客同瓦朗斯城、君士坦丁堡、马赫穆德、瓦朗斯皇帝、瓦朗斯家族联系在一起的。

“被称为巴比伦、提尔、迦太基或威尼斯这些蚂蚁窝之所以被毁灭，它们之所以经常被过路巨人一脚踩坏，难道不是爱嘲弄的天神给人类的一个警告吗？”克洛德·维尼翁说。他是受人收买的一种奴隶，专门负责写一些博絮埃[①]式的文章，每行字卖十个苏。

一个巴朗什[②]信徒回答：“摩西，西拿，路易十一，黎塞留，罗伯斯比尔和拿破仑，也许只是同一个人，在不同的文化里出现，就跟天上彗星的出现一样。”

专门制造叙事诗的卡那利说：“干吗要探测上帝？”

“好呀，连上帝也抬出来了，”一个对任何事都爱妄加评论的人打断他说，“我认为世界上再也没有比上帝更具灵活性的了。”

一个由于姓氏前面缺少一个贵族标志因而变成共和党人的青年人说：“可是，先生，路易十四为了开凿曼特农引水渠死了许多人，比国民公会为了公平征税，统一法令，使法兰西国有化，以及平均分配遗产，死去的人更多。”

瓦兹省的一个名叫莫罗的地主回答：“先生，您把人血当作酒，这一次，您是否让每个人的脑袋留在他的脖子上呢？”

“这有什么用，先生？社会秩序的原则难道不值得牺牲一些

① 博絮埃（1627—1704），法国主教、神学家兼作家，所写文章主要是唠唠叨叨地说教。

② 巴朗什（1776—1847），法国神秘主义作家。

人吗？”

一个青年对他的邻座说：“喂，毕西沃！那个共和党家伙说要把这个地主的脑袋来做牺牲呢。”

共和党人一边打着饱嗝一边继续宣扬他的理论：“人和事都算不了什么，在政治上和哲学上只有原则和看法。”

“多可怕！您难道会毫不伤心地为着一个‘假定，而去杀掉您的朋友们……”

“哦，先生，一个感到内疚的人才是真正的坏蛋，因为他心里还有点道德观念；而彼得大帝，阿尔伯公爵，心里只顾着制度，海盗蒙巴尔只想着他的组织。”

卡那利说：“难道社会不能抛开你们的制度和你们的组织吗？”

“我完全同意！”共和党人喊道。

“喂！您的愚蠢的共和国真叫我恶心！我们连安安静静地吃一只阉鸡也触犯土地法。”

“你的原则精彩绝伦，我的塞满美食的布鲁图斯[①]！不过你很像我的贴身仆人，这家伙爱洁成癖，如果我让他照他喜欢的那样来刷我的衣服，我只有光着身子走路了。”

共和党人反驳道：“你们真是一班粗人！你们难道想用牙签来洗干净一个国家。照你们的意见，司法机关比强盗更危险了。”

“嗳！嗳！”诉讼代理人德罗什说。

公证人卡尔多说：“让他们同他们的政治见鬼去吧！不要再谈了。从来没有什么科学或者道德的价值比一滴血更高。如果我们为真理清算财产，也许我们会发现它已经破产了。”

“毫无疑问我们在罪恶中享乐，比我们在善良中争论，更不费劲。因此我愿意把我四十年来在讲坛上发表的全部演说，去换

① 布鲁图斯（公元前85—前42），古罗马执政官，恺撒的义子，共和制的坚决拥护者。

一条鳟鱼，去换一篇佩罗[1]的童话或者夏莱[2]的一幅速写。”

“您说得对！请把芦笋递给我。因为说到底还是自由产生了无政府状态，无政府状态导向专制，专制又回到自由。千百万生灵牺牲了，却还未能使其中的任何制度取得胜利。这难道不是一个恶性循环，让人类不断地在里面兜圈子吗？每当人类认为有所改善的时候，实际上只不过把事物挪了一个位置。”

“噢！噢！”杂剧作家居尔西嚷起来，“既然这样，先生们，我为自由之父查理十世[3]干杯！”

埃米尔说：“有什么不可以？当专制主义记载在法律里的时候，自由就藏身在习俗里，反之亦然[4]。”

银行家说：“为给了我们许多权利去对付愚蠢的人的愚蠢的政权干杯！”

一个从未离开过布雷斯特军港的海军军官喊道：“嗳！亲爱的朋友，拿破仑起码给我们留下了光荣！”

“啊！光荣，这是令人伤心的食物，它价格昂贵而且很难保存。它会不会是伟大人物的自私自利，就像幸福是傻瓜们的自私自利一样。”

“先生，您真幸福。”

“第一个发明壕沟的人肯定是个弱者，因为社会只有利于弱者。野蛮人和思想家处于精神世界的两个极端，他们同样对财产所有权感到讨厌。”

“说得漂亮！”卡尔多喊道，“假定没有财产所有权，我们怎能订契约？”

“您说的是美妙古怪的青豌豆吧！”

---

① 佩罗（1628—1703），著名的法国童话作家。

② 夏莱（1792—1845），法国画家，以绘拿破仑时代的人物出名。

③ 查理十世（1757—1836），法国国王，以专制著称。

④ 原文是拉丁文：VICE VERSA。

“于是第二天，神甫被发现死在床上……”

“谁在谈论死？不要开玩笑！我有一个伯父。”

“您大概会听任他死掉。”

“这不成问题。”

“先生们，请听我说！谋杀伯父要领，嘘！（听他说！听他说！）先得有一位又肥又胖的伯父，起码有七十岁，这种伯父最好。（全场轰动。）采用任何借口，叫他吃一顿鹅肝酱……”

“喂！我的伯父是个瘦高个子，很吝啬，饮食也很有节制。”

“啊！这类伯父都是些过度延长寿命的老家伙。”

那位有伯父的人接下去说：“等他在消化的时候，向他宣告，他存款的银行已经破产。”

“假如他经受得住呢？”

“给他送去一位漂亮的姑娘。”

“如果他已经……”他一边说一边做了一个力不从心的手势。

“那么，他就不是伯父，因为伯父都是风流的。”

“玛利勃朗[①]唱歌也有走音的时候。”

“不，先生。”

“是的，先生。”

“哎呀！不管是与不是，难道这不是宗教、政治和文学的所有论著的历史吗？人类是一个小丑，他在悬岩上跳舞。”

“听您这样说，我就是一个傻瓜喽。”

“恰恰相反，原因是您不听我说。”

“教育，好一个无聊的蠢事！海因费特马赫先生记载出版过的书在十亿册以上，而人的一生只能读十五万册。那么请您解释何谓教育？有些人认为教育就是教人知道亚历山大大帝的马的名

① 玛利勃朗（1808—1836），法国女中音歌唱家，原籍西班牙，在伦敦唱歌剧《塞维尔的理发师》一举成名。

字，教人知道什么是贝雷西洛守门狗，以及阿科尔老爷的全名是什么[①]，反而不知道为我们发明了木筏或者瓷器的人是谁。另外一些人则以为，受过教育就是懂得烧毁一份遗嘱，像个老实人似的活着，为人所爱，受人敬重，而不是去做一个屡教不改的偷表贼，有五种加重处罚的情节，缚赴刑场处决，被人憎恨和名誉扫地。”

“拿单[②]还会长期留下来吗？”

“啊！先生，他的合作者都是些聪明人。”

“卡那利呢？”

“他是一位伟人，我们对此不必再作评论了。”

“您喝醉了吧？”

“宪法的直接后果是摧毁一切智慧。艺术、科学、文物，一切都被一种可怕的自私心所吞噬了，自私心就是我们目前的痼疾。你们的三万名资产阶级议员，坐在议会席上，只想着怎样去种植白杨树。专制政府违法地做了许多大事情，自由却连合法地做些小事也不愿去做。”

一个专制政体的拥护者打断他说：“你们的相互教育制造出套在钱眼里的人。在一个被教育弄得人人平等的民族里，个性就会全部丧失。”

那个圣西门的信徒质问：“社会的目的难道不是给人人以幸福吗？”

“如果您每年有五万法郎的年金，您就不会想到老百姓了。您不是酷爱人类的吗？请您到马达加斯加去吧，您可以在那里找到一个小小的民族，它未经开化，可以很容易接受圣西门主义，

① 阿科尔老爷的全名是塔布罗·德·阿科尔（1547—1590），法国作家，专写诙谐诗歌。

② 拿单是圣经上的先知，以色列王大卫的顾问，曾斥责大卫夺人妻子的罪行，后来又主张由所罗门继承大卫的王位。

可以分类，装进试验瓶里；可是，在这儿，每个人都很自然地钻进自己的洞穴，就像钉子插进洞眼一样。门房就是门房，傻瓜就显傻瓜，并不需要进入教会中学来培养提高。哈！哈！”

“您是一个卡洛斯派吧[①]！”

“为什么不是？我喜欢专制政体，它对人类表示某种蔑视。我不憎恨国王。他们多么有趣！他们在距离太阳三千万里[②]的一个房间登基为王，难道不算什么吗？”

一位学者发言了，他是为了教育一个注意力不集中的雕刻家，才引发了一场关于社会起让我们把这个有关文明的大视野概括一下吧。国家伊始，权力可以说是物质的，统一的，赤裸裸的；然后，随着团体的增加，各个政府就采取或多或少聪明的办法来分解原始政权。因此，在上古时代，权力掌握在僧侣手中；教士一手拿着剑，一手拿着香炉。稍后一点，就有两种圣职：一个是大祭司，另一个是国王。到了今天，我们的社会是文明的最后阶段，便根据组合的力量来分配权力，于是我们便有了工业、思想、金钱、言论等权力。权力既然不再统一，便大踏步不停地向社会解体前进，除了利害关系，不再有别的障碍。因此我们不能依靠宗教，也不能依靠物质力量，只能依靠智慧。书本比得上宝剑吗？争论胜得过行动吗？这就是问题所在。”

那个卡洛斯派嚷道：“智慧杀害了一切。绝对的自由把各国引上了自杀的道路，各国都在胜利中感到烦恼，正如一位英国百万富翁一样。”

“您还能对我们说些什么新的东西？您今天丑化了所有政权，这等于否认上帝一样庸俗！您再也没有任何信仰。因此本世纪就像一位道德败坏没有希望的老苏丹！总之，你们的拜伦爵士，在

① 卡洛斯派，指19世纪西班牙支持卡洛斯为国王的反动教权派专制集团的成员。

② 这里的“里”是法国古里，一古里约等于四公里，因此这里是一亿二千万公里。

最后绝望的诗篇里，也歌颂了对罪恶的热爱。”

完全喝醉了酒的比昂训说：“你们知道吗，多一剂量的磷或者少一剂量的磷，就可以使人变成天才或者混蛋，聪明人或者傻瓜，有道德的人或者罪犯？”

德·居尔西喊起来：“怎能这样对待道德！道德是戏剧的永恒主题，是一切悲喜剧的结局，是所有法庭的基础。”

比西乌说：“喂！闭上你的嘴，混蛋。你的所谓道德，就是没有脚跟的阿喀琉斯[①]！”

“来酒呀！”

“你愿打赌么，我能一口气喝完一瓶香槟酒？”

“这是你的一句俏皮话！”比西乌大声说。

一个一本正经地把酒倒给他的背心喝的青年说：“他们都像马车夫似的喝得烂醉了。”

“您说得对，先生，当今政府的技巧就是使公共舆论居于统治地位。”

“舆论？那是最邪恶的妓女！你们这些道德家和政治家，照你们的说法，我们就应该不断地重视你们的法律，而不重视天理，重视舆论而不重视良心了。算了吧，一切都是真的，一切又都是假的！如果社会给了我们绒毛作枕头，它一定拿痛风病来抵消自己的善行，就像它拿诉讼法来抵消司法的严峻，用感冒来抵消开司米披肩的流行一样。”

“怪物！”埃米尔打断这位愤世嫉俗者的话头说，“你怎么能够当着美酒佳肴而且肚子撑饱的时候，来说文明的坏话？咬这只金蹄和金角的狍子吧，可别咬你的母亲……”

---

① 据希腊神话，阿喀琉斯出生时被母亲握住脚跟倒浸在冥河中，因此除脚跟外身体其他部分刀枪不入。后被人用箭射中脚跟而死。阿喀琉斯的脚跟现转意为致命的弱点或薄弱环节。

“如果天主教成功地把一百万个上帝放在一袋面粉里，如果共和国的结果总是拿破仑，如果君主政体出现在亨利四世的被刺和路易十六受审之间，如果自由主义变成了拉斐特[①]，这难道是我的错吗？”

“在七月革命期间您吻过拉斐特吗？”

“没有。”

“那么就请闭上您的嘴吧，怀疑派！”

“怀疑派是最有责任心的人。”

“他们没有良心。”

“您说什么？他们起码有两颗良心。”

“要求天公提早付款！先生，这倒是真正好的生意经，古代宗教只不过是很好地发展了肉体的快乐，而我们这些人却使灵魂和希望都发展起来，这就是进步。”

拿单说：“喂！好朋友们，在一个喂饱了政治的世纪里，你们能够等待些什么呢？《波希米亚国王和他的七座宫殿》这本书有极美的构思，它的命运如何呢？”

“这个吗，”那位对任何事都妄加评论的人从桌子的一端，向另一端直嚷，“这些句子都是从帽子里偶然抽到的，这本书真正是为夏朗东疯人院写的。”

“您是一个傻瓜！”

“您是一个怪家伙！”

“啊！啊！”

“哈！哈！”

“他们要打起来了。”

“不会。”

---

① 拉斐特（1757—1834），法国将军及政治家，曾赴美帮助美国争取独立的战争，回国后参加过大革命和1830年的七月革命。

“明天见高低，先生。”

“马上见分晓。”拿单回答。

“算了吧，算了吧！你们两个都是好汉。”

“您算另一条好汉。”那个挑衅者说。

“他们连站都站不起来。”

“啊！我站不起来，瞧吧！”那位好斗的拿单马上站直身子，样子像个风筝般摇摇晃晃。

他用呆滞的目光向桌子上望了一眼，然后似乎被这个费劲的举动弄得疲惫不堪，又跌落到椅子上，脑袋垂下来，默然不语。

那个对任何事情都妄加评论的人对他的邻座说：“叫我为了一本我从来没有见过也没有读过的书去决斗，这不是很滑稽吗？”

比西乌说：“埃米尔，注意你的衣服，你旁边的那位脸色发青快要吐了。”

“康德[①]吗，先生？这是又一只气球放出来供笨蛋们取乐的！唯物论和唯灵论是两个漂亮的球拍，穿道袍的江湖骗子用来把同一个羽毛球打过去。照斯宾诺莎[②]的说法，上帝无处不在，照圣保罗的说法，一切都来自上帝……他们真是蠢材！开门，关门，这不是同一个动作吗？到底是鸡生蛋还是蛋生鸡？（请把鸭肉给我！）这就是整个科学。”

“笨蛋！”那个学者冲他叫喊，“你提出的问题已经被一个事实解决了。”

“什么事实？”

“不是先有哲学然后有教授的讲台，而是先有讲台然后有哲学！戴上你的眼镜，读一读收支费用表吧。”

“强盗！”

---

① 康德（1724—1804），德国哲学家。

② 斯宾诺莎（1632—1677），荷兰哲学家。

“傻瓜！”

“无赖！”

“骗子！”

比西乌用男低音的调门嚷着说：“除了巴黎，你们还能找到一处可以如此激烈，如此迅速的思想交锋的地方吗？”

“好了，比西乌，给我们演一出古典喜剧吧，要演得过火而可笑的！”

“你们愿意我演 19 世纪吗？”

“大家听呀！”

“安静！安静！”

“把降音器堵住你们的狗嘴！”

“可以闭嘴哩！”

“给他酒喝，让他闭嘴，这家伙！”

“你来吧，比西乌！”

表演艺术家把黑礼服的钮子一直扣到脖子，戴上黄手套，斜着眼睛，装出鬼脸，模仿《两世界杂志》的形象；可惜笑闹声淹没了他的道白，他的笑话一个字也听不到。如果他不能演出本世纪的形象，起码他表现了《两世界杂志》，因为他根本听不见自己的道白。

餐后点心像变戏法似的摆上了桌面。餐桌上放了一个巨大的镀金青铜装饰盘，是有名的托米尔工艺作坊的出品。许多高高的雕像，被一个著名的艺术家刻成欧洲公认的理想之美的各种形体，托着或捧着堆成金字塔形的草莓、菠萝、鲜枣、黄葡萄、金黄桃子，从塞图巴[①]用轮船运来的橙子、石榴、中国鲜果，总之一切令人惊奇的奢侈享受，精美绝伦的点心，以及最精巧的美

① 塞图巴是葡萄牙的海港。

食，最诱人的美食等等。这些由美味佳肴所构成的五彩缤纷的图画，被瓷器的光彩，闪耀的金边，器皿的齿形边缘烘托得更为鲜艳。一只塞夫勒瓷瓶上复制了普森[1]的风景画，上头冠以一长条碧绿而轻盈的苔藓，优美得像大西洋的海岸一样。一位德国王公的领地收入，也不可能负担得起这样引人注目的豪华。金银器皿和螺钿、水晶制品又以新的样式大量出现；可是宾客们醉眼蒙眬，醉话连篇，对着这个阿拉伯神话里的仙境，只能有一种模糊的感觉。餐后酒带来了浓香和激情，宛如很有效率的春药和迷人的晕眩，使人产生一种幻觉，像脚被结实的锁链束缚住，手也沉重不堪。堆成金字塔形的水果被抢夺一空，说话声越来越大，嘈杂声越来越响。那时候谁也听不清谁的说话，玻璃杯砸成碎片，狂笑声像火箭似的猛飞出来。居尔西找到了一个法国号，开始吹奏军乐。这真像是魔鬼发出的信号。这个疯狂的集会在吼叫，呼啸，歌唱，呐喊，怒号，嘟哝。你看见一些本来是快快乐乐的人，忽然变得像克雷比庸[2]的悲剧结局那么忧郁，或者像水手坐在车子里那么懵懵懂懂，你也许会微笑起来。有些精明的人把他们的秘密告诉一些好奇的人，他们根本没有听进去。忧郁的人露出微笑，就好像舞女刚跳完一个原地旋转的动作。克洛德·维尼翁把身体左右摇摆，像只关在笼子里的大熊。亲密的朋友打起架来。人类的外形具有同禽兽相似的地方，生理学家已经很奇妙地证明了这一点，现在这些相似点又隐隐约约地出现在人的手势和习惯上。这就好像为某个比夏[3]写好了的书，这位比夏目前也许正在忍饥受寒。宴会的东道主觉得有点醉了，不敢站起来，可是他一直以一种伪装的神态对宾客们的过火行为表示赞许，尽可能

① 普森（1594—1665），法国画家。
② 克雷比庸（1674—1762），法国剧作家，写了九部悲剧。
③ 比夏（1771—1802），法国医生、解剖学家和生理学家。

地保持有礼貌的好客样子。他的宽阔的脸，变得又红又蓝，近乎紫色，看起来好怕人，结合他整个身体的动作，前后俯仰，左右摇摆，活像在海上航行的双桅航船。

埃米尔问主人："您把他们都杀害了吧？"

泰伊番竖起眉毛，神情是既机灵又愚蠢，回答道："据说，为了纪念七月革命，政府准备废除死刑。"

"可是有时您会不会在梦里见到他们？"拉斐尔问。

这位腰缠万贯的杀人凶手回答："这里有时效问题！"

埃米尔用挖苦的声调大声说："在他的墓碑上，坟场营造人将刻上一句题铭：'过路人，为他洒一掬纪念之泪吧！'啊！如果有一个数学家能够用代数方程式为我证明地狱的存在，我愿意给他一百个苏。"

他把一枚硬币抛向空中，嘴里喊："为了上帝，正面落地！"

拉斐尔抓住硬币说："不要瞧！谁知道呢？碰运气总是十分有趣的。"

埃米尔用一种悲戚的滑稽神气说："唉！我不知道该站在哪一边才好，是在不信神的几何学一边呢，还是在教皇的《天主经》一边。呸！我们喝酒吧！喝酒，我相信，就是神圣酒瓶的神谕而且可以充当《巨人传》的结论。"

拉斐尔回答："我们的艺术，我们的文物，也许包括我们的科学，都应归功于我们在天上的父亲[①]；而且还有更大的恩惠，那就是我们现代的政府，在政府下面有广大而富有繁殖力的社会，由五百个聪明人十分完美地代表着，其中互相敌对的势力彼此抵消了对方的力量，只留下一切权力都归于文明，文明是代替了国王的巨大的王后，国王这个古老而可怕的形象，是人类创造出

① 《天主经》的第一句是"我们在天上的父亲"，因此常用这句话来代表《天主经》。

来的存在于天同人之间的虚假的主宰。面对着这许多已完成的功业，无神论显得只是无繁殖力的骷髅。你认为怎样？”

埃米尔冷冷地回答道：“我在想着天主教制造的血流成河事件。它打开我们的血管和心脏，以仿造一场洪水灾难。不过这也没有什么关系！所有会思想的人都应在基督的旗帜下前进。只有基督才是奠定精神战胜物质的人，只有他才能诗意地将隔开我们同上帝之间的中间世界揭露给我们。”

拉斐尔向他送去了一个难以形容的醉态的微笑，对他说：“你相信吗？为了不让我们牵涉进去，我们为‘不知道的神明’干杯！”

他们喝光了他们那杯融合着科学、碳酸气、香精、诗歌和不信神的醇酒。

管家宣布：“请先生们到客厅去，咖啡已准备好了。”

这时候几乎所有宾客都卷进了一种甜蜜的朦胧状态，在这种状态里理智的光芒熄灭了，肉体得到解放，沉溺在自由的疯狂享乐里。有些人醉到了顶点，满脸忧郁，拼命设法去抓住一个思想，以证明自己的存在；另一些人由于消化负担过重，陷入萎靡不振的状态中，连动都不想动了。几个勇敢的演说家，还在糊里糊涂地说话，连他们自己都不知道说些什么。响起几声歌声，仿佛机械的响声，机械不得不显示一下自己没有灵魂的仿造生命。静寂和喧哗奇怪地结合在一起。可是等到管家代替主人以响亮的声音宣布新的娱乐节目时，所有宾客都站了起来，大家拉拉扯扯，互相扶持或者抱起来。这一大队人马一刹那间在门槛上被迷住了，全体静立不动。东道主献给他们的，是最富有刺激性的挑逗景象，宴会上的穷奢极侈同这景象相比，就黯然失色了。在一盏金色大吊灯的闪耀烛光下，环绕着一张铺着朱红桌布的桌子，一群女子突然出现在举止迟钝的宾客面前，他们的眼睛立刻像钻石似的大放光芒。她们的珠宝首饰富丽堂皇，可是更富丽的是她们灿烂夺目的美貌，在她们面前，这座宫殿的一切奇珍异宝都无藏身之地了。这群像仙女一样迷人的姑娘，眼睛里充满了热情，光彩熠熠，胜过使光滑如缎的帷幔、白色大理石和精细的青铜制品发出反光的大片光线。只要看见她们各有魅力和各有个性的发式和姿态，就能使心头的欲火燃烧起来。她们像是一堵镶着红宝石、蓝宝石和珊瑚的花墙；一圈黑色的项链围在雪白的脖子上，轻轻的披肩像灯塔上的小旗那样飘扬，傲慢的头巾，适度地撩人情欲的紧身衣裳。这群佳丽对所有眼睛都是一种诱惑，对任何逢场作戏的心都是一种享乐。一个摆出迷人姿势的跳舞女郎，在开司米波状褶纹的遮掩下，仿佛一丝不挂。这里一块半透明的薄纱，那里一段闪色的丝绢，遮掩住，或者透露出，神秘的玉体。纤纤小脚像是在倾诉爱情，艳红的嘴唇反而不语。先是一班柔弱端庄的年轻姑娘，伪装的处女，她们漂亮的头发发散出宗教圣洁的气息，看见她们，宛如看见一阵微风就可以吹散的幽灵。然后是眼神傲慢的贵族美女，她们冷漠无情，纤弱消瘦，十分优雅，侧着脑袋，似乎表示要想得到她们，还必须买通她们的王室靠山。一个英国姑娘，皮肤白皙，模样贞洁，轻盈得像空气，是从奥西昂[①]的云端里下凡的，好像是一位忧愁天使，为了罪行而内疚。有些巴黎女人，她们全部的美在于她们具有难以形容的媚态，她们以自己的化妆和智慧而沾沾自喜，她们以柔弱作为全能的武器，她们既灵活又强硬，她们是没有心肝也没有热情的妖艳女人，不过她们善于伪造种种珍贵的热情，装出发自内心的声音，这类女人在这种危险的集会上并不缺少。在会上大放光彩的还有意大利女人，她们表面上很平静，骨子里却认真看待

① 奥西昂，相传是3世纪时苏格兰的一个行吟诗人。

自己的幸福；还有体态健美的诺曼底富家女子，黑头发大眼睛的南方姑娘。你可能以为是侍臣在凡尔赛召集美女，她们从大清早就编织好情网，现在到这里来仿佛被人贩子叫醒，黎明时分动身的一群女奴。她们都在那里发愣，有点羞答答的样子，大家都忙着环绕着桌子站着，就像一群在蜂窝里嗡嗡作响的蜜蜂。这种怯生生的窘态，既包含着责备，也有撒娇的意思，可能是精心策划的诱惑，也可能是自然流露的娇羞。也许这是女人永远无法完全摆脱的一种感情，支使她们用道德的外衣作掩护，以便给荒淫行为带来更大的吸引力和刺激。因此老泰伊番策划的阴谋似乎要失败了。在场的没有约束的男人们开始时都被女人特有的威力镇住了。一阵低沉的赞美声像最柔和的乐声响起来。爱情和醉酒并没有结伴而行，这些宾客恰巧处在醉酒的软弱时刻，所以就没有发生暴风雨般的爱情，他们不得不放弃了神魂颠倒的肉欲享受。艺术家们始终听从诗歌的声音，他们愉快地研究这群入选美女之间的微妙区别。一个哲学家也许是受香槟酒发出来的碳酸气的刺激，突然产生一种想法，他想这群被各种不同遭遇带到这儿来的女人，从前也许是最受人尊敬的，想到这里他不由得战栗起来。她们每个人无疑都有一出流血的悲剧要向人倾诉。差不多每个人身上都带着毒打的伤痕，身后都拖着一个没有良心的男子，无数背弃的盟誓和用悲惨换来的欢乐。宾客们彬彬有礼地接近她们，根据各自不同的性格互相结合，谈起话来。一个个小组形成了。简直可以说，这是在上流社会的一个沙龙里，年轻的姑娘和少妇们正在餐后给宾客们送上咖啡、甜酒和糖果，以帮助这些贪嘴的人们解除消化困难之苦。可是过了不久笑声响起来了，悄悄低语声增加了，嗓门大起来了。短期间内被压下去的狂欢，似乎在寻找空隙要再度兴起。这样的静寂和响声的交替，似乎有点像贝多芬的交响乐。

两个朋友坐在一张柔软的长沙发上，他们起初看见一个身材匀称的高个子姑娘来到他们身边。她仪态万方，容貌不够端正，可是目光敏锐，容易冲动，由于强烈的对比反而能攫住人的灵魂。她的黑色头发，很性感地卷成环形，似乎经历过爱情的搏斗，又轻松地成絮片状落到宽阔的肩上，肩膀则暗示着继续往前看，更引人入胜。褐色的长发卷半遮住她的端庄的脖子，不时射到脖子上的光线，暴露出精美的标致轮廓。她的白色皮肤没有光泽，反而衬托出她脸上鲜艳颜色的暖色调之充满活力。长着长睫毛的大眼睛，喷射出大胆的光芒，这是爱情的火花！红而润湿的嘴唇，半开半闭，呼唤着男人的亲吻。这个姑娘腰身粗大，可是却柔和而富有弹性；她的胸脯和双臂都非常发达，就像卡拉什[①]画的美女那样；不过她敏捷而柔软，而且充满活力，使人联想到一只机灵的母豹，正如她的雄健的身体可以期待给人以无穷的乐趣一样。尽管这个姑娘应该懂得嬉笑和玩乐，她的眼睛和微笑却使人害怕。她像一个被恶魔缠绕的女巫，不能讨人欢喜，只能叫人惊异。各种各样的表情全都像闪电似的掠过她的灵活的面孔。也许她曾经使厌倦一切的人感到高兴，可是青年人对她只感到害怕。她像从古希腊神殿高处跌落下来的一尊火神像，远处看来精美绝伦，近看却粗糙不堪，话又要说回来，她那惊人的美貌应该能使阳痿的人勃起，她的迷人的声音能使聋子复聪，她的眼神能使古老的枯骨复活；因此埃米尔大体上把她比喻为莎士比亚的一出悲剧，好比一幅令人惊叹的阿拉伯式装饰图案，里面有快乐的吼叫声，爱情是野蛮的，里面激烈的愤怒过后继之以优美的魅力和幸福的火焰；她像一头既会咬人也会爱抚人的怪兽，笑起来像

① 卡拉什是意大利画家兼装饰画家，共有兄弟三人，长兄卢多维科（1555—1619），二弟阿戈斯蒂诺（1557—1692），三弟阿尼巴勒（1560—1609），都擅长作画，这里指的是影响较大的三弟。

魔鬼，哭起来像天使，临时一拥抱就能将女人的所有魅力，只除了处女忧郁的叹息和迷人的羞怯以外，都发挥出来。然后一刹那间咆哮起来，撕破自己的两肋，粉碎她的爱情和情郎；最后毁灭她自己，就像一个叛乱的民族那样。她穿着一件红丝绒袍子，用脚毫不在意地践踏从女伴头上跌落的花朵，并且用一只手傲慢地把一只银盘递给两个朋友。她为自己的美貌感到自豪，也许是为自己的堕落感到自豪，她露出一只雪白的胳膊，胳膊在丝绒的衬托下格外引人注目。她站在那里，像是欢乐的女王，人类快乐的象征，这种欢乐可以挥霍掉祖宗三代积累下来的财富，站在死尸身上狂笑，嘲笑自己的祖先，拆散珍珠串和王座，把青年人变成老头，更经常的是把老头子变成年轻人；这种欢乐只能适合于那些对权力已经厌倦，思想经过考验，视战争如同游戏的巨人。

拉斐尔提问了："你叫什么名字？"

"阿基莉娜。"

"哦！哦！你是从《威尼斯得救》[①]里来的吧？"埃米尔嚷道。

姑娘回答："不错。就像教皇取了一个新名字以表示他高出于一切男人之上一样，我也取了一个新名字以表示我高出于一切女人之上。"

"那么你是否像你的主保女圣人[②]那样，也有一个高贵而可畏的阴谋家作情人，他爱你而且愿意为你去死呢？"埃米尔激动地说，他被这种诗意的迹象弄得清醒过来了。

她回答："我曾经有过。可是断头台成了我的情敌。因此我总将几块红布塞进我的首饰里，以警告我享乐不要太过分了。"

"啊！如果你们让她谈起拉罗歇尔海港四个青年上断头台的

---

① 《威尼斯得救》是英国剧作家奥特维（1682—1685）的作品，剧中人物有一个叫阿基莉娜。

② 西俗取名必须从圣经中选择一个主保圣人的名字作为自己的名字，这里指的是剧本里的阿基莉娜。

故事，她会谈个没完的。你闭嘴吧，阿基莉娜！哪一个女人没有一个值得她痛哭的情郎，可是不是每个人都像她一样幸运，有一个情郎死在断头台上。啊！我是宁愿知道我的情郎躺在克拉玛尔坟场的墓穴里，而不愿意发觉他躺在我情敌的床上。”

这些话是一个最纯洁、最标致、最可爱的娇小姑娘用最温柔、最悦耳的声音说出来的，她仿佛是一个仙女用魔杖一指，便从魔蛋里跳了出来。她悄悄地走过来，露出一张精细的脸蛋，她身材苗条，蓝色的眼睛羞怯可爱，鬓角明净。一个从清泉里逃出来的纯洁的水仙，也比不上这个少女更羞怯，更白皙，更天真的了；她看起来只有十六岁，不知罪恶为何物，不懂得爱情，没有经历过人生的暴风雨；她似乎从教堂里来，在教堂里她曾祈求过天使们在她的大限未到以前，把她提早召回天国。只有在巴黎才能遇到这种女人，她们天真无邪的脸下面隐藏着极度的堕落，她们的像雏菊般细嫩和柔软的前额后面隐藏着精心设计的罪恶。埃米尔和拉斐尔一开头就被这年轻姑娘甜蜜的面孔所流露出来的无限希望迷惑住了，他们接受了阿基莉娜递过来的杯子，让那个姑娘在杯子里斟满了咖啡。他们开始询问她，她叫厄弗拉齐。在两个诗人眼中，她用阴险的寓意手法，换了一副面孔，同她的女伴粗鲁而热情相反，她变成一个冷静的堕落的女人，从残忍中得到快感，相当冒失足以犯罪，相当坚强可以嘲笑自己的罪行。她是没有心肝的魔鬼，专门惩罚那些有丰富感情的心灵，因为她自己毫无感情；她永远能够装出笑脸去出卖爱情，装出哭脸在为她的被害人送殡时洒些眼泪，晚上兴高采烈地去读被害人的遗嘱。一位诗人也许会赞美标致的阿基莉娜，所有的人都应该躲避动人的厄弗拉齐，因为前者是邪恶的灵魂，后者是没有灵魂的邪恶。

埃米尔对美丽的厄弗拉齐说：“我很想知道你有时是否也想到将来。”

“将来！”她哈哈大笑地回答，“什么叫作将来？为什么我要去想现在还不存在的东西？我从来不瞻前顾后。我要照顾一整天的事不是已经够多了吗？何况所谓将来我们早知道了，那就是济贫院。”

拉斐尔喊道：“你怎么从现在就想到了济贫院，你不能设法不去吗？”

“济贫院难道就这么可怕？”厉害的阿基莉娜问，“等到我们既不是母亲又不是妻子，衰老又迫使我们的大腿穿上黑袜子，我们的额上爬满皱纹时，我们身上一切女性的特征都已枯萎，我们的朋友见到我们也没有快活的表情，那时候我们还需要什么呢？你们那时候从我们身上，从我们的服饰上，看见的只是原始用来创造女人的一堆烂泥，被两条腿支撑着走路，又冷，又干瘪，又变了样，只发出踩在枯叶上的沙沙声。最漂亮的旧布片穿在我们身上都会变成褴褛，过去给闺房里带来欢乐的龙涎香，现在发出死人的臭味，使人闻到了枯骨的气味；而且，如果在这堆烂泥里还有一颗心，你们大家都来侮辱它，你们甚至不让我们留下一个纪念品。因此，当我们到了人生这个阶段，我们是住在豪华的府第里豢养着小狗，还是在济贫院里挑拣破布，我们的生存还不是一样？用红蓝格子头巾或者用细纱头巾遮盖我们的白头发，用桦树干打扫街道或者用缎子揩拭杜伊勒里宫的石阶，用红土火盆的炭烤火或者坐在镀金的壁炉前面，到沙滩广场去看犯人上断头台或者到歌剧院看歌剧，这中间难道有太大的差别吗？”

厄弗拉齐接着说：“我的阿基莉娜[①]，你在绝望之中从来没有说过这许多有道理的话。是的，开司米，小牛皮，香水，黄金，丝绸，奢侈品，一切亮闪闪和讨人欢喜的东西，只适合于青春时

① 这句话原文是意大利文：Aquilina mia。

代。只有时间能够战胜我们的荒唐行为，幸福却宽恕我们。你们嘲笑我说的话吗？”她向两个朋友恶狠狠地微笑一下，大声继续说，“我说得不对吗？我宁愿死于享乐而不愿死于疾病。看到上帝对人类的所作所为，我既无永生的奢望，也不对人类有多大的敬意！只要给我几百万法郎，我马上把它们花光，一个子儿也不留到明年。活着就是为了享乐和统治，这就是我的心每跳一下就向我宣告的决定。社会支持我，它不是继续不断地向我提供挥霍的费用吗？为什么仁慈的上帝每天早上要将我晚上要花的钱都给了我呢？为什么你们要为我们设立济贫院呢？既然上帝没有把我们安置于善和恶之间，让我们选择什么会伤害我们，什么会使我们烦恼，我不去寻欢作乐，就未免太傻了。”

埃米尔问她：“那么别人呢？”

“别人？让他们自己想办法吧！我宁愿嘲笑别人的痛苦，不愿意为自己的痛苦哭泣。我绝不允许男人使我尝到些微痛苦。”

拉斐尔问她：“你吃过什么苦头才会有这种想法？”

她做出了一个充分显示出她的全部魅力的姿势，回答道：“我的情夫为了一笔遗产就抛弃了我！可是我曾经白天黑夜地工作来养活他。我再也不上什么微笑，什么山盟海誓的当了，我要使我的一生变成长期的欢乐的社交聚会。”

拉斐尔嚷道：“可是，幸福难道不是来自灵魂的吗？”

阿基莉娜接着说：“受人仰慕，受人奉承，用我们的美貌和我们的财富去战胜所有女人，包括最有德行的女人在内，这难道不算一回事吗？何况我们活一天，胜过一个老实的大户人家妇女活十年，这还不足以说明一切吗？”

埃米尔对拉斐尔说：“一个没有德行的女人不是十分可憎吗？”

厄弗拉齐用毒蛇的眼光向他们瞟了一眼，然后以一种难以模仿的讽刺口吻回答：“道德！我们把它让给丑女人和驼背女人。

这些可怜的女人，如果连这点都没有，她们还算什么呢？”

埃米尔喝道：“闭嘴！不要谈论你不懂的德行。”

厄弗拉齐说：“啊！我不懂德行！把自己的一生献给一个你所憎恶的男人，学会怎样生儿育女，让他们长大以后把你抛弃，到了他们在你心窝上刺上一刀的时候，对他们说声：‘谢谢！’这就是你们要妇女遵守的德行；还有，为了酬报妇女的牺牲，你们设法诱惑她，给她带来痛苦，如果她抗拒，你们就损害她的名誉。这真是美妙的生活！倒不如自由自在，爱你喜欢的人，然后趁在年轻时死去更好。”

“你不怕有一天你要为这一切付出代价吗？”

她回答：“为了不让我的欢乐掺杂着悲伤，我将我的一生分成两部分：第一部分肯定是快乐的青春时代，第二部分是不明确的老年时期，那时我会自由自在地受苦。”

阿基莉娜用深沉的声音说：“她没有恋爱过。她从来没有奔跑几百里地去高高兴兴地接受青睐或者遭到拒绝；她从来没有试过把生命系于一发，或者手刃几个男人以拯救她的君王，她的主人，她的天神。对于她，爱情只是一位漂亮的上校。”

厄弗拉齐回答：“喂！喂！拉罗歇尔姑娘，爱情像一阵风，我们不知道它从哪里吹来。而且，如果你曾经被一个傻瓜爱上了，你对聪明人就会感到厌恶。”

高大的阿基莉娜用嘲讽的口气回答：“民法法典上明文禁止我们去爱畜生[①]的。”

厄弗拉齐笑着大声说：“我还以为你对军人是网开一面的。”

拉斐尔喊道：“她们这样放弃她们的理智倒也真是幸福！”

“幸福！”阿基莉娜微笑起来，半带怜悯，半带恐怖，向两

---

① 畜生，法语是 BÊTE，转意为“傻瓜”，上文厄弗拉齐说“被傻瓜（BÊTE）爱上”，所以阿基莉娜以一句俏皮话回报。

个朋友狠狠瞪了一眼。“啊！你们根本不知道什么叫作心怀死念，却被迫去寻欢作乐。”

在这时候巡视一下各个客厅，就等于提前看到了弥尔顿的群魔殿[1]的景象。潘趣酒[2]的蓝色火光给还能喝酒的人脸上抹上一层恶魔似的颜色。有人受狂烈精力的驱使，在跳着疯狂的舞蹈，引起一阵阵笑声和叫喊声，有点像烧焰火时的爆破声。闺房和小客厅里到处躺着醉得昏迷不醒和濒死的人们，一派战场的景色。酒气、欢笑和说话声使气氛极为热烈。陶醉、爱情、狂乱、忘掉世界，这一切都装满着人心，流露在脸上，写在地毯上，表现在混乱中，而且给所有的目光都蒙上一层轻纱，使人只看见空气中充满醉人的烟雾。就像在太阳照射的光圈里，无数明亮的尘埃在飞舞，透过尘埃有无数奇形怪状的形体在活动，有最滑稽可笑的搏斗。这里那里，一群群互相拥抱的男女同装饰着客厅的白色大理石雕像混在一起，真假难分，这些雕像都是雕刻艺术上的珍品。两个朋友虽然还在思想上和器官上保持着一定程度的清醒，这是生命的最后激动，人生不完善的缩影；他们不可能在这些稀奇古怪的荒诞现象中，分辨出什么是真实的东西，在不断地从他们疲倦的眼前经过的神奇现象中，分辨出什么是可能的。天空中挤满我们的梦想，我们梦中的人物都是热烈而又温柔的，尤其是他们带着链条仍能行动敏捷，总之，睡梦中最不平常的事件在剧烈地袭击两个朋友，使他们把荒淫放荡的活动当作噩梦中的种种变化，在噩梦中行动都是无声的，大喊大叫耳朵也听不见。这时候一个心腹仆人费了很大的劲才把主人请到一间前厅里，凑近耳朵对主人说：

---

① 弥尔顿（1608—1674）是英国诗人，所著《失乐园》长诗中有群魔殿的景象。

② 潘趣酒是由朗姆酒作基础，加上桂皮、柠檬等混合而成，有冷的、热的和火烧的三种。火烧是烧酒中的烧酒。

“先生，所有邻居都站到窗口埋怨我们声音太吵。”

泰伊番大声喝道：“他们既然害怕声音，干吗不叫人用麦秸把大门堵起来？”

拉斐尔突然爆发出一阵哈哈大笑，笑声来得太不合时宜了，以致他的朋友问他为什么会猛然狂笑。

拉斐尔回答：“你要理解我是很困难的。首先，我得向你承认，你在伏尔泰码头上撞见我的时候，我正想跳进塞纳河里自杀，你一定想知道我自杀的理由。可是，如果我补充说，当时由于一个神话般的偶然机会，物质世界最富有诗意的遗迹，恰好在我眼前由人类智慧的象征概括起来；这时候我们在餐桌上糟蹋过的精神财富，却归结到两个女人身上，她们成为荒唐行为最原始的活样板，而我们对世人和世事的毫不关心，正好为截然相反的两种生活方式的丰富多彩的图画提供一个过渡的机会，这样说你能更理解一点吗？要是你还没有喝醉的话，你也许就能从中看到一本哲学教科书。”

“如果你没有把两只脚搁在迷人的阿基莉娜身上，你就会为你的喝醉了酒和胡言乱语害羞，”埃米尔说，他正在把厄弗拉齐的头发卷过来卷过去地逗着玩，自己却不大意识到在做这种天真的游戏。“这位姑娘的鼾声有点像暴风雨发作前的呼呼声。你的两种生活方式可以归纳成一句话，总结为一种思想。简单而机械的生活，会引导人到不合理的明智，因为劳动窒息了智力；而在抽象的空虚中或者在道德世界的深渊中生活，就会引导人产生疯狂的明智。总而言之，为了活得长寿而扼杀感情，或者作情欲的牺牲品在年轻时死亡，这就是对我们的判决。还有，这个判决还要同万物的主保圣人所赐给我们的天性作一番斗争，而主保圣人是苛刻地嘲弄人的。”

“大傻瓜！”拉斐尔喊起来打断他的话头，“像你这样‘归纳’和‘总结’下去，你就可以写成好几部书了！如果我真想把这两种想法归纳成公式，我也许可以告诉你：人类由于运用理智而堕落了，如果无知无识，倒可以净化。这就是同社会打官司！可是不管我们是同聪明人生活在一起，还是我们同愚人同归于尽，结果迟早还不是一样？所以那位伟大的第五元素的提炼者[①]从前曾经用两句话来表达这两种生活方式：卡里马里，卡里马拉[②]。”

埃米尔回答：“你叫我怀疑上帝的威力，因为他的威力还比不上你的愚蠢。我们亲爱的拉伯雷早已用更简单的两个字‘也许’来代替卡里马里，卡里马拉这两句话，解决了这个哲学命题，蒙田[③]就是从‘也许’得出他的‘我知道什么？’的。再说，精神科学上的这些新词儿，还不是皮浪[④]在善和恶之间的惊呼，或者比里当的驴子站在两堆同距离的燕麦中间[⑤]，不知如何选择。可是让我们不谈这种在今天已归结为‘是’或‘非’的永恒争论吧。你说说你想跳进塞纳河里到底是作的什么试验？难道你妒忌圣母桥的水力机械吗？”

“啊！你根本不了解我的生活。”

埃米尔喊起来：“啊！你这句话老掉牙了，我没有想到你这么庸俗。你难道不知道我们大家都认为自己吃苦比别人多吗？”

“唉！”拉斐尔叹了一口气。

“你说‘唉’字显得很滑稽！你是不是精神上有病，或者肉体有病，迫使你在早上运用臂力把马匹拉回来，而这些马匹在晚

---

① 拉伯雷在所著《巨人传》封面上自称为“第五元素提炼者”。

② 源自《巨人传》中的话，有音无义。

③ 蒙田（1533—1592），法国作家，哲学家。

④ 皮浪（公元前约365—前275），古希腊哲学家，怀疑派哲学的创始人，否认人能真正认识真理，其主要理论根据是感官经常发生错觉，对一个命题往往有互相矛盾的判断，必须先审查前提是否有错，才能判断一个命题，因此真理无法认识。

⑤ 比里当（1300—1366），法国经院派哲学家，以他的“驴子理论”而著名：一只又饥又渴的驴子，站在一堆草料和一桶水之间，两边距离相等，驴子不知先选择哪一面。

上要将你四马分尸，像达米安[1]过去所受的刑罚一样？你有没有在顶楼上，不用盐，生吃了你的狗？你的孩子们是否曾经对你说过'我饿了'？你有没有卖掉你情妇的头发，得钱去赌博？你是否曾经急急忙忙地赶去兑付一张假汇票，票上的地址是假的，付款人是一位子虚乌有的叔父，而且你唯恐迟到了？请注意，你听我说。如果你投水是为了一个女人，为了一张拒绝付款证书，或者为了烦闷，我就同你断绝关系。坦白吧，不要说谎；我要求你的不是长篇大论的历史回忆录，在你酒醉许可的程度内，尽量简短些，我像一个读者那样苛求，却像一个妇女读晚祷经文那样昏昏欲睡。"

拉斐尔说："可怜的傻瓜！从什么时候起痛苦和同情不是按正比发展的？当我们到达科学的某种程度，可以让我们写出一本人心自然史的时候，我们就能把人心命名，分类，分科分属，分成甲壳类、化石类、蜥蜴类、微生物类等等，还有什么？那时候，我的好朋友，就能完全证实世界上有些人心像花儿那样柔软和娇嫩，轻轻一碰就碎，而有些铁石心肠的人，对这种撞碰根本毫无感觉。"

"哦！拜托了，给我省掉这一大套开场白吧。"埃米尔抓住拉斐尔的手，半带笑容半带怜悯地说。

---

① 达米安（1715—1757），先当兵，后当仆役，他为了提醒路易十五注意国王的职责，用小刀轻刺了一下路易十五，被判在沙滩广场四马分尸，国人闻之大哗。

La peau de chagrin

B a l z a c

第二部

铁石心肠的女人

沉默了一会儿以后，拉斐尔不自觉地做了一个毫无牵挂的手势说：

“我真的不知道是否葡萄酒和潘趣酒的作用，使我目前十分清醒，可以将我的一生归结为一幅图画，里面的人物、色彩、明暗和中间色调都十分忠实地同原来的一样。我的这种富有诗意的想象力并不令我惊奇，只是想到我过去的痛苦和快乐时，总带着一种轻蔑而已。回顾过去，我的一生似乎被一个道德现象所缩小了。这种持续了十年的漫长而缓慢的痛苦，今天可以用几句话来概括，其中的痛苦只不过是一种感想，快乐也只是一种哲学上的反思而已。我是在审判过去，而不是在感觉……”

埃米尔喊道：“你真像一个没完没了的修正案那么讨厌。”

拉斐尔毫无怨言地继续说：“这很可能。为了不致累坏了你的耳朵，我就不谈我头十七年的生活了。在十七岁以前，我跟你，跟无数别的青少年那样，过的是公立中学或者私立中学的生活，这当中虚假的不幸和真正的快乐都成了我们甜蜜的回忆。我们吃腻了美食的胃口尤其怀念星期五的素食，因为我们再也没有吃素的机会了。这真是一段美好的生活，它的业绩似乎没有什么足以称道的，但是却教会了我们怎样工作……”

“言归正传吧。”埃米尔半逗乐半埋怨地说。

拉斐尔做了一个要求继续发言的手势，接着说：“我从中学毕业以后，父亲强迫我遵守严格的纪律，他让我住在同他的书房相连的一间房间里，早上 5 点起床，晚上 9 点睡觉。他要我认认真真地学习法律，除了上学以外，还要到一个诉讼代理人那里学习。我每天走路和学习的时间都有严格的规定，而且晚餐时父亲还要我将学习情况做出精确的汇报……”

“这跟我有什么关系？”埃米尔说。

拉斐尔回答：“好吧，你见鬼去吧！如果我不把那些影响我的心灵，造成我胆小，让我长期停留在青年人天真朴实的原始阶段的不惹人注意的事情告诉你，你又怎能理解我的情感？因此，二十一岁以前，我都屈服于一个比修道院的规章更冷酷的专制统治下。为了让你理解我生活上悲痛经历，也许向你描绘一下我的父亲就够了：他是一个又瘦又干的高个子，脸像刀锋那样狭长，脸色苍白，言语简短，像老处女那样爱逗弄人，像个办公室主任那样谨小慎微。他的父亲身份始终笼罩着我的调皮而快活的思想，而且像铅做的圆盖那样盖在这些思想上。如果我向他表达一点温柔甜蜜的感情，他就把我当作一个说傻话的孩子看待。我怕他比过去怕我们的学监更甚；对于他来说，我永远只是个八岁的孩子。现在我还像看见他就在我眼前。他穿着栗色长外套，身体挺得笔直，像复活节的蜡烛，他的神气像一条用淡红色的小册子封面包卷着的烟熏鲱鱼。不过，我是爱我父亲的，归根结底他是个正直的人。如果父亲的严厉有伟大的人格和纯洁的品行来证实是对的，又能同仁慈巧妙地结合起来，我们也许就不会恨他了。即使我父亲从来没有放松过我，即使在我二十岁以前，父亲从来没有给过我十个法郎，这十个调皮的法郎，十个放荡的法郎，在我眼中是我梦寐以求的巨大财富，使我幻想起无数难以形容的乐趣，即使这样，我父亲仍然设法给我找些娱乐。在他答应让我乐一乐以后过了几个月，他才带我去滑稽剧院，去听音乐会，去参加舞会，我很希望能在这种场合遇上一个情人。一个情人！对我说来，就是独立自主。可是我天性害羞又胆怯，又不懂得交际场所的用语，在那里连一个熟人也没有，每次归来，仍然保持着一颗纯洁的心，但又充满了欲望。第二天，我仍然像一匹战马那样被我父亲套上笼头，一大清早就回到诉讼代理人那里去，回到法学院去，回到法院去。

“想要偏离我父亲给我划好的永远不变的路线，那就是惹他生气；他曾经恫吓过我：只要我一犯错误，就把我送到中美洲的安的列斯群岛去当见习水手。因此我偶然胆敢在游乐场所逗留一两个钟头，就会害怕得浑身发抖。你只要想象一下：最狂放的遐想、最多情的心、最温柔的感情、最富有诗意的个性，却不停地碰到世界上最僵化、最易怒、最冷酷的人，总而言之，这无异于把一个少女嫁给一具骷髅，这个比方就能使你明白我的生活。我再告诉你我生活中的一些奇怪现象吧：我计划过逃走，但是一见到我父亲这些计划就烟消云散了，我一失望就倒头大睡；我压抑自己的欲望，我用音乐来驱散我的忧郁。我把不幸都发泄到旋律中，贝多芬或者莫扎特经常是我的知心密友。到了今天，我一回想在那天真无邪的年代曾经扰乱我的良心的所有偏见，我就禁不住微笑起来：当时我踏进一所饭馆，我就以为我会破产；我的想象中咖啡馆是大吃大喝的场所，在那里人们会丧失荣誉还赔上财产；说到拿钱去赌博冒险，首先得手里有钱。啊！即使我会使你昏昏欲睡，我也得告诉你一件我生平最可怕的乐事，这类乐事是装有利爪的，能够插进我们的心窝里，就像在苦工囚犯的肩上用火红的铁打烙印一样。我当时是在纳瓦兰公爵家的舞会上，公爵是我父亲的表兄弟。为了让你彻底了解我的处境，你得知道，我当时穿的是一套破旧衣服，一双蹩脚鞋子，打一条马车夫的领带，戴的是一副旧手套。我躲在一个角落里，为的是能自由自在地吃冰淇淋和欣赏标致的女人。我父亲看见了我。他做了一个信任我的举动使我大吃一惊，我永远也猜不透他为什么要这样做：原来他把他的钱包和钥匙交给我保管。离我十步远的地方有几个人在赌博。我听到了金币挪动的响声。我只有二十岁，我希望能有一整天让我完全泡在我这年龄能犯的一切罪恶里。这是一种精神上的放纵，同妓女的胡思乱想和少女的梦想不同。一年以来，我整天想着穿一套好衣服，坐上马车，有一个标致的女人坐在我身边，俨然一副老爷模样，到韦里餐馆吃饭，晚上去听戏，决心要到第二天才回去见我父亲，回去时要拥有一个比《费加罗的婚礼》情节更曲折的奇遇作为武器去对付我父亲，使他无可奈何。我估计这件乐事要花五十埃居。我难道不是还受着《逃学》[1]的天真魅力的影响吗？因此我走进一间小客厅，单独一个人用火热的眼睛和颤战的手指来数父亲的钱：共有一百埃居！想起这笔钱，逃学的快乐立刻出现在我眼前，它们像《麦克白》剧中的女巫们围绕着她们的大锅跳舞，可是多么迷人，多么激动人心，多么令人愉快呀！我变成一个百分之百的无赖了。我不管耳朵里嗡嗡作响，也不顾心脏急速跳动，我拿了那两枚各值二十法郎的金币——它们仿佛还在我的眼前！它们的铸造年份已经看不清楚，上面的拿破仑头像也模模糊糊了。我把钱包放进我的衣袋，用湿润的手心紧握着那两枚金币，回到一张赌桌上来；我在赌徒周围巡视，好像一头雄苍鹰在鸡棚的上空盘旋。我被难以形容的焦虑煎熬着，突然间向周围糊里糊涂地巡视了一下，确信没有熟人看见我时，便将赌注压在一个快活的矮胖子一边，我立刻为他祈祷，我的祈祷加起来比在海上遇到三次风暴时的祈祷还多。然后凭着一种卑鄙的本能，或者在我这种年龄可算是惊人的狡诈心理，我走过去站在一道门的旁边，眼光注视着客厅，却什么也看

① 《逃学》是一篇课文的名字。

不见。我的灵魂和我的眼睛早已围绕着那张该死的绿毯台子飞翔。从这一晚上起，我开始了我的第一次生理现象观察，靠着这种观察，我具有一种洞察一切的本领，使我能抓住我们双重天性的某些秘密。我转过去用背对着那张即将决定我的幸福的桌子，越是有罪的幸福，其程度也许就越深。在那两个赌徒和我之间，隔着一堵人墙，厚度足有四五行闲谈的人那么厚。谈话的嗡嗡声使人分辨不出同乐队声混在一起的金币声。尽管有这许多障碍，由于强烈的爱好具有一种特权，能摧毁时间和空间的限制，我清楚地听见了两个赌徒的说话声，我知道他们的分数，我知道他们中的一个翻开了‘国王’就像我亲眼见到那些纸牌一样；总而言之，我离开赌桌有十步远，而赌博的千变万化却使我的脸都发青了。猛然间我父亲从我面前走过去，我马上明白《圣经》上那句话的意义：‘上帝的圣灵从他面前走过！’我赢了。

“穿越围绕着赌徒们旋转的人群，像一条从破网眼里逃出来的鳗鱼那么灵巧，我向赌桌奔过去。我的神经原来紧张得疼痛，现在变得轻松愉快了。我真像一个走向刑场的罪犯，突然间遇见了国王。出乎意料的是，一个挂着勋章的人宣称他还缺少四十法郎。许多不安的眼睛都怀疑地注视着我，我脸色发白，汗水从我的额头上淌下。我觉得我偷了父亲的钱受到报应了。这时候那个善良的矮胖子用毫无疑问确是天使般的声音说：‘这里所有的先生们都下过注了。’同时他拿出四十法郎赔给那个人。我又重新抬起头来，胜利地环顾那些赌徒。我将拿掉父亲的金币归还到钱包中去，把我赢来的钱押在那位高尚而老实的先生一边，他在继续赢钱。等到我看见我赢了一百六十法郎，我就停止赌博，将钱用手帕包好，免得在回家途中这些钱会受震动而叮当作响。

“回到出租马车上的时候，父亲问我：‘您刚才在赌场干什么？’

“我哆嗦着回答：‘我在瞧瞧。’

“我父亲又说：‘如果您为了自尊心，不得不在赌桌上押下了一些钱，这并没有什么可奇怪的。从上流人士的眼中，您的年龄已经够大，可以干些傻事了。因此，拉斐尔，如果您用了我钱袋里的钱，我会原谅您的……’我一句话也没有回答。

“回到家里，我把钥匙和钱包还给我父亲。他走进自己房间，把钱包里的钱向壁炉上面一倒，数了数金币，然后转过身来，脸色相当和蔼可亲，对我说话，每句话都或长或短地一顿，而且十分意味深长：‘我的孩子，您马上就二十岁了。我对您很满意。您需要一笔生活费，这无非是要您学会节俭和懂得生活。从今晚起，我每月给您一百法郎。您爱怎么花就怎么花。这儿就是您今年第一季度的生活费。’他边说边抚摩着一堆金币，仿佛要核实一下数目。我承认我差点儿就跪倒在他的脚下，向他坦白我是一个贼，一个下流胚……或者比这更坏，一个骗子！羞耻阻止了我，我只走上前要拥抱他，他轻轻地把我推开。他对我说：‘现在，您是一个成人了，我的孩子。我所做的只不过是一件普通而公道的事，您不必谢我。’接着他又用温和然而充满尊严的语气对我继续说：‘拉斐尔，如果我有值得您感谢的地方，那就是我保护了您的青春时代，使您生活在巴黎而不致遭受吞噬巴黎青年的种种祸害。从今以后，我俩是朋友了。再过一年，您就得到法学博士学位。您曾经以缺少娱乐和节衣缩食为代价，获得了切实的知识和热爱工作的精神，这些都是注定要干大事的人必不可少的锻炼。拉斐尔，学会认识我吧。我希望您成为，不是律师和公证人，而是一个政治家，有朝一日能成为我们这个穷苦家庭的光荣。明天见！’再说一句，同时做了一个神秘的手势叫我走开。

“从那天起，我父亲就坦率地把他的计划告诉我。我是他的独子，十岁就丧母。过去，我父亲是一个有历史渊源家族的家长，这个家族在奥弗涅省几乎被人遗忘了，父亲不甘心带着佩剑去种田，就到巴黎奋斗来了。父亲具有法国南方人的机灵，再加上毅力，他就成了非常能干的人，他没有多大的靠山就在中央政府里得到一个位置。大革命不久就摧毁了他的家产；可是他懂得再娶一个富有家族的女继承人为妻，到了帝政时代，他几乎恢复了我们家族的昔日荣华。复辟时期归还了大批财产给我的母亲，却使我父亲破了产。从前他买了不少皇帝赏赐给将军们的地产，这些地产都在外国，为了维护这些可怜的赏赐的所有权，十年来他不得不同清算人、外交官以及普鲁士和巴伐利亚的法院做斗争。我父亲将我投入这个纠缠不清像迷宫似的规模宏大的诉讼案子里，诉讼的胜负将决定我们的前途。我们可能被判归还从1814 年至 1816 年砍伐木材的收益和价金；这样一来，我母亲的财产就仅够用来挽救我家的荣誉了。因此，自从那天我父亲类似宣布对我解除监护时起，我又落入最可恨的枷锁中。我不得不像在战场上那样战斗，白天黑夜地工作，去谒见政府要人，设法探听他们的宗教信仰，引诱他们对我家的事情发生兴趣，讨好他们，讨好他们的夫人、奴仆和狗，把这种令人厌恶的职务隐藏在风雅的外表下面，在有趣的玩笑里。我理解了我父亲憔悴的脸上为什么总是愁眉不展。大约在一年期间，我表面上过着上流社会人士的生活；可是这样的挥霍和我急于同得宠的亲戚或者对我们可能有用的人拉关系，背后隐藏着大量的工作。我的娱乐消遣仍然是法庭的辩护词，我的谈话就是回忆录。到目前为止，我一直是品行端正的，因为我无法放任自己去干青年人爱干的事！可是我害怕一下疏忽会导致我父亲或者我的破产，我就变成了我自己的专制暴君，我不允许我自己有一点娱乐或者乱花一分钱。当我们年轻时，当世人和世事的摩擦还没有到达这种程度，能破坏娇嫩的感情之花，思想的绿茵和永远不让我们同罪恶妥协的高贵而纯洁的良心时，我们时刻感到责任在身；我们的荣誉大声疾呼，大家都听它的号召；我们是坦诚和直率的，那时候我就是这样一个人。我想证实父亲对我的信任是做对了的；过去，我曾经很开心地偷过他一笔小小的款项，现在我同他一起挑起他的事业、他的名声、他的家庭的重担，我很想秘密地把我的财产和我的希望一起交给他，就跟我为他牺牲过我的快乐一样，我甚至为我的牺牲感到幸福！因此当德·维莱勒先生[①]专门为我们搜索出一份宣告丧失产权的皇帝诏书的时候，我就签字出售我的产业，只留下位于卢瓦河中央的一个无价值的小岛，上面有我母亲的坟墓，我们因此破产了。到了今天，也许我不缺乏什么论据、歪理、哲学观点、人道和政治观点来争辩一下，以避免去做我的诉讼代理人所谓的‘蠢事’。可是我当时二十一岁，我再重复一遍，我们那时整个就是慷慨、热情和爱。我看见父亲当时噙在眼里的眼泪，就是我最宝贵的财产，回忆起这些眼泪往往就成为我穷困的安慰。我还清他的债务以后过了十个月，我父亲便郁郁而死，他爱我却害我破了产，这种想法就是他的死因。1826 年秋末，我二十二岁，独自一个人护送着我的第一位朋友，也就是我父亲的灵柩。很少有年轻人像我那样，只有自己的思想做伴，跟在柩车后面，淹没在巴黎的茫茫人海中，既没有前途，也没有财产。由慈善机构捡回来的孤儿，至少还有战场作他的出路，有政府或者王家检察官作他的父亲，有救济院作他的栖身之所。我呢，一无所有！过了三个月，拍卖估价人给我送来了一千一百一十二法郎，这是清算我父亲遗产后的净收入。债权人强迫我出售我们的家具，我习惯于从青年时代起就认为我周围的奢侈品价值连城，想不到清算后余款只有这么一点点，使我不胜惊异。

“拍卖估价人对我说：‘你的家具都陈旧过时了。’

① 维莱勒（1773—1854），法国政治家。

“这句话多么可怕：它谴责了我童年的一切信仰，夺去了我最初的幻想，也是最珍贵的幻想。我的全部财产压缩为一纸出售清单，我的前途躺在装着一千一百一十二法郎的布袋里，整个社会在我眼里就体现在这个拍卖执达员身上，这家伙戴着帽子同我说话。我家的一个贴身老仆若纳塔斯很爱我，我母亲以前曾经给他储存了一笔四百法郎的终身年金，他要离开我们家了，这个家是我在童年时代经常欢快地坐着马车出入的，他对我说：

‘拉斐尔先生，您必须加倍地勤俭持家！’他哭了，这个好心的人。

“我亲爱的埃米尔，这种种事件就是主宰我的命运，改变我的灵魂，把我年纪轻轻就安置在虚假的社会地位上的原因，”拉斐尔歇了一会儿后说，“有几家有钱的家庭，同我有些亲戚关系，不过相当疏远，他们亲情冷漠而且看不起人，早已对我关上了大门，否则我的自尊心也不会让我去叩他们的门。尽管我是某些有权有势的人的亲戚，而且他们对外头人喜欢滥施庇护，我既没有亲戚，也没有保护人。我的心灵要向外发展经常受到阻碍，只好向内回收。我本来坦率而淳朴，却不得不装出冷酷而且城府很深。我父亲的专制作风剥夺了我的全部自信心，我既羞怯，又很笨拙，我不相信我的声音能产生些微影响，我不喜欢我自己，我认为自己很丑，我对自己的眼光感到羞耻。尽管支持赋有天才的人努力奋斗的内心呼声向我叫喊：‘拿出勇气来！前进！’尽管在孤寂中我的才能会突然显露出来，尽管同当前受群众崇拜的新书相比，我脑子里的稿子给了我无限希望，我仍然像个孩子般怀疑我自己。我在受着过度野心的折磨，我认为自己是命定要干大事的，可是我觉得自己什么也不是。我需要同人交往，而我却没有朋友。我应该在世界上闯出一条路来，我却仍然孤单一人，羞怯更甚于胆小。我父亲把我投进贵族社会的旋涡那一年，我是带着一颗清新的心和一个干净的灵魂进去的。我同所有大龄的孩子一样，暗地里渴想得到美好的爱情。我在与我同龄的青年人中，遇见一班吹牛大王，他们昂头仰首，言之无物，脸也不红就坐到我认为最可敬的女人身边，出言不逊，咬他们的手杖头，故作媚态，诱使最漂亮的女人们向他们卖淫，真的或自称把脑袋枕在所有的枕头上睡过觉，装出不愿意寻欢作乐的样子，认为最贞洁、最一本正经的妇女是最容易征服的，只要一句普通的话，一个大胆的动作，第一道放肆的目光，就可以得手！我凭良心对你说，取得权力或者文学上的伟大声誉，在我看来，比博得一个年轻、聪明而又优雅的上流社会女子的欢心更容易些。因此我发现我心烦意乱，我的感情、我的信仰同社会准则不相符合。我有勇气，但只藏在内心，并不表现在举止态度上。我后来才知道女人是不喜欢人家乞求的。我曾经见过许多被我暗中崇拜的女人，为了她们我愿献出一颗经得起任何考验的心，一个不怕四分五裂的灵魂，一种不畏牺牲和挤磨的毅力；然而她们却属于一些蠢材所有，这些蠢材连当门房我也不要。曾经有多少次，我梦里的情人突然在一个舞会里出现，我默默地、动也不动地赞赏她；这样我就在思想上把我的生命献给永恒的爱抚，我将自己的全部希望都凝聚在一道目光中，同时在心醉神迷中把我的甘愿受骗的青年人的爱情奉献给她。有时候，我愿意将我的生命去换取一夜风流。唉！我找不到耳朵来倾听我热情的话，找不到可以让我凝视的眼睛，找不到同我心心相印的心，我受尽了折磨，我的由于不够大胆、缺乏机会或者经验不足而无所作为的精力，只好自己消耗掉。也许我因为要人理解我而感到失望，或者因为太被人理解而慌张。可是对于别人投射过来的有礼貌的目光，我总是准备好用热烈的感情去迎接的。尽管我用极快的速度去迎接这种目光，或者迎接一些表面上亲热的话，把它们当作温柔的接触，但是我从来不敢在合适的机会说话或者沉默。由于感情冲动，我的说话变得语无伦次，我的沉默变成呆头呆脑。生活在灯光下的虚伪社会，人们只用些陈言套语来表达各种思想，只会使用一些新潮的字眼，我在其中也许是太天真了。何况我也不懂得怎样不说话等于说了话，说了话等于不说话。总之，我身上保留一团熊熊燃烧的火，我的灵魂同女人们希望遇到的灵魂相同，我被女人们渴望得到的兴奋激昂折磨着，我拥有足使傻瓜们夸耀的那种精力，然而我所遇见的女人全都是阴险毒辣的。因此，当那些小团体的英雄们庆祝胜利的时候，我天真地崇拜他们，丝毫没有怀疑他们在说谎。毫无疑问我的错误在渴想得到一种凭口头答应的爱情，在想从一个水性杨花、爱好奢侈、醉心虚荣的女人心中找到伟大而坚强的爱情，找到在我心中像暴风雨袭击着的海洋般宏伟的爱情。啊！我觉得我生下来是为了恋爱的，是为了使一个女人十分幸福的，我却一个女人也没有找到，连一个勇敢而高贵的马塞莲娜[①]或者某个年老的侯爵夫人也没有！我在背包里装着无数珍宝，却找不到一个孩子，一个好奇的少女来欣赏一下。我绝望到想自杀。”

“今天晚上的悲剧性太严重了！”埃米尔大声说。

拉斐尔回答道：“啊！让我谴责自己的一生吧。如果你的友谊还不能赋予你相当的力量来倾听我的哀歌，如果你不能忍受半个钟头的厌烦，你就睡觉去吧！不过从今以后再也不要过问关于我的自杀的事了，自杀的念头正在我心中沸腾，它已经站立起来，正在呼唤我，我向它致敬。要评论一个人，起码先得熟悉他的思想、不幸和感情上的秘密；只从物质的事件方面去理解他的生活，那就是写编年史，写傻瓜们的故事！”

---

① 马塞莲娜是《费加罗的婚礼》中的管家婆，后来证明是费加罗的母亲。

拉斐尔说这番话时的辛酸语调，使埃米尔深深地感动，从这时起，他便全神贯注在拉斐尔身上，呆呆地注视着他。

拉斐尔接着说：“可是给这些偶然事件增添色彩的光线，改变了它们的面貌。我从前认为是不幸的正常事件，也许育孕出优异的才能，使我日后为它们感到骄傲。对哲学的好奇心，过度的用功，爱读书，这一切从七岁起到我进入社会为止，占据了我的全部生活，它们难道不是曾经赋予我以一种灵活的能力，这种能力，照你说，就是使我能表达自己的思想，而且能够在人类知识的广大领域里阔步前进的吗？我命里注定遭人遗弃，养成了压抑自己感情的习惯，生活在内心世界中，这一切难道没有赋予我一种比较和思考的能力吗？上流社会生活的各种刺激能将一个美好的灵魂变成渺小，使它堕落到卑贱的境地，我没有在这些刺激中晕头转向，我的敏感性不是能够集中起来，变成比爱情的意愿更高尚的意志的完善工具吗？女人看不起我，我记得也曾经用被人看不起的人的洞察力去观察她们。现在我明白了，是我的真诚性格不讨她们欢喜！也许女人们都希望别人带点虚伪？我这个人往往在同一时间内，有时是男人，有时是小孩，既浅薄又有思想，没有成见却充满迷信，经常像她们一样带有女人气，难道她们不应该把我的天真当成厚颜无耻，把我思想上的纯洁当成自由放荡吗？她们认为知识很讨厌，女性般忧郁是软弱无能。这种想象力的过度飘忽不定，既是诗人们的不幸，也会使她们认定我是一个不可能恋爱的人，思想不固定，又没有毅力。我沉默时像个傻瓜，我想讨她们欢喜的时候，也许我又得罪了她们，因此女人们就判决我有罪了。我噙着眼泪，怀着哀伤来接受社会对我的判决。这个处罚产生了后果。我想向社会报复，我想运用智力去征服所有女人的心，我想当我走进客厅的时候，仆人通报我的名字，我看见所有的目光都集中到我身上。我自居为伟大人物。从孩提时起，我就像安德烈·德·谢尼耶[①]一样拍拍自己的脑袋说：‘这里面装着不少东西！’我感到在自己身上有一种思想要宣扬，有一个制度要建立，有一门科学要解释。我亲爱的埃米尔啊！今天我还不到二十六岁，我已经确信我会默默无闻地死去，永远不能成为我梦里占有过的女人的情郎，让我把我的荒唐行为都告诉你吧！我们大家不是都或多或少地将我们的愿望当成现实的吗？啊！我绝不愿意同在梦中没有为自己编织过桂冠，没有建造过雕像台座，没有几个百依百顺的情妇的青年人做朋友。我吗，我经常在梦里当将军，皇帝；我也曾经是拜伦，醒来以后什么也不是。到过人世的顶层以后，我发现还有无数的山峰要攀登，无数的困难要克服。在我心内沸腾着的宏大的自尊心，我对命运的崇高信仰，当一个人同世事接触以后不让自己的灵魂随便被撕成碎片，就像一头绵羊经过荆棘丛时被拔掉一些羊毛那么容易，他也许会成为天才，这一切救了我。我只想获得光荣，同时默默地为我终有一天要得到的情妇工作。所有的女人都集中成为一个，而这个女人我相信我会在第一个进入我的视线的女人身上找到；可是，我在她们身上看到的都是王后，而所有王后都必须追求她们的情夫，因此她们也应该主动来找我这个受苦的、贫穷的和羞怯的青年。啊！对于那个可怜过我的女人，我心中除了爱情之外，还充满了感激之情，我愿意终生热爱她。过了不久，我的观察使我知道了不少残酷的现实。因此，亲爱的埃米尔，我有永远独身的危险。女人们习惯于在一个有才干的人身上只看见缺点，在一个傻瓜身上只看见优点，这是由于不知什么思想上的倾斜所造成的；女人们对傻瓜们身上的优点十分欣赏，因为这些优点只不过是对她们自身缺点的没完没了的恭维，而能干的男人却不能提供

① 安德烈·德·谢尼耶（1762—1794），法国诗人。

足够的乐趣来补偿自己的不足。天才是间歇性的热病，没有一个女人渴想分享其中苦恼的一份，而所有的女人都想从情人身上找到能使她们的虚荣心得到满足的理由。她们在我们身上爱的还是她们自己！一个穷而傲慢的艺术家，赋有创作的才能，他不是也拥有一个会伤害人的自私心吗？围绕在他周围有一股思想的旋风，能卷裹一切，连他的情妇也在内，她也不得不跟着旋转。一个惯受奉承的女人能相信这样一个男人的爱情吗？她会去找他吗？这样一个情夫没有闲工夫去躺在长沙发上表演妇女们所最喜爱的爱情小喜剧，而这种事情却是虚伪、无情的人的拿手好戏。工作的时间还嫌不够的人，哪有时间花在贬低自己，庸俗地装扮自己上？我准备好一下子送掉自己的生命，也不愿意把生命贬价零售。总之，专为一个脸色苍白、装腔作势的女人服务的证券经纪人，在他的所作所为中的确存在着一个艺术家所十分讨厌的东西。抽象的爱情不能使一个贫穷而伟大的人感到满足，他还要得到对爱情的全部忠诚。那些轻佻妇女把生命浪费在试穿开司米上，或者心甘情愿地当时装架子，她们根本没有忠诚，却要求别人忠诚，她们认为爱情的乐趣就在于发号施令，而不在服从。一个真正的有心、有血、有肉的妻子，总是跟着丈夫，丈夫到哪里，她也到哪里，因为她的生命、她的力量、她的光荣、她的幸福，都存在于他身上。优秀的男人所需要的就是东方式的妻子，她们唯一的想法就是研究男人需要些什么；因为，对男人而言，不幸就存在于愿望和达到愿望的方法之间的矛盾。至于我，我自信是个天才，我爱的恰恰是这类小情人！我接受了同我所受教育完全不同的思想，我的野心是不用楼梯一步登天，我拥有的财宝没有市价，我具有的广泛知识多得我的脑袋装不下，我还没有加以分门别类和吸收消化；我发觉自己没有亲戚朋友，单独一人在最可怕的沙滩里。这个沙滩是铺好道路的，热闹的，有思想的，活生生的，这里一切对你都是漠不关心的，比敌意更令人难受！因此我作了一个决定，这个决定是很自然的，虽然有点疯狂；这个决定中有一部分是不可能做到的，但反而鼓起了我的勇气。这真像是一场同自己的赌博，我自己既是赌徒，又是赌注。下面就是我决定的计划。

“我的一千一百法郎应该足够维持我三年的生活，我利用这段时间来创作一本书，它能吸引公众注意我，能使我成名和发财。一想到我将长期依靠面包和牛奶来维持生活，像泰巴伊德[①]的隐士那样，我就十分高兴；我将沉浸在书本和思想的海洋中，在一个嘈杂纷繁的巴黎社交界所无法进入的世界里，这是工作和沉寂的世界，就像蚕蛹一样，我将为自己编织一个坟墓，以便有朝一日我能灿烂光荣地复活。我打算为生存而去冒死亡的危险。既然将生存条件降低到严格的必需，我认为每年三百六十五法郎就足够我过贫苦的生活。事实上，只要我肯遵守我亲手订下的修道院似的规则，这笔微薄的款子就够我用了……”

“这不可能！”埃米尔叫起来。

拉斐尔带点自豪地回答：“我这样子活了三年。我们来算一笔账吧！买面包三个苏，买牛奶两个苏，买猪肉三个苏，这些食物就能阻止我饿死而且使我处在一种奇特的清醒状态下。你知道，我曾经观察过节食给想象力带来的奇妙的效果。我的住房每天花三个苏，我烧的灯油每晚要花三个苏，我自己打扫和收拾房间，我穿的是法兰绒衬衫，每天可省下两个苏的洗衣费。我烧的是煤，价钱除以全年的天数，每天不超过两个苏。我准备好够三年穿用的衣服，内衣裤和鞋子，我只有去上公开课或者到图书馆时才穿戴齐整。所有这些支出加起来只有十八个苏，我手里还剩

① 泰巴伊德是上埃及南部地区，首府是底比斯，3世纪时许多基督徒为了逃避罗马皇帝的迫害，逃到该城附近的沙漠地带隐居。

下两个苏以备不时之需。在这很长的工作时间内，我记不起曾经走过艺术桥，也想不起我曾经买过水，我是每天早上到格雷街角的圣米歇尔广场的喷泉去打水的。啊！我非常自豪地忍受我的清贫。一个预感到有美好前程的人，在艰苦的生活中前进着的时候，就像一个无罪的囚犯走向刑场一样，是不会感到羞耻的。我不愿意预测我是否会生病。就跟阿基莉娜一样，我对医院一点也不害怕。我一分钟也没有怀疑过我有健康的体魄。何况，穷人要躺下来就是死的时候到了。我剃掉自己的头发，一直等到一位爱情天使或者一位仁慈的天使……可是我不愿意预测我将来的境遇。亲爱的朋友，你只要知道我身边没有情人，只能够倚靠一个伟大的计划，一个梦想或者自己骗自己的一句谎话来过活，现在我们已经开始有点相信这个谎话了。今天我嘲笑自己，这个自己也许是神圣的，伟大的，但早已不再存在了。仔细看来，我们的社会和知名人士，我们的风俗和习惯，已经向我显示出我这种天真信仰的危险，和我热情工作的多余。这种贮备对于野心家毫无用处。追求幸福的人应该轻装前进。优秀人物的错误就在于他们浪费自己的青春年华以博得世人的赞誉。正当穷人积聚力量和知识，以求不太费劲就能挑起权力的重担却不能如愿时，能言善辩却没有思想的阴谋家进进出出，愚弄傻子，得到半呆子的信任；穷人在读书钻研，阴谋家在大踏步前进；穷人谦虚，阴谋家大胆；有天才的人不流露自己的骄傲，阴谋家却大肆张扬，他必然会达到目的。当权者非常需要相信现成的业绩和厚颜无耻的天才，相信真正的学者会孩子气地希望获得人类的报酬。我并不设法对道德这种老生常谈多加诠释，它是被埋没的天才永远吟唱的《雅歌》，我只想逻辑推断出平庸之辈为什么经常获得成功。唉！学习真像母亲一样善良，它用纯洁和温柔的欢乐来哺育孩子，如果向它索取额外的报酬，也许是一桩罪恶。我记得我有时高高兴兴地把面包浸在牛奶里，坐在窗户旁边呼吸新鲜空气，放眼眺望棕色、灰色、红色的屋顶，由石板或瓦片铺成的屋顶，上面布满了黄色和绿色的苔藓。开始时我尽管觉得这景色有些单调，不久我就发觉它美得出奇。有时到了晚上，从关闭不严的百叶窗中漏出来的光线，使这个黑暗之乡有了色彩变化，增加了生气。有时路灯的淡白光线从下向上在雾气中射出淡黄的反光，朦胧地显示出街道上空密密重重的屋顶，像波浪静止不动的海洋。不过，有时也有少数人影出现在这片阴暗的荒漠上，在某些空中花园的花丛中，我隐约看到一个高颧骨、钩鼻子的老妇人在给金莲花浇水，或者看到一个少女在已经腐烂的天窗窗口梳妆，她认为只有她一个人。我也只看到她的美丽的前额和被她雪白的臂膀托起在空中的长头发。我也欣赏生长在檐槽上的某些生命像蜉蝣似的植物，它们不久就会被一场暴风雨冲走！我研究苔藓，它们的颜色会被雨水冲洗而更鲜艳，在阳光底下却变成棕色的干天鹅绒，有许多变幻无常的反光。总之，白天的诗意和转瞬即逝的效果，多雾天气的哀愁，阳光的突然闪闪发亮，黑夜的静寂和魅力，黎明的神秘，每个烟囱飘起的轻烟，这个神奇的自然界里的种种偶然现象，都是我熟悉的，都能给我带来欢乐。我爱我的监狱，我是自愿住进来的。由平整的屋顶构成的巴黎的大草原，外表上像平原，底下掩盖着住满人的深渊，它们适合于我的灵魂，同我的思想相协调。科学的沉思将我们引导到天上，而当我们从天上落下来，突然重新看到人世的时候，这是很令人厌烦的，因此那时候我才完全认识到修道院的毫无修饰。当我决心实行我的新生活计划时，我到巴黎最荒凉的地区去寻觅住所。一天晚上，我从吊刑场回来，经过制绳街回家。在克吕尼街的转弯处，我看见一个约莫十四岁的女孩在同她的女伴打板羽球，她们的笑声和调皮动作把邻居都逗乐了。那天天气晴好，傍晚还相当热，9 月的天还没有完全过去。每家人家门口，都坐着一些妇女在聊天，像外省城里的人在过节一样。我首先端详那个姑娘，她的面部表情令人赞美，她的身材是画家现成的模特儿。当时的景象十分迷人。我在寻思在巴黎的中心为什么会有这种天真烂漫的景象，我注意到这是一条没有出口的单行道，行人不多。我想起了卢梭曾经在这里住过，我找到了一间圣康坦公寓；其破旧程度使我希望能在这里找到一个便宜的住所，我便进去看看。走进一间低矮的房间，我看见一些传统的铜烛台，都插着蜡烛，齐齐整整地排列在每一个拱顶上，房间的干净整洁使我惊讶，通常在别的公寓里这样的大厅是相当乱糟糟的，而这里却像一幅风俗画；蓝色的床，日用器皿和家具都有一种传统的美。公寓女主人是一个四十岁左右的妇女，脸部轮廓刻印着饱经风霜的痕迹，眼睛由于经常流泪而失去了光泽。她站起来，走过来迎接我。我低声下气地告诉她我所能负担的房租数额；她一点也不惊讶，在许多钥匙里找了一把，把我带到顶楼里去，指给我一间房间，房间的窗口伸出去许多晒晾着衣服的长竹竿，从窗口望出去，可以望见邻居的屋顶和院子。房间的墙壁又黄又脏，一副穷酸的样子，似乎正在号召学者来租住，这真是再也没有比这儿更可怕的地方了。屋顶有规律地向下倾斜，有些瓦片的连接处张开口子，使人可以望见天空。房间里可以放一张床、一张桌子、几把椅子，在房顶的锐角下我可以安置我的一架钢琴。女主人不够富有，没有钱为这个比得上威尼斯监狱[①]的鸟笼购置家具，可怜的女主人始终没有把这房间租出去。我刚好在拍卖家具中留下了一些属于我个人的物品，很快我就同老板娘达成了协议，第二天我就搬了进去。我在这个露天坟墓里住了将近三年，日夜不停地工作，心情十分愉快，因

① 威尼斯监狱，坐落在威尼斯圣马克公爵府的顶层，囚禁在这里的犯人备受炎热之苦。

为我觉得学习是人生最美好的主旋律，最幸福的解决办法。学者所需要的安静和沉寂具有说不出的甜蜜，像爱情那样令人陶醉。思维的活动，观念的探索，对科学静静的思考，给了我们难以形容的乐趣，就像一切智力活动都很难描绘一样，它的各种表现是我们外部感官难以看出来的。因此我们总是被迫要用物质的比较来解释精神的奥秘。在清澈的湖水中游泳，处身在岩石、树木和花卉的包围之中，单独一人被和暖的微风吹拂着，这种乐趣只能给无知者以微弱的幸福印象，却无法同我的感受相比，我的感受产生于我的灵魂沐浴在难以形容的光辉中，在我倾听灵感的可怕而含糊的喊声中，在无数形象从不知名的泉源流向我的突突跳动的脑海中。发现一个观念像朝阳一样从人类抽象世界中冉冉升起，像孩子那样长大，到了青春期，慢慢地长大成人，这真是比任何其他世俗的快乐更高级的快乐，简直可以说是天上的快乐。学习赋予我们周围的一切以一种魔力。我在上面写字的那张破书桌，铺在书桌上的那张棕色软羊皮，我的钢琴，我的床，我的沙发，我的怪模怪样的糊墙纸，我的家具，所有这些东西都有了生命，成为我的卑贱的朋友，我的前程的默默无言的共同缔造者；有多少次我注视着它们，向它们暴露了我的灵魂，往往在我的眼睛浏览板壁上一条弯曲的线脚时，我会突然发现我的思想体系中有新的发展，有明显的证明，或者找到了某些词语，我认为能够恰当地表达那些几乎无法表达的思想。由于我经常凝视周围的物件，我就发觉它们每件有每件的面貌和性格；它们常常和我说话；屋顶上夕阳透过我狭窄的窗户射进来几缕鬼鬼祟祟的光线，它们呈现出各种颜色，一会儿淡化，一会儿明亮，时而哀愁，时而兴高采烈，不断地用新的效果来使我惊异。这些隐居生活中的小事，不被世人关注，却是隐居者的安慰。我不就是被一种观念所囚禁，被一种思想体系束缚住，而又被光荣生活的前途支撑住的吗？每战胜一种困难，我就去吻我心中那位女人温柔的双手，这女人有美丽的眼睛，又有钱又有风度，终有一天她会满怀同情地抚摩着我的头发对我说：‘你太辛苦了，可怜的天使！’我曾经写作过两部伟大的著作。一本是喜剧，在很短时间内这本书应该使我一举成名，发大财，回到社交界，我本希望在社交界重新行使天才人物特有的权利。可是你们大家都看到了，这本杰作是一个中学刚毕业的青年所犯的第一个错误，那真是一个孩子的幼稚的行动。你们的嘲笑已经剪断了丰富想象的翅膀，从此以后想象力再也无法发挥了。只有你，我亲爱的埃米尔，曾经平息了别人在我心中留下的深深的伤口！只有你，曾经赞美过我写的《意志论》，我为了这本篇幅巨大的书，曾经学过东方语言，学过解剖学，生理学，我为这本书牺牲了我的大部分时间。如果我没有弄错的话，这本书能补充完成梅斯梅尔[①]、拉瓦特[②]、加尔[③]、比夏[④]等人的研究工作，为人类科学知识打开一条新路。我的美好生活就固定在这一点上，这种每天的牺牲，这种不为世人所知的春蚕吐丝的工作，也许其唯一的报酬就在工作本身。自从我进入懂事的年龄，到我的理论得出结论时为止，我曾观察过，学习过，写过，读过，一直没有停顿，我的生活就像一份又长又令人厌烦的工作。尽管我像女人似的迷恋东方式的悠闲生活，热爱梦想，好色，我却永远在埋头工作，对巴黎的娱乐生活绝对不沾。我爱美食，却吃得很有节制；我喜欢走路和作海上旅行，梦想游历几个国家，还像孩子一样，爱用石片打水漂，我却始终坐在房间里，拿起笔来写作；我爱大发议论，却只能静听图书馆和博物馆的教授们上公

① 梅斯梅尔（1734—1815），德国医生，动物磁性说的创始人。
② 拉瓦特（1741—1801），瑞士作家，所著《相面术》极为有名。
③ 加尔（1758—1828），德国医生，骨相学家。
④ 比夏（1771—1802），法国医生，解剖学家。

开课；我在我的单人破床上睡觉，像圣伯努瓦派的一个修士，而女人始终是我唯一的梦想，我经常爱抚这个梦想，可惜它永远不能实现！总之我的生活是残酷的对比，永恒的欺骗。然后让我们再来评论一下人类吧！有时我的天然癖好像埋藏已久的火山灰似的突然爆发成灾。我本来是一个没有女人的男人，我所渴想的所有女人都是泡影，我一贫如洗，居住在一个通常由艺术家居住的顶楼上，忽然间，像海市蜃楼的幻景或者像害热病时头昏眼花一样，我的周围站满了迷人的美女！我走遍巴黎的街道，躺在华丽马车的柔软坐垫上！我沾染上恶习，生活放荡，一切都想要，一切都得到了；最后，我没吃过东西就醉倒了，就像圣安东尼受诱惑时那样。幸运的是，睡眠终于使这些煎熬人的幻象消失了；第二天科学又笑嘻嘻的召唤我，我对它是忠诚的。在我的想象中，那些所谓有德行的女子也一定是经常被卷进这种疯狂、肉欲和激情的旋涡，这种旋涡不管我们愿意不愿意，会从我们身上涌起。这一类的梦想也并非毫无魅力，它们很像冬天的围炉夜话，东南西北一直谈到中国。可是当思想在这些甜蜜的旅行中越过了一道道的鸿沟时，道德又怎么样呢？在我隐居的头十个月里，我过的是我给你描绘过的贫穷而孤独的生活，一大清早趁着没有人看见，我就去寻觅当天的粮食；我收拾房间，我同时既是主人又是仆役，我带着难以置信的自豪感来过我的第欧根尼[①]式生活。在这段时期中，女店东和她的女儿偷偷地对我的品行和生活习惯作了监视，研究了我这个人，明白了我的贫困处境，也许因为她们也非常穷苦的缘故，经过这段时间以后，在她们和我之间，难以避免地建立了密切关

① 第欧根尼，古希腊犬儒学派哲学家。他赤脚、披件大衣住在酒桶里。有一天他看见一个小孩用手掌盛水喝，他立刻将自己的汤盆打破，说：“这孩子教会了我不要保留多余的东西。”亚历山大大帝问他要求什么赏赐时，他回答：“我只要求您站过一边，不要挡住我的阳光。”其生活之简朴，可见一斑。

系。女店东的女儿名叫波利娜，这是一位十分可爱的姑娘，她的天真而神秘的优雅风度，使我无法拒绝她好几次的帮忙。一切不幸的人都是同病相怜的，他们有共同的语言，同样的慷慨心肠。凡是身无长物的人表现慷慨时，总是大量付出感情的，他们牺牲自己的时间，牺牲自己的身体。不知不觉间波利娜在我的住处当了家，一心为我服务，而她的母亲并不反对。我亲眼看见她的母亲亲自为我缝补内衣，她做的是一件善意行为，可是被我撞见时她却脸红了。我不由自主地变成了她们的宠儿，只好接受了她们的帮助。要理解这种特殊的友情，首先得知道在一个靠思想生活的人身上，工作是第一位的，思想观念像暴君一样，可以对他发号施令，而他自己则对物质生活的琐碎小事有一种本能的厌恶。波利娜看见我七八小时没有吃东西的时候，悄悄地把我简单的饭菜拿来给我，我能拒绝她的这种无微不至的关怀吗？她带着成年妇女的风韵和儿童的天真微笑着向我示意，说我不应该看见她。她简直是一个艾里埃尔[①]，从空中潜入我的房间，察看到我的需要。一天晚上，波利娜带着动人的天真神态告诉我她的故事。她的父亲是禁卫军的骠骑兵上尉，强渡别列津那河[②]时，他被哥萨克骑兵俘虏了；后来拿破仑建议通过交换俘虏把他换回来，俄国当局派人到西伯利亚找他，到处都找不到。据别的俘虏说，他已脱逃，计划到印度去。从那时起，我的房东太太戈丹夫人一直得不到她丈夫的消息，1841 年和 1815 年前后两次失败[③]以后，她孤身一人，既无财产又无援助，不得不下决心开一间带家具的公寓以养活她的女儿。她始终保持着再见她丈夫的希望。她最伤心

① 艾里埃尔是莎士比亚《暴风雨》一剧中空中精灵的名字。

② 别列津那是俄国的一条河，1812 年 11 月 27—29 日拿破仑大军从俄败退时，利用架桥兵从这条河撤退。

③ 1814 年拿破仑军队败给反法联盟军队，拿破仑于 4 月 6 日退位；1815 年拿破仑做了百日皇帝，于滑铁卢战败，于 6 月 22 日二次退位。

的事莫过于让波利娜失学，因为她的波利娜是博盖斯[1]王妃的教女，王妃对她许下许多美好前程的诺言，她不能使这些诺言都落空吧。戈丹夫人对我推心置腹地告诉了这段伤心事的时候，她的声调令人心碎：“我宁愿将我的财产和册封戈丹为帝国男爵的诏书，以及我们享有的维什诺封地的年俸，都送给别人，以换取波利娜在圣德尼贵族学校受教育的权利！”突然间我的心猛一跳，为了报答这两个女人对我的慷慨照顾，我提出愿意帮助完成波利娜的教育。两个女人很天真地接受了我的建议，同我提出建议时的天真态度不相上下。这样一来我就有娱乐的时间了。这小姑娘天资极好，很容易就学会了教她的东西，过不多久她在学钢琴方面比我更有长进。她逐渐习惯于在我身边高声地说出她的思想，她的心正在向人生开放，她将藏在心里的千种柔情蜜意向我舒展开来，正如花萼在阳光底下慢慢地散开一样。她聚精会神而且很有兴趣地听我解释，两只亮晶晶的黑眼睛仿佛带着微笑盯着我，她用温柔而悦耳的声音来背诵功课，当我表示满意的时候，她就像孩子似的高兴。她自幼就很有风度，越长大越出落得漂亮，她母亲为此每天都担心怎样才能使她躲避包围少女的一切危险，现在看见她整天关起门来学习，不由得十分高兴。我的钢琴是她唯一可用的钢琴，她趁我不在家时练琴。我平时回到家里，发觉波利娜在我房间，衣着十分朴素；可是她只要稍为一动，她的婀娜身段和迷人的魅力就会从粗布衣裳下显露出来。就像童话《驴皮》里面的女主人翁一样[2]，她让人看出穿在非常难看的鞋子里面的可爱的脚。可是这些美丽的宝物，少女的财富，艳丽的奢侈品，对我已经毫无意义。我已命令自己把波利娜当作妹妹看待，

① 博盖斯王妃是拿破仑的妹妹波利娜·波拿巴。

② 《驴皮》是法国作家贝洛（1628—1703）的一篇童话，内容写一个鳏夫国王爱上了他女儿，要娶女儿为妻；女儿求救于一个仙女，仙女教她要求父亲杀了会下金子的驴子，将驴皮披在身上，逃离她的国家。这里驴皮用来比方粗布衣裳。

我绝不忍心辜负她母亲对我的信任，我只把这位迷人的姑娘当作一幅名画来欣赏，当作已故世的情妇的画像来纪念。总之，她是我的孩子，我的雕像。我是一个新式的皮格马利翁[①]，我想把一个活生生的、有血有肉的、有感觉而又会说话的处女，再变成一尊大理石像；我对她非常严厉，可是我越对她摆出专横的架势，她就越温柔和顺从。我不仅有高贵的感情来鼓励我克制和禁欲，我还有检察官般的理智。我不明白如果思想上不廉洁怎能有金钱上的廉洁。欺骗一个女人或者宣告破产，在我看来是一回事。爱上一个年轻姑娘或者被她爱上了，就构成一个真的契约，其中条款要由双方议定。我们有权随意抛弃一个卖身的女人，却无权抛弃一个为爱情而献身的姑娘，因为她不知道自己的牺牲有多大。如果我娶了波利娜，那就是发疯的举动。这难道不是把一个温柔的处女拖进地狱去受苦吗？我的贫困也有它自私的主见，它总将它的铁腕隔在这位善良的姑娘同我之间。而且，我惭愧地承认，我不能设想在贫困中能产生爱情。也许这就是我们称为文明的人类病毒在我身上变化发展的结果。海伦不是荷马的该拉忒亚[②]吗？一个女人即使比美丽的海伦更动人，如果身上溅上了一点点泥浆，对我的感官就不起任何作用。啊！在绮罗丛中，在开司米的掩盖下，在无数奢侈品的包围中的爱情万岁！爱情在奢侈品的装饰下显得美妙绝伦，因为也许它本身就是一件奢侈品。我喜欢在情欲冲动之下去破坏娇艳的梳妆打扮，喜欢捏碎花儿，喜欢用毁坏一切的手去弄乱香喷喷的时髦发式。对我具有神奇吸引力的，是两颗火热的眼睛，掩盖在面纱之下，眼光像火焰似的穿透炮火的烟雾直射出来。我的爱情要求有一座丝绸吊梯，让我在冬夜的

① 皮格马利翁据传说是塞浦路斯的国王，一个雕塑家。他爱上了他雕刻的一尊石像，祈求爱神赋予石像以生命，变成活人，他娶了她。

② 该拉忒亚是前面注解所说的伯格马利翁爱上的石雕女像的名字。

静寂中，爬到情人的闺房。我满身雪花，到达一间明亮而芳香的房间，墙上挂着彩绘挂毯，我见到一个女人，她正在抖落身上的雪，因为她身上披着富于性感的轻纱，形同白雪，她在轻纱包裹下肌肤微露，仿佛在云端里的天使，她正要摆脱轻纱露出玉体，这种时候，我能不喜悦万分吗？再说，我还需要一种惊慌胆怯的幸福，一种胆大放肆的安全。总之，我想再见到这位神秘的妇女，可是她必须是光彩夺目的，在上流社会中间，有道德的，人人敬重的，打扮得花枝招展，满身珠宝，能给全城下命令，地位高贵，使得没有人敢向她表示心愿。她在她的奉承者的包围中，偷偷地向我瞟了一眼，这是揭穿一切伪装的眼光，为我而牺牲世界和人类的眼光！的确，我曾经发觉自己十分可笑，竟然会去爱上了几尺薄花边、天鹅绒、细麻布、理发师巧手梳成的发式、银烛、马车、爵位、由玻璃匠、金银匠修饰、制造的带家徽的冠冕，等等，总之，一切人造的虚饰，女人身上最没有女人味的东西；我嘲笑过我自己，说服自己要听从理智，可是都没有用。我仍然被一个贵族妇女和她动人的微笑，她的高雅和自重的态度所迷惑。当她使自己同世人之间隔开一道樊篱的时候，她满足了我的全部虚荣心，这些虚荣心就是半个爱情。所有的人都羡慕我的幸福，我就觉得这幸福更有滋味。别的女人做的事，她不做；她不像别的女人那样走路和生活，她穿着一件别的女人不可能有的大衣，她散发着她一个人独有的香气，这样我的情妇更是我的；她离人世越远，在我眼里她就越发美丽，哪怕爱情本身是世俗的。幸而在法兰西已经有二十年没有王后了，否则我准会爱上王后。一个女人要有公主的举止态度，她必须很富有。在我的种种浪漫的幻想面前，波利娜怎么呢？她能够出卖给我以生命为代价的欢娱之夜吗？她能够出卖给我可置人于死地和必须调动人的一切能力才能享有的爱情吗？我们是不会为那些自愿委身给我们的贫穷女子去死的！我永远也消灭不了这种感情和这种诗人的梦想。我生来就是追求这种不可能的爱情的，而命运却使我的所得超过了我的想象。不知有多少次，我曾幻想过给波利娜娇小的双脚穿上缎子鞋，用薄纱袍子裹住她的像嫩柳似的细腰身，给她的胸脯披上轻薄的纱巾，让她踏着她的宅邸的地毯一直带她到一辆豪华的马车前面；我是希望用这个方式爱她的。我给予她原来没有的自豪感，我去掉她的所有道德，她的天真纯洁，她的美妙天性，她的质朴的微笑，将她浸入我们罪恶的冥河[1]里，使她的心成为百攻不破的堡垒，用我们的罪恶把她装扮起来，使她变成沙龙中的一个任性的玩偶，一个弱女子，她在清晨睡觉，晚上华灯初上时又活跃起来。波利娜浑身都是感情，鲜艳万分，我要她变成干瘦和冷酷的女人。在我最后的疯狂日子里，我想起了波利娜，就像我想起童年往事一样。不止一次，我一往情深地待在那里想起了过去甜蜜的时刻；有时我的眼中又出现了这个可爱的姑娘坐在我桌子旁边的样子，她在使用针线，安静地、一声不吭、聚精会神，从天窗透进来的光线微弱地在她漂亮的黑发上反射出淡淡的银光；有时我听见她青春的笑声，或者听到她银铃似的嗓音在唱她毫不费劲地编出来的优美小调。我的波利娜在演奏音乐时往往激昂起来，这时候她的面容就同卡洛·多尔西[2]用来代表意大利的那个高贵的女人头像惊人地相似。我的残酷的记忆力，总要将这个少女作为一种内疚，一种道德的象征，在我放纵的生活中，放进我的脑子。可是让那可怜的女孩听从命运的支配吧！不管她多么不幸，至少我已经使她躲过了一场暴风雨：避免把她带到我的地狱里来。直到去年冬天，我的生活始终是平静的、用功的，我已经试着给你大概讲述过了。1829 年 12 月的头几天，

---

① 希腊神话里的冥河名为斯提克斯，河水黑色，凡在河里浸过的人体可以刀枪不入。

② 卡洛·多尔西（1616—1686），意大利画家。

我遇见了拉斯蒂涅，尽管我当时衣衫褴褛，他仍然挽着我的臂膀，用真正兄弟般的态度问起我的境况。我中了他的好礼貌的圈套，便将我的生活和我的希望简要地告诉了他；他哈哈大笑起来，把我当成天才，同时也当成傻瓜；他的擅长吹牛的口吻，他的社交经验，他的凭本事挣得来的富裕，对我有一种不可抗拒的吸引力。拉斯蒂涅说我这样是死在医院无人认领的笨蛋，自己给自己送殡，把自己扔进埋葬穷人的洞穴里。他同我谈起江湖骗术。他兴致勃勃地谈着，态度友善，使他显得非常迷人，他向我证明所有天才都是江湖骗子。他向我宣称，如果我继续一个人住在绳匠街，我就少掉了一件感官，却多了一项寻死的理由。照他说，我应该投身于社交界，使人们习惯于称呼我的姓名，由我自己设法去掉'先生'这个谦逊的称呼，因为一个伟人活着的时候这样的称呼不合适。他叫嚷起来：'那些傻瓜们把这种行为叫阴谋诡计，那些正人君子们以糟蹋生命的名义禁止这样做；我们不要管人们怎么说，要问一问结果如何。你在用心工作吗？……好吧，你不会获得任何结果的。我吗？我是样样全会，一无所长。说我懒得像条龙虾吗？……好呀，我样样都能达到目的。我经常出入社交界，我到处出风头，人们就给我让路；我自吹自擂，人们就相信我；我欠下债务，人们替我还钱！亲爱的，挥金如土是一种政治妙计。一个挥霍自己财产的人的一生往往变成一种投机；他将自己的资本投到朋友头上，投到娱乐、觅保护人、找寻知识头上。一个商人肯拿一百万来冒险吗？二十年来他不睡觉，不喝酒，不娱乐，他孵着他的一百万，他使这笔款子跑遍了整个欧洲；他厌倦了，就投身到人类所发明的一切恶习里去，到头来落入我看见过的那种破产清算里，结果他一文不名，既败坏了名声，又没有了朋友。至于挥金如土的人，他活着就是为了享乐，他策动马儿奔走。如果碰巧他输掉了本钱，他完全有机会被任命为总税务司，娶个有钱有势的老婆，当部长的专员，当大使的随员。他还有朋友，还有名望，并且始终有钱。他知道社会的原动力在哪里，就能运用它为自己服务。这种做法是否符合逻辑，或者我只是一个疯子？难道这不是每天在世上演出的喜剧所包含的教训吗？’他停了一会儿又接着说：‘你的大作已经完成了，你是个伟大的天才！不过你只到达我的出发点。现在该你自己去争取成功了，这更可靠。你要去同各种小集团结成联盟，去争取那些吹拍专家为你吹嘘。至于我，我想在你的光荣中只占一半功劳，我将是那个珠宝商，他在你的皇冠上镶上钻石。作为开始，你明天晚上到这儿来。我介绍你到一家人家里去，全巴黎的头面人物都到那儿去，我说的是我们的巴黎人物，是上流社会人士，百万富翁，著名人物，是那些谈起黄金来像克利索斯通[①]那么流利的人物。如果他们看中了一本书，这本书就会风行一时，如果它是一本好书，他们就在不知不觉间给了它一份天才证明书。如果你是个聪明人，亲爱的孩子，你就能靠自己使你的《意志论》获得成功，这样你就更深奥地理解成功的秘诀了。明天你去谒见漂亮的福多拉伯爵夫人，她是当今的时髦女人。’

“‘我从来没有听说过。’

“‘你简直是一个非洲土人，’拉斯蒂涅笑着说，‘不认识福多拉！她是一位拥有大约八万法郎年金的待嫁女子，她不肯嫁任何人，也没有人愿意娶她！这是一种妇女难题，她是半个俄国人的巴黎女子，也是半个巴黎女子的俄国人！在她家里写作和编辑了各种各样的浪漫主义作品，可是从不刊行，她是巴黎最标致的女子，最优雅的女子！你连一个非洲土人也不是，你只是介乎非洲土人和禽兽之间的一个动物。再见吧！明天见！’

① 克利索斯通，意为“金口”，是君士坦丁堡主教的诨名，该主教原名让（349—407），讲道时十分雄辩，故得此诨名。

“他不等我回答，转身就不见了，根本不允许一个有理智的人拒绝介绍给福多拉。怎样解释一个名字的吸引力呢？福多拉这个名字就好像要求我们让步的坏思想那样纠缠着我。一个声音对我说：你明天要到福多拉家里去。尽管我同这个声音争论，大声叫喊说它说谎，可是它只要说出福多拉这个名字，就足以粉碎我的一切论证。这个名字，这个女人难道不是我的一切欲望的象征和我生命的主题吗？这个名字能够使上层社会那些虚情假意的诗篇重新产生，为巴黎上流人士的节目增加光彩，为虚荣添上华而不实的光芒。这个女人同以前我为之神魂颠倒的许多情欲问题一齐出现在我眼前。也许既不是这个女人，也不是这个名字，而是我过去的所有毛病重新在我心中出现来诱惑我。福多拉伯爵夫人既有钱又没有爱人，能够抵抗住巴黎的诱惑，难道不是我的希望和我的幻想的体现吗？于是我给自己创造了一个女人，我在思想中描绘了她的形象，我梦见她。夜里，我睡不着觉，我变成了她的情人，在短短的几小时内我度过了一生，爱情的一生，我尝到了爱情丰富而热烈的甜情蜜意。第二天，我忍受不住从早上要等到晚上的痛苦，我去租了一本小说，整天埋头看书，这样我就不可能再去想时间，也不能计算时间。我在读小说期间，福多拉的名字在我内心响着，仿佛听见从远处传来的响声，既不打扰你，却让你听见。幸运得很，我还有一套黑礼服和一件白背心，都相当上档次；此外，我的全部财产中还剩下大约三十个法郎，是我散落在衣物和抽屉里的，目的是使我心血来潮时不能一摸就摸到一枚一百个苏的硬币，非要在房间里漫游一遍才偶然有所发现。我穿衣服时，就在纸张的海洋中寻找我的宝藏。从我的手套和我的马车消耗掉我多少财富，你就可以想象出我手头的拮据情况：这两项花费了我整个月的面包钱！唉！我们在乱花钱的时候，从来不缺少钱，等到要买日用必需品的时候，我们就斤斤计较价钱多少。我们对舞姬们一掷千金毫无吝啬，我们却同一个家里等着要付账单的工人讨价还价。有多少人身穿一百法郎的礼服，手杖头上镶着钻石，却只能吃二十五个苏一顿的晚餐！看来似乎为了满足虚荣心所带来的乐趣，我们永远不会抱怨付出的代价太大。拉斯蒂涅遵约到来，为我的完全改变样子而微笑了，并且同我开玩笑。到伯爵夫人家里去的路上，他给了我许多善意的忠告，告诉我应该怎样对待她；他把她描绘成一个吝啬、自负而多疑的女人；可是她的吝啬是奢华中的吝啬，直爽中的自负，善良中的多疑。拉斯蒂涅对我说：'你知道我有许多承诺，如果我换了爱人我的损失有多大。因此我在观察福多拉的时候我是没有私心的，冷静的，因而我的批评也是正确的。在考虑把你介绍给她时，我想到了你的财产，你必须注意你对她说的每一句话，她的记忆力出奇的好；她的灵巧连外交官也自叹不如，她能猜得出什么时候他说的是真话；告诉你一件秘密，她的婚姻我相信沙皇并没有认可，因为我对俄国大使谈起她时，大使就大笑起来。大使并不接见她，偶尔在树林里遇见她时也只是很冷淡地招呼一声。不过她却是德·赛里齐夫人社交圈子里的人，她经常到德·纽沁根夫人和德·雷斯托夫人家里去。在法国，她的名声是洁白无瑕的；德·卡里利阿诺公爵夫人，是波拿巴派里最会装出一本正经的元帅夫人，每到气候宜人的季节总要到她的领地里同她一起居住。许多花花公子，法兰西贵族院议员的儿子之类，要用自己的贵族姓氏去换她的财产，都被婉言拒绝。也许起码伯爵头衔才能使她动心！你不是侯爵吗？如果你喜欢她就一直向前进攻吧！这就是我所说的给你的教导。'

"他的这个玩笑使我相信拉斯蒂涅想逗逗乐和刺激一下我的好奇心，因而等到我们在一个饰满鲜花的列柱廊前面停下的时候，我的临时激发的热情不由得上升到了顶点。我们踏上一条宽阔而铺着地毯的楼梯，我看到全部都是英国式的舒适设备，我心跳加快了，我脸红起来，我觉得我的出身、感情和自豪感同这里一切都不相称，我只是一个小市民傻瓜。唉！经过三年艰难困苦的生活，我从一个顶楼走出来，我还不知道将已获得的宝贝排列在日常生活的琐事之上，这宝贝就是巨大的知识资本，这资本在权力落到你手上而没有将你压碎时就能使你致富，因为学习已经预先训练你进行政治斗争的本领。我看见一个大约二十二岁的姑娘，中等身材，穿一件白袍子，周围围着一圈子男人，她本人懒洋洋地躺在一张土耳其式长沙发上，手里拿着一把羽毛扇子。看见拉斯蒂涅，她立起身子，向我们走过来，优雅地微笑着，用抑扬动听的声音向我说了一句有点做作的恭维话；我们的朋友宣称我是一个天才，他的灵巧和善于吹嘘的本领使我得到了令人羡慕的欢迎。我成了众人特别注意的目标，使我感到很窘；幸而拉斯蒂涅早就说过我为人谦虚。我在那里遇到了专家学者，作家，前任大臣，法兰西贵族院的贵族。我到来以后中断了的谈话不久又恢复了，我感到自己有一个声誉要维持，便放下了心。接着在不滥用我所获得的发言机会的情况下，我设法将众人的议论用相当精辟、深刻和聪明的语言归纳起来，引起了听众的轰动。拉斯蒂涅又一次（也许是第一千次）成了预言家。等到宾客越来越多，每个人都有自由活动的机会的时候，我的介绍人挽着我的胳膊，我们一起到各个房间里散步。

“拉斯蒂涅对我说：‘你对女主人不可露出过分赞叹的样子，否则她会猜出你来访的动机。’各个房间里的陈设都是品位很高的。我看见了许多名画。每间房间都像英国最富有的家庭那样，有自己的个性，所有丝绸的帷幔，装饰品，家具的样式，最细微的装潢，都同原始的思想相协调一致。在一间哥特式的闺房里，房门用挂毯遮掩，织物包裹的框架、座钟、地毯的图案，都是哥特式的，棕色雕花小梁镶成的天花板，看上去仿佛给人以既优雅又奇特的感觉。护壁板都经过艺术加工，一点不会破坏这美丽装潢的整体的美，连窗户上装的名贵彩色玻璃也不例外。尤其使我惊奇的，是一座现代化的小客厅，不知哪一个艺术家使尽了我们装饰的技巧，使这间客厅显得那么轻快，那么清新，那么美妙，没有鲜明的色彩，只有朴素的包金装饰。这真像一首德国情歌那么多情而又朦胧，这是为 1827 年的爱情而设置的真正密室，花架上全是奇葩异卉，香气熏得全室皆香。看了这间小客厅之后，我又看见同它相连接的一间金碧辉煌的房间，完全是路易十四时代的风格，同我们现在的着色完全相反，产生了一种古怪而讨人喜欢的对照。

“‘你会住得相当舒服的，’拉斯蒂涅微笑着对我说，笑容里微微露出嘲讽的味道，‘这难道不是很迷人的吗？’他边坐下来边说。突然间他又站了起来，抓住我的手，把我一直引导到卧室里去，指给我看一张上面挂着薄细纱和白色波纹绸帐子的大床，柔和的灯光照在使人想入非非的床上，这真是同神仙订婚的仙女的床。

“拉斯蒂涅低声喊道：‘让我们欣赏这个爱情的宝座，不是有点恬不知耻、肆无忌惮和过分卖弄风情吗？她不肯委身给任何人，却允许任何人都可以到这里一游！如果我还是个单身汉，我倒想看看这个女人怎样屈服和哭倒在我的门前。’

“‘你难道这么肯定相信她的贞洁吗？’

“‘我们当中最大胆的大师，甚至连最聪明的高手，都承认对她进攻失败了，他们仍然迷恋着她，而且成为她的忠诚的朋友。这个女人难道不是一个谜吗？’

“这些话使我陷入一种陶醉状态，我的妒忌心已经开始对过去敏感了。我高兴得直哆嗦，急匆匆地赶回我和伯爵夫人分手的客厅，却在哥特式闺房里遇见了她。她用微笑使我停了下来，叫我坐在她身边，询问我的研究工作，似乎十分感兴趣，尤其是当我不是用教授的语言学究式地向她介绍我的理论体系，而是开玩笑地讲述时，她显得更加高兴。我对她说人的意志就像蒸汽一样是一种物质力量，尤其是我说到在精神世界里，一个人如果习惯于把这种能量集中起来，加以整体运用，不断地向灵魂喷射这种流质，就没有任何东西能抗拒这种能量，这个人就随意改变有关人类的一切，甚至大自然的绝对法则，对这番话她似乎觉得十分有趣。福多拉也提出反对意见，从这些反对意见中，我发现她有相当敏锐的判断力，为了讨好她，我故意在一段时间内说她有理，然后我用一句话就摧毁了她的妇人之见，我请她注意日常生活天天都发生的一件事：睡眠；表面上睡眠这件事最平凡不过了，其实里面充满许多学者所不能解决的问题，我的话刺激了她的好奇心。后来我又对她说：我们的观念是些完整的有机体，它们生活在一个看不见的世界中，能够影响我们的命运，我提出证明，说笛卡儿、狄德罗和拿破仑的思想，曾经引导了，而且还在引导着整个世纪，她听了后默默不语好一会儿。我真荣幸能使这个女人高兴；分手的时候她请我再来看她，按照宫廷的术语，这就是特许我随便出入她家。也许我是按照我的值得赞美的习惯，把她的客套话当成心里话，也许是福多拉看出来我不久即将成名，想在她的学者展览会中增添一个名额，不管怎样，我相信我已得到了她的好感。我运用我的全部生理学知识和我以前对女人的研究，在这个晚会里，详详细细地观察这个奇怪的女人和她的一举一动。我躲在一个窗户后面，从她的仪表和她作为女主人主持家务的手腕，她的来来去去，坐下来谈话，呼唤一个男人，询问他，倚在门框上听他说话等等，来侦察她的思想。我注意到她的步伐中有一种非常柔和的曲折动作，使袍子的起伏十分优美，她强烈地引起男人的欲望，以致我完全不相信她的贞洁。如果今天福多拉不接受爱情，过去她一定是非常热情的；因为她在摆好姿势同男人谈话的时候，她的态度也灵巧地充满性感：她媚态十足地靠在护壁板上，仿佛快要倒下去，又仿佛准备好逃走，要是对方的眼光过分热烈吓着了她的话。她的胳膊软绵绵地交叉起来，仿佛在呼吸对方的说话，又仿佛连眼光也用来倾听，她浑身散发着感情。她的两片鲜艳的红嘴唇，衬托出脸色分外洁白。她的棕色头发使得她的橙黄色眼珠更显出色，橙黄色的眼睛内加上脉络就像佛罗伦萨的云石，其表情似乎在给她的说话增添几分奥妙。她的胸衣装饰得优雅动人。一个女性情敌也许会指责她有两道几乎连在一起的粗犷的浓眉，也许会对她生长在颜面周围难以觉察的汗毛进行挑剔。我却发觉在这一切上都有热情的痕迹。爱情两个字明明白白地写在这个意大利女人的眼皮上，写在她的可以同米洛的维纳斯媲美的漂亮双肩上，写在她的脸部轮廓上，写在她的有点厚而且稍为被汗毛覆盖的上唇上。她不仅仅是一个女人，她是一部传奇故事。是的，她浑身是宝，整体线条和谐，丰满的肉体给予情欲无限希望，这一切都被一种经常的克制和出奇的端庄稳重所减弱了，这两者又同她整个人的表现恰恰相反。必须有像我这样敏锐的洞察力，才能发现在这个女人的天性里，有情欲遭遇的特征。为了更清楚地说明我的思想，我可以说在福多拉身上存在着两个女人，也许可以从上身分成两个；其中一个是冷酷无情的，只有头部仿佛是多情的；在将眼光凝视在一个男人身上以前，她要准备一下眼光，仿佛她身上有什么神秘的东西掠过似的，你可以说她的明亮的眼睛里忽然发生一阵痉挛。总之，或者我的知识还不够完备，在精神世界里还有许多秘密等待我去发现；或者这位伯爵夫人有一个美妙的灵魂，从灵魂里散发出来的感情传送到她的脸上，就产生了征服和迷惑我们的魅力，这是精神的巨大影响，同情欲的感应配合起来就更有威力。我从她家出来时心里很高兴，我被这个女人迷住了，她的奢侈使我陶醉，我心中所有高贵的、堕落的、善的和恶的感情都被逗弄得痒痒的。我发觉自己如此激动，如此生气勃勃，如此兴奋狂热以后，我才懂得了为什么她能吸引艺术家、有权势的人和那些同他们的钱箱一样用双层铁皮包装的投机家们到她家里来。毫无疑问他们到她身边是来找寻极度兴奋的刺激，这种刺激可以使我全身精力都颤动起来，使我最细微的血管里的血液都为之沸腾，逗弄我的末梢神经，在我的脑海里兴风作浪！她不委身给任何人，目的就是将他们全部留在身边。一个女人在坠入情网以前，总是要卖弄风情的。

“我又对拉斯蒂涅说：‘何况她也许结过婚或者卖身给某个老头子，第一次不幸婚姻的回忆使她对爱情没有好感。’

“我从福多拉居住的圣奥诺雷区步行回家。从她的府第到绳匠街几乎要走过整个巴黎，我觉得路途异常的短，尽管天气很冷。要在冬天征服福多拉，而且是严酷的冬天，我仅有三十个法郎，我们居住的距离又这么遥远！只有穷苦的年轻人才知道恋爱时花费在马车、手套、礼服、内衣等等方面要多少钱。如果恋爱停留在柏拉图式的时间太长一点，就会导致破产。老实说，法学院里有许多像洛赞[①]一样的青年，他们根本不可能获得高层次女子的爱情。像我这样身体瘦弱、纤细、衣着普通、脸色苍白，好像一个艺术家完成一件作品后正在康复的青年，怎么能够同那些鬈发、漂亮、潇洒，打起领带比所有克罗地亚人都更风雅、有

---

① 洛赞（1633—1723），法国元帅，原为路易十四宠臣，后失宠入狱九年，出狱后与蒙邦西埃公爵夫人秘密结婚。公爵夫人是欧洲最有钱的富豪，筹划结婚无数次均未成功，最后嫁给洛赞。

钱、拥有轻便双人马车、衣着出奇斗胜的年轻人斗争呢？‘别管它，得不到福多拉便是死亡！’在一座桥的转弯处喊道。‘福多拉，就是财富！’那间哥特式闺房和那间路易十四式客厅，又在我的眼前出现，我又看见了伯爵夫人的白袍子，她的宽大而飘逸的袖子，她的富有魅力的步伐，她的迷人的胸脯。我回到四壁空空的顶楼，身体寒冷，头发凌乱得像一个博物学家的假发那样，福多拉家奢侈豪华的景象还纠缠着我。这种穷富的明显对比是很坏的劝告，罪恶就是从这里产生的。我一边愤怒得发抖，一边咒骂我的正派而诚实的贫困，咒骂这间曾经育孕过我的许多观点的顶楼。我质问天主，质问魔鬼，质问社会，质问我的父亲以及整个宇宙，为什么我的命这么苦，为什么我这么不幸。我饿着肚子上床睡觉，嘴里低声不三不四地咒骂着，但我已决心要把福多拉弄到手。这个女人的心就是决定我的命运的最后一张彩票。为了迅速进入主题，我就不向你叙述我头几次拜访福多拉的情况了。为了进入这个女人的灵魂，我先尝试掌握她的思想，使她以拥有我为荣。为了确确实实地得到她的爱情，我运用了上千条理由劝她好好地自爱，我从来不让她处在被冷落的状态。女人是不惜任何代价都想得到各种感情的，我就毫不吝惜地给她各种发泄感情的机会；我宁愿她对我大发雷霆也不愿意她对我无动于衷。刚开始时，我抱有坚定的意志和一定要使她爱我的欲望，我对她颇有点影响，过了不久，我的热情发展了，我再也控制不住自己，我认真起来，迷失了方向，我发狂地爱上了她。我不知道在诗歌里或者谈话中我们称为‘爱情’的到底是怎么一回事，可是在我的双重性格里突然发展起来的感情，我在任何地方都没有找到写照，既没有在卢梭——也许目前我正住着他的故居——的华丽而矫揉造作的句子里，也不在我们两个世纪文学的冷冰冰的概念里，更不在意大利的绘画里。只有布里恩那湖的风景，罗西尼某些乐曲的主题，苏尔元帅珍藏的牟利罗的圣母像，莱斯孔巴的信件，轶闻故事集的某些词句，尤其是虔诚教徒的祈祷，我们韵文故事的某些段落，才能将我引渡到我第一次恋爱的神圣领域里。任何人类的语言，任何借助于颜色、大理石、文字和声音以表达思想的手段，都无法形容蕴藏于灵魂中的力量、真实、完美和感情的突然性！是的，谁谈论艺术，谁就在说谎。爱情经过无数次变形以后，才永远和我们的生命浑然一体，永远给生命染上火红的颜色。这种不容易觉察的融化，是艺术家所不能分析的。真正的爱情对一个冷漠的人来说，是用呐喊和烦人的叹息来表达的。在阅读《克拉丽莎·哈洛》[①]这部小说的时候，只有真诚地恋爱的人才是浪子[②]怒吼的主要原因。爱情是一股朴素的清泉，它从它的满是水芹、花卉和沙砾的河床出发，泛滥成河，成江，在每个浪花中都改变性质和面貌，最后投奔到茫茫无际的海洋中，在那里，身心不健康的人看见的只是一片单调，伟大的灵魂便沉浸在永恒的默想中。怎样描写这些短暂的感情色彩，这些有价值的小事，这些语调变化万千的言辞，这些比最美的诗歌更丰富的眼神呢？我们不知不觉地爱上一个女人，在恋爱过程中每一个神秘场景都有一个能够吞下人类全部诗篇的深渊。当我们缺少语言来描绘美的看得见的神秘时，我们怎么能用一些解释来再现灵魂的强烈和神秘的激动呢？多么迷人的情景啊！不知过了多长时间，我完全处在一种难以形容的心醉神迷的状态中，一心一意地注视着她！幸福吗？为什么幸福？我不知道。在这种时候，如果她的脸上充满了阳光，就会发生一种特殊的变化，使她整个的人焕发光芒；难以觉察的汗毛在她纤细柔嫩的皮肤上染上一层金色，缓缓

① 《克拉丽莎·哈洛》是英国小说家理查逊（1689—1761）写的书信体小说，书内把恋爱的痛苦理想化了。

② 浪子（LOVELACE）是《克拉丽莎·哈洛》一书的男主角，专门诱骗女人的青年贵族。

地显出脸部的轮廓，其优美宛如我们赞叹不已的沐浴在阳光中的遥远地平线。阳光似乎在爱抚她，和她联成一体，或者从她光彩照人的脸上露出一缕比光线更明亮的光；然后一个暗影从她温柔的脸上掠过，在脸上产生一种颜色，这种颜色的色调随着感情的变化而变化。往往，一种思想似乎出现在她的大理石般的前额上，她的眼睛好像变红了，眼睑闪动着，她的脸部轮廓因微笑而波动；两片聪明的朱唇非常活跃，时而张开，时而闭上。她的头发上不知有什么光泽，每当她说话时，就将棕色的色调投射到她鲜明的太阳穴上。她的每一种美的变化都给我的眼睛带来新的欢乐，给我的心显示了未曾感受过的优雅。我想从她脸上的各种变化看出来一种感情，一种希望。这种无声的讲话从一个灵魂透进另一个灵魂，就像声音有回音一样，给了我大量暂时的快乐，留给我深刻的印象。她的嗓音给了我难以抑制的极度兴奋。她用敏感的手指抚摩我的头发时，我会模仿某个洛兰亲王的样子，火热的炭放在手掌中也不觉得热。这已经不是一种爱慕之情，一种欲念，而是一种魅力，一种天数了。往往，我回到家里还清楚地看见福多拉在她家里，我仿佛也同她一起生活，她有病痛，我也觉得不舒服，第二天我会对她说：

"'您昨晚不舒服啦！'

"不知有多少次她受到我倾心热爱的力量所召唤，在静寂无声的夜间来到我家！有时，她像突然射出的光线那样，将我的笔打落，吓走了我的学习和研究，使它们不得不绝望而逃走；她摆出我以前见过她的那种迷人的姿势，迫使我不得不欣赏她。有时，我亲自到幽灵世界去迎接她，把她当作希望来向她致敬，请求她让我再一次听见她那银铃似的声音；然后，我在哭泣中醒过来。有一天，她原来答应同我一起去看戏，突然间她耍起孩子脾气不肯外出，还要求我让她一个人单独待在家里。她的食言使我很失望，我白白浪费了一天和我的最后一枚银币，我能谈什么呢？我就到她本来要去的地方去，想看看她要看的戏剧。刚坐下来，我的心就受到一下电击。一个声音对我说：‘她在这儿！’我转过身去，瞥见伯爵夫人坐在楼下她的包厢深处，躲在黑暗中。我的视线毫不犹豫，我一眼就异常清醒地找到了她，我的灵魂已经向她飞去，就仿佛一只昆虫飞向花儿。我的感官是凭什么得到通知的呢？某些内心的颤动会使智力浅薄的人感到惊异，其实这是内部性质的效果，其简单就如同我们外部眼睛惯于见到许多事物一样，因此我当时并不觉得惊异，我只觉得生气。我对于精神力量的研究，很少人知道，但却能使我在热恋中碰到一些能证明我的思想体系的活生生的证据。这种学者和恋人的联盟，是真正的偶像崇拜同热爱科学的联盟，其中必有古怪之处。科学往往对能使恋人失望的事情感到高兴，它认为获得胜利的时候，就被恋人幸福地将它远远地驱逐出去。福多拉看见了我，立刻拉下脸来，我妨碍了她。在第一次幕间休息时，我到包厢里拜访她，她只有一个人在那里，我便留了下来。虽然我们从来没有谈到爱，我预感到一场解释是无可避免的了。我还没有把我心中的秘密告诉她，而我们之间早已存在某种默契：她将她的娱乐计划告诉我，而且总是在前一天晚上带着友好的不安问我第二天来不来；她每说了一句俏皮话，总用一个眼色来征求我的意见，仿佛她专门想讨我欢喜；我生气了，她就变得特别温柔；如果生气的是她，我就好像有权利来询问她；如果我做错了事，她就要我哀求她许久才宽恕我。这些小吵小闹，我们已经习以为常，它们是充满了爱情的。她在其中尽量舒展她的优雅和娇媚，而我则在其间享受到无比的幸福！可是目前这时刻，我们的亲密关系突然中断，我们像两个陌生人似的彼此相对。伯爵夫人冷若冰霜，而我则担心大祸将至。

“戏散场后她对我说：‘请您送我回家。’

“天气突然变了。我们走出剧场时，一场雨夹雪正落下来。福多拉的马车不能一直驶到剧场门口。一个搬行李杂工看见一个穿着打扮十分时髦的女人要走过马路，就走了过来张开雨伞给我们挡住雨雪，等到我们踏上马车以后他就伸出手来要小费。我身上一文不名，我真恨不得卖掉我十年的寿命来交换两个苏。在我身上一切男子汉的气概和千万种虚荣心都被使人受不了的痛苦所粉碎了！我说了一句：‘亲爱的朋友，我没有零钱！’声调是冷酷无情的，仿佛出自我的受挫折的爱情之口，不过由我，与这个杂工同病相怜的我，把话说出来而已，我今天饱尝了贫困的痛苦，而我过去却是多么轻易就花掉了七十万法郎！仆人推开那个杂工，马车即冲破雨雪，向前疾驶。回到府第，福多拉有点精神恍惚的样子，或者装出满怀心事，只用轻蔑的单词来回答我的问题。我也沉默不语。这一时刻令人十分难堪。回到她家以后，我们都坐在壁炉前面。贴身男仆把炉火弄旺以后就走了出去，伯爵夫人转过身来对着我，用一种难以形容的神气，庄严地对我说：

“‘我回到法国以后，有几个年轻人看中了我的财产，宣称他们爱上了我，这样的表白可能满足我的虚荣心；我也认识另一些男子，他们对我的爱慕十分真诚而且爱得很深，即使他们发现我不过像以前那样是个贫穷的姑娘，他们仍然愿意娶我。总之，德·瓦朗坦先生，要知道有人曾提出要给我新的财富和新的贵族头衔，同时也请您知道，凡是怀着不可告人的目的来同我谈情说爱的人，我是绝对不会再见他们的。如果我同您的交情不深，我也不会给您一个忠告，这忠告里友谊的成分比骄傲多。一个女人假定自己被人爱上了，却又预先准备好拒绝接受这种永远讨人欢喜的感情，她就有自取其辱的危险。我熟识阿尔丝娜埃[①]和阿拉曼特[②]的故事，因此我也熟识在相同环境下我所能听到的回答；可是我今天希望一个高尚的男人不会因我向他坦率地表明心迹而看不起我。'

"她说这番话时态度非常冷静，就像一个诉讼代理人或者一位公证人在向当事人讲解诉讼方法或者契约条款一样。她的清澈迷人的声音并没有流露出任何感情冲动，只是我觉得她的始终保持高贵的容貌和举止上，有一种外交官的冷酷和无情。她一定是事先想好了这番话和布置好这一幕的。啊！我亲爱的朋友，当某些女人认为撕碎我们的心是一种乐趣，她们决心要将匕首捅进我们的心里而且还在创口上转一转的时候，这些女人是可爱的，她们爱上了别人和渴望被人所爱！终有一天她们会酬谢我们的痛苦，就像人家说的老天爷会报答善行一样；她们会以百倍的快乐来补偿我们的痛苦，痛苦程度的深浅是由她们自己估价的，她们的穷凶极恶难道不是充满爱情的吗？可是接受一个冷酷地置我们于死地的女人的折磨，这难道不是难以忍受的痛苦吗？这时候，福多拉自己不知道，她在践踏我的一切希望，粉碎我的生活，摧毁我的前途，而她的态度是冷酷的、无所谓的，就像儿童出自好奇心，既天真又残忍地撕掉一只蝴蝶的翅膀一样。

"福多拉又开口说：'再过一些日子，我希望您认识到我对朋友们的友情是多么牢固的。您会发觉我对他们始终是友好和忠诚的。我能为他们献出生命，可是如果我只接受他们的爱情而不拿爱情来回报，您就会看不起我。我说到这里为止。您是听见我说

---

① 阿尔丝娜埃是莫里哀的喜剧《恨世者》中的一个年纪不轻的风流娘们，是个假正经的女人。

② 阿拉曼特是法国作家马里沃的剧本《假机密》中的一个贵族寡妇，该剧男主人翁爱上了她，千方百计吸引她的注意和同情，认为注意和同情之后就是感兴趣，感兴趣之后就发展为爱情。

最后这几句话的唯一的男人。'

"起初，我不知说什么才好，我要费很大的劲才能控制住我心内涌起的风暴。可是不久我就把所有的情绪都埋到内心深处，我的脸上堆起了笑容，我回答她说：

"'如果我说我爱您，您会赶我出去；如果我承认对您毫不在乎，您会因此而处罚我。教士、法官和女人永远不会把他们的袍子脱个精光。沉默不说明什么，夫人，如果您认为沉默好，我就不说话。您对我提出这么友好的忠告，一定是您害怕失掉我，这个想法就能满足我的自尊心。现在让我们放下个性不谈吧。您也许是唯一的女人，能够以哲学家身份同我讨论一个完全违背自然法则的决定。同别的女人相比，您是一个非凡的人。好吧，让我们一起怀着善意来追查这种心理变态的原因吧。许多女人认为自己本身值得骄傲，她们热爱自己的完美，您身上是否也有一种过分讲究的自私情绪，使您想到嫁人就讨厌，您绝不愿意放弃自己的意志，屈服于冒犯了您的婚约之下？如果是这样的话，我觉得您更加漂亮一千倍！您第一次恋爱的时候是否曾经受过虐待？也许您过分珍视您苗条的腰身、美妙的胸脯，以致您害怕当上母亲后会带来的损害，因而这就是您不肯被人过分热爱的一条最好的秘密理由吗？您有没有某些生理缺陷使您不得不保持贞洁？……请您不要生气，我是在讨论，在研究，完全不是为了爱情。大自然能产生先天性的盲人，也就能够创造在爱情上聋、哑和瞎的女人。一点不假，您真是医学观察的一个宝贵标本！您不完全了解您本身的价值。您完全可以合理合法地讨厌男人，我赞成您，我觉得他们全都丑陋和可厌。'说到这里我心里很难过，又加上一句：'您做得对，您应该蔑视我们，世界上没有一个男人配得上您。'

"我不必将我笑着对她说的嘲讽话都一一告诉你。总之，最尖刻的语言，最辛辣的讽刺，都不能引起她的任何动作，也不能使她做出任何气恼的手势。她一边听我说话，一边在嘴角上和眼睛上保持着习惯的微笑，这种微笑仿佛她穿在身上的一件衣服，对朋友，对普通的熟人，对陌生人，都是同样的微笑。

“她抓住我停下来凝视着她的一瞬间对我说：‘我让您这样安放在梯形解剖室中间，我不是太好了吗？’接着她又笑着对我说：‘您看见了，我在友情上是没有愚蠢的敏感的！有许多妇女对您放肆的言行早就给你享受闭门羹来惩罚您了。’

“‘您可以用不着说明理由就把我从您府上赶出去。’我一边这样说，一边心里想，如果她驱逐我，我就马上杀了她。

“她只是微笑着大声说：‘您疯了。’

“我又问她：‘您曾经想过激烈爱情的后果吗？一个被迫上绝路的男子往往会杀掉他的情妇。’

“她十分冷静地回答我：‘宁愿死也不愿意活着做个不幸的女人。一个这么热情的男子早晚会在吃光他的情妇的财产以后，把她遗弃在草席上的。’

“这个清楚明白的回答使我目瞪口呆。我看出来了，这个女人和我之间存在着一道深渊。我们永远也不能互相了解。

“我冷冷地对她说：‘再见。’

“她友好地点一下头回给我一句：‘再见，明天见。’

“我凝视着她好一会儿，把我已经放弃的爱情全部投射到她身上。她站着，向我送过来她那平庸的微笑，一尊大理石像的可憎的微笑，它似乎也在表达爱情，不过是冰冷的。

“亲爱的朋友，你能想象得出吗？我在丧失一切以后，冒着雨雪，踏着码头上的薄冰，步行四公里，带着万箭穿心的痛苦回到家里的情景？啊！要知道她连想也没有想过我的贫困，只以为我也同她一样享有荣华富贵，香车宝马！有多少人是陷于破产和失望的啊！现在问题已不再是金钱，而是我的全部精神财富。我随意乱走，内心不断地同自己争论这场奇怪对话的词句，争论到后来我竟迷失了方向，终于使我怀疑起语言和观念的表面价值来！可是我始终在恋爱，我爱这个冷冰冰的女人，她无时无刻不在等待男人去征服她的心，她总是取消前一天晚上的承诺，第二天又以新的情妇姿态出现。

“在研究院的小窗口下面转弯的时候，我突然有一阵发烧的感觉。我这才记起我到现在还没有吃过东西。我身上一个子儿也没有。更糟糕的是，雨水将我的帽子淋得走了样子。以后怎么能接近一个时髦女子，在沙龙里出现呢？我连一顶像样的帽子都没有。我诅咒那种要人经常把帽子拿在手里以便随时展示帽子夹里的时髦而又愚蠢的做法，我小心翼翼地照管我的帽子，使它到目前为止，还保持着半新不旧的中间状态。它并不异乎寻常的新，也不是干巴巴的旧，既没有掉毛，也不太柔软光滑，可以视为是爱惜衣物的人的帽子；可是它现在已经损坏，变形，完蛋，成为真正的破布，完全是它的主人十足的象征。只为缺少三十个苏，我丢掉了我精心保存下来的潇洒。啊！三个月来我为福多拉做出了多少她所不知的牺牲！我经常要把一个星期必需的面包钱，用来去见她一会儿。暂时离开我的工作和忍饥挨饿，这并不算什么！可是走过巴黎的街道而不溅上一点污泥，为着躲雨而奔跑，到她家的时候要像她身边的纨绔子弟那样穿得整整齐齐。啊！对一个在恋爱中而无心顾及其他的诗人来说，要这样做真是有数不清的困难。我的幸福，我的爱情，都指望在我的唯一一件雪白的背心上面不沾上一点污泥。如果我溅上泥浆，如果我被雨水淋湿，我只好放弃去见她！我连五个苏都没有，无法叫街上的擦鞋人为我擦掉我皮靴上一小点污泥！这些说不出名字的小折磨使我的爱情与日俱增，对于一个容易生气的人来说，小折磨其实就是极大的痛苦。不幸的人有些忠诚是禁止向女人们诉说的，这些女人生活在奢侈华丽的环境中，她们透过三棱镜来看人和物，把人和物都染上了金色。这些女人的乐观来自自私，残忍来自有教养，她们以享乐为名避免深思熟虑，以娱乐消遣为由原谅自己对不幸的冷漠无情。对于她们，一分钱永远不是一百万，而一百万对她们说来却像是一分钱。如果爱情必须以伟大的牺牲来辩护的话，也应该小心地把这些牺牲掩盖起来，而且把它们埋葬在沉默里：可是许多有钱人浪费他们的钱财和生命来表示忠诚，他们利用社会上的偏见总是能使他们在爱情上的疯狂行为带上一点光辉；对他们说来，沉默就是说话，掩盖就是高招，而我的可憎的困境却使我陷入可怕的痛苦中，不允许我说一句：'我恋爱！'或者：'我死亡！'这难道就是忠诚吗？我为她牺牲一切而得到的快感，难道不是我得到的丰富报酬吗？伯爵夫人曾经使我生活中最平庸的小事增添了价值和无穷的乐趣。从前我对穿着打扮毫不关心，现在我尊敬我的礼服，把它当成第二个我。要我在身体受伤和撕破我的礼服之间做出选择，我会毫不犹豫地选择前者！在这种时候你应该设身处地为我着想，理解我思想上的狂怒，我越是走来走去越发增加了狂乱情绪，也许这种情绪是我走路激励出来的！我不幸到了极点的时候，反而感到一种恶毒的快乐。我希望在这最后的灾难中看到好运的预兆；可是灾难正未有穷期。我的公寓的门半开半掩。透过百叶窗上心形的切孔，我看见了照射到街上的一缕光线。波利娜和她的母亲正在边谈话边等我，我听见她们提到我的名字，我索性听下去。

"波利娜说：'拉斐尔比七号那个大学生好得多了！他的金发颜色多漂亮！你不觉得他的嗓音里有些什么能够激动人心的吗？而且，他虽然有点傲慢，可是他多善良，他的举止多高雅！啊！他的确是个好人！我敢肯定个个女人对他都会入迷。'

“戈丹太太说：‘你这样说他，好像你已经爱上他了。’

“她笑着回答：‘我把他当成哥哥似的爱他，要是我对他没有友情，我就是道地的忘恩负义了！音乐，图画，语法，我所知道的一切，难道不是他教的吗？你对我的进步太不关心了，我的好妈妈；我现在学识丰富，再过一些日子我就能够给人家上课了，那时候我们家就可以雇个用人了。’

“我轻轻地走了开去，在弄出一些响声以后，我走进客厅去拿波利娜正准备点燃的灯。可怜的孩子，她刚在我的创口上抹上了芬芳的香膏。她对我天真无邪的赞美，给了我一点勇气。我很需要恢复自信心，同时要搜集一些对我的真正优点无私的评价。我的各种希望又重新恢复了，也许会反映到我看见的事物上。我以前从来没有认真观察过经常映入我眼帘的两个女人在客厅里的场景，这时候我才欣赏到这幅美妙图画的朴素原形，荷兰画家们就将这些人物逼真地搬到画布上。母亲坐在半熄灭火炉旁边织袜子，嘴角上带着慈祥的微笑。波利娜在给隔热扇着色，她的颜色，她的画笔，摊在一张小桌子上，十分刺目。波利娜离开自己的位子，站在那里点灯，灯光全部倾泻在她的雪白脸蛋上，一个不是被爱情迷失本性的人，必然会爱慕她的透明而粉红的双手，她的完美的头部和她的处女风姿！黑夜和静寂给这种熬夜工作和这个平安的家庭增添了魅力。她们能愉快地夜以继日地劳动，证明她们充满了高尚情操，有宗教上的自我牺牲精神。这里人和物之间存在着一种难以形容的和谐。在福多拉家里奢侈豪华是枯燥乏味的，只能唤醒我的坏思想；而这儿的朴实的穷困和天生的善良，却能使我精神为之一爽。也许因为我在豪华面前感到丢脸，而在这两个女人身边，在这间棕色的客厅里，生活俭朴到仿佛已躲进各种感情中间，也许我已恢复自信，发现必须行使男人都渴望行使的保护她们的权利。我走到波利娜身边，她用类似母亲的眼光看了我一眼，急忙放下灯，双手哆嗦着大声对我说：

"'天啊！您的脸色多么难看！啊！他全身都湿透了，我妈会给您揩干的。'她停了一会儿又说：'拉斐尔先生，您是喜欢奶制品的，我们今天晚上有鲜奶油，怎么样，您想尝尝吗？'她像小猫般跳向一个装满牛奶的瓷碗，很快地递给我，用非常可爱的态度送到我的鼻子底下，我倒犹豫起来。

"'您拒绝吗？'她对我说，声音都变了。我们彼此都明白对方的高傲：波利娜显然为自己的穷困感到痛苦，而且谴责我的傲慢。我的心软下来了。这碗奶油也许是她们明天的午饭，但是我只好接受了。可怜的姑娘想隐藏住心中的快乐，可是她的眼里却闪耀着喜悦的光芒。我边坐下来边对她说：

"'我正需要奶油，'这时她的前额上露出关切的表情，'波利娜，您记得博絮埃有一段文章吗？他在这段文章里给我们描写上帝报答一杯水超过报答一次胜利。'

"'记得的。'她回答。她的胸脯像小孩握在手中的小莺儿的胸脯一样剧烈起伏。

"我用不太自信的声音加上一句：'好吧，既然我们不久就要分手，让我向您和您的母亲对我的一切照顾表示感谢吧。'

"她笑着说：'不要谢。'她的笑声里隐藏着一种使我难过的感情。

"我装作没有听见她的话，继续说：'我的钢琴，是埃拉尔[①]的最好的制品之一，请收下它吧。不必有什么顾虑，请接受它。反正我打算出外旅行，我是不会带着它去旅行的。'

"也许我说这些话时的悲怆声调使她们得到了启发，两个女人似乎懂得了我的意思，她们用好奇兼惶恐的眼光望着我。原来

① 埃拉尔（1752—1831），法国著名的乐器制造家，曾将竖琴和钢琴改良成现代的样子。

我在上流社会冰冷区域寻觅的温情在这里找到了，它是真实的，毫无排场，不过十分打动人心，也许更持久可靠。

“做母亲的说：‘不必担心，留下来吧。我的丈夫目前正在归途中。今天晚上，我念《约翰福音》的时候，波利娜把我们系在圣经里的一把钥匙悬挂在手指上，钥匙转动。这个兆头说明戈丹身体健康，事业有成。波利娜又为您和七号房的那个年轻人再试验两次，钥匙只为您转动。我们大家都要发财了，戈丹回来时成了百万富翁。我梦见过一条装满了蛇的大船，幸而水是浑浊的，这就是说不是蛇，而是海外的黄金和珍宝。’

“这些友好而空洞的话，同一个母亲用来减轻孩子的痛苦所唱的含糊不清的儿歌一样，给我的心灵带来了平静。这位善良妇人的声调和眼神，散发出温柔的真挚之情，它不能消除忧愁，可是能缓和、安慰和减轻忧愁。波利娜比她的母亲更精明，她忧心忡忡地审视着我。她那双聪明的眼睛似乎已经猜透了我的生活和我的前途。我向母女两人鞠躬表示感谢，转身就走了，害怕自己会太动感情。我回到自己房间里只剩下一个人时，我的不幸伴随着我躺到床上。我的要命的想象力给我描绘了无数空中楼阁，并且强迫我做出许多不可能实现的决定。一个人在他的财产废墟上爬行的时候，他还可能找到一些资源，而我却一无所有。

“啊！亲爱的朋友，我们过分轻率地谴责贫困了。对于一切社会分化的最激烈的现象，我们应该宽容些。哪里有贫困，哪里就没有贞操、罪恶、道德和智慧。我当时是处在没有思想、没有力量的地步，就像一个年轻姑娘跪倒在一头猛虎前面。一个没有爱情也没有金钱的男人，仍然是自己的主人；可是一个在恋爱中的可怜虫，就不属于自己，而且也不能自杀。爱情给了我们一种宗教，我们尊敬我们身上的另一种生活，于是爱情就成为最可怕的灾难，这种灾难带有一个希望，这个希望使你愿意接受种种折磨。我终于带着第二天去找拉斯蒂涅，告诉他福多拉的奇怪决定的想法而入睡了。

“第二天早上 9 点，我就到了拉斯蒂涅家里。拉斯蒂涅见到我就嚷起来：‘我知道什么风把你吹来的，你一定是收到福多拉的逐客令了。有几个不怀好意的家伙，妒忌你能操纵伯爵夫人，便宣布了你们结婚的消息。天知道你的情敌给你胡诌了多少荒唐行为，多少次对你进行诽谤！’

“我喊道：‘现在真相大白了！’我想起我的一切放肆行为，而且觉得伯爵夫人十分伟大。依我看，我是一个没有吃够苦头的无耻之辈，从她的宽容里我看到的是忍心的爱情的布施。

“谨慎的拉斯蒂涅对我说：‘不要这么快就下结论。福多拉具有极度自私女人天生的洞察力，也许在你只看到她的财产和她的豪华生活时，她早已判断好你是怎样一个人了；尽管你聪明灵巧，她也能看透你的心。她是相当会隐瞒的人，因此在她面前，任何弄虚作假都不能得逞。’他又补充说：‘我相信我把你引上了歧路了。这个女人尽管人很聪明又有风度，我觉得她特别专横，如同所有只会运用头脑得到快乐的女人一样。对她说来，幸福完全存在于生活舒适和社交娱乐之中；在她身上，感情只是一种职务，她会使你痛苦万分，然后派你做她的贴身男仆！’拉斯蒂涅的话我一句也没有听进去。我打断了他的话头，装出很愉快的样子，把我的经济情况告诉他。

“他回答我说：‘昨天晚上倒霉的运气把我能支配的钱全部拿走了。否则我倒是愿意同你一起瓜分我的钱包。不过，我们去酒馆吃午饭吧，新鲜牡蛎也许能帮助我们想出个好主意。’

“他穿上衣服，叫人套好他的双轮豪华马车；然后我们两人像两位百万富翁似的来到巴黎咖啡馆，我们那目空一切的神态就像靠空想的资本生活的大胆投机家。拉斯蒂涅这个加斯科尼鬼家伙[1]，其神态的自如和镇静自若使我非常不安。我们吃了一顿异常精美的午饭，正在喝咖啡的时候，一直在对一班风度潇洒、衣着时髦的青年人一一点头致意的拉斯蒂涅，看见走进来一位花花公子，立刻对我说：

"'你的机会来了。'

"他打个手势，叫那位系着漂亮领带，好像在找一个合适桌子的绅士走过来同他说话。

"拉斯蒂涅凑在我的耳边说：'这家伙为着出版了连他自己也看不懂的书而获得了勋章；他享有不知多少剧本的四分之一、三分之一或者二分之一的著作权，而他像头母骡那样无知。他不是人，只是一个名字，是公众所熟悉的标签。因此他总是防止走进门口挂着这样牌子的工作室：这里可以自己写作。他精明得能够愚弄许多人。总而言之，他是一个精神上的混血儿，既不完全诚实，也不完全是坏蛋。可是不要作声，他是奋斗过来的，社会上对他不再苛求了，都说他是一位可尊敬的人。'

"这时候那陌生人走了过来坐在旁边的桌子上。拉斯蒂涅对他说：'好啊，我的杰出的朋友，我的可敬的朋友，阁下贵体如何？[2]'

"不好，也不坏。我正在忙得透不过气来。我手上有必要的资料，可以写些十分稀奇的历史回忆录，我不知道派给谁写才好。我正为这件事发愁哩，这件事得赶快办，否则回忆录就不再时兴了。'

"'是当代史的回忆录吗？还是古代史的？是关于宫廷的吗？还是别的什么的？'

---

① 加斯科尼是法国西南部旧省名；加斯科尼人以喜欢吹牛和夸口著称。

② 这句话照原文直译是："您的智力好吗？"拉斯蒂涅戏谑地将"阁下"（Excellence）改为"智力"（Intelligence），取其词尾音同，这样既开了玩笑，也表达了一定的敬意。

“‘是关于项链案件[1]的。’

“拉斯蒂涅转过头来对我说：‘这岂不是天缘巧合吗？’接着，又回过头去对那位投机家指着我说：

“‘这位是德·瓦朗坦先生，我的朋友，我是把他作为未来的文坛巨星介绍给您的。他以前有一位在宫里炙手可热的姑妈，一位侯爵夫人，两年以来，他正在写一部保王主义的大革命史。’然后他又凑到这位古怪商人的耳边说：

“‘他是个天才，但是个书呆子，他可以用他姑妈的名义为您写这些回忆录，每卷一百埃居。’

“对方抬高一下领带说：‘这买卖对我正合适。伙计，上我的牡蛎！’

“拉斯蒂涅又说：‘好吧，您得给我二十五个路易的佣金，还要预付一卷书的稿酬。’

“‘不行。我只预付五十埃居的稿酬，这样我可以更有把握快点拿到稿子。’

“拉斯蒂涅低声把这笔买卖给我复述一遍，然后不征求我的同意就回答：

“‘我们同意了。什么时候我们去看您，好结束这笔买卖的手续？’

“‘明天晚上 7 点钟你们到这儿来吃晚饭吧。’

“我们站了起来，拉斯蒂涅扔给侍者一些小费，把账单往口袋里一放，我们就走出饭馆。我为他这么轻易地、毫不在乎地就把我可敬的姑妈德·蒙博隆侯爵夫人卖掉，不由得惊得发呆。

“‘我宁愿乘船去巴西，去教印第安人代数学，尽管我不懂代数，也不愿意玷污我家族的名声！’

① 红衣主教德·罗昂拟购买一条价值一百六十万法郎的项链献给法后玛丽·安东奈特，结果上当受骗，时人称为“项链案件”。

“拉斯蒂涅哈哈大笑，打断了我的话头。

“‘你真笨！先拿了这五十埃居，写回忆录。写完以后，傻瓜，你可以拒绝用你姑妈的名义发表！德·蒙博隆夫人死在断头台上，她的撑裙用的环，她的威望，她的美貌，她的脂粉，她的拖鞋，远远不止值六百法郎。如果出版商不肯照你姑妈所值的价钱付款，他总可找到某个老骗子或者什么伯爵夫人冒名顶替，作为这些回忆录的作者。’

“我喊道：‘啊！我为什么要离开我那干净贞洁的顶楼？社会的背面太卑鄙龌龊了。’

“拉斯蒂涅回答：‘好啊，你说的是诗，而我们在谈生意。你真是孩子气。听我说：回忆录嘛，让读者去做出评价好了；至于我的那位文学掮客，难道他不是花了八年时间，经过无数惨痛经验，才同出版商建立关系的吗？你虽然同他平分写书工作，你应得的钱不是也可观吗？二十五个路易对你说来是一大笔款子，比一千法郎对他的用处更大。去吧，你能写出历史回忆录来，也许会成为艺术品，狄德罗也曾经为一百埃居写过六篇说教稿呢。’

“我十分感动地对他说：‘好吧，我很需要这笔款子；因此，我可怜的朋友，我欠你的情。二十五个路易就使我变成十分富有了。’

“拉斯蒂涅笑着说：‘比你想象的更富有。如果斐诺在生意上给我一笔佣金，你难道猜不出这也是给你的吗？我们到布洛涅森林去吧，在那里我们可以见到你的伯爵夫人，我还要让你看看那位娇小玲珑的寡妇，我打算同她结婚，她是一位迷人的阿尔萨斯妇女，长得比较富态。她读康德、雪莱和让－保尔[①]的著作，以及一大堆有关水利的书。她有一种怪癖，总是征求我的意见，我

① 让－保尔（1763—1825），原名里希特，是德国的一个著名的浪漫主义小说家。

不得不装出完全理解这种德国的伤感文学的样子，而且熟悉了一大堆歌谣以及医生禁止我服用的药品。我还不能使她改变热爱文学的习惯，她读歌德的著作时哭得泪人儿似的，我为了讨好她，也不得不陪着流了几滴眼泪，因为她有五万法郎年金，而且有世界上最漂亮的小手和最漂亮的小脚！啊！如果她没有阿尔萨斯口音，不把热读成舍，不把布读成普，那她就是十全十美的女人了。'

“我们看见了伯爵夫人，她浑身辉煌地坐在十分辉煌的马车里。这个卖弄风情的女人很亲热地同我们打招呼，而且抛给我一个微笑，我觉得这微笑是妙不可言的，而且充满了爱情。啊！我多么幸福啊，我相信她爱我，我手里有钱而且拥有爱情，贫困一去而不复返了。我浑身轻松，满怀高兴，对一切都满意，觉得我的朋友的情妇很迷人。树木、天空、空气，整个大自然仿佛在对我重复福多拉的微笑。从爱丽舍田园大道回来以后，我们一起到拉斯蒂涅经常光顾的帽子店和裁缝店里去。项链案件使我脱离了穷困的和平生活，转到可怕的战斗生活来了。从今以后，我可以毫无畏惧地在风雅和时髦方面同那些整天环绕着福多拉转的青年人来个平等竞争了。我回到自己家里，关上门，表面上很冷静，走近天窗，向我的屋顶作了永远的告别，然后转入对未来生活的梦想，将自己的生活加以戏剧化，预先享受了爱情和它的种种乐趣。啊！在只有四面空墙的顶楼里，生活居然也会像暴风雨般动荡不安！人的灵魂就是一位仙女，她能使稻草变成钻石；在她的魔杖指挥下，迷人的宫殿像田野里的鲜花一样，在阳光的热力影响下一朵朵地绽开了。

“第二天，中午时分，波利娜轻叩我的房门，给我送来了——你猜是什么？——福多拉的一封信。伯爵夫人请求我到卢森堡公园接她，带她去参观博物馆和植物园。

“波利娜默默不语地等待了片刻，对我说：‘送信人在等候回音。’

“我草草写了一封回信，表示感谢，波利娜拿走了。我穿上衣服，化完了妆，对自己相当满意的时候，忽然一个想法使我冷了半截：福多拉是坐车来还是步行来？天会下雨吗？天气晴朗吗？可是，我又想，管她是步行来还是坐车来，谁能确实知道一个女人古怪的想法是什么呢？她也许身上没带零钱，却想给一个萨瓦省的小孩一百个苏，因为他的破烂衣服很别致。

“我身上没有一个子儿，要到傍晚时分才能收到钱。啊！在我们年轻时期的这类困境中，一个诗人要付出多少代价才能享受到由缩食节衣和辛勤工作所赋予的知识的威力啊！一霎时间，一千种尖锐而痛苦的思想涌上心头，像万箭穿心那样。我从天窗仰望天空，气候的变化很难预测。万一天气变坏，我固然可以租用一辆包用一天的马车，可是在幸福的时刻，我岂不是每一分钟都害怕晚上遇不见斐诺吗？我觉得我不够坚强，不可能在快乐的时刻忍受这么多的恐惧。于是我开始在我的房间里进行大规模的探险活动，尽管我明知不可能找到任何东西，我还是到处搜寻我想象中的金币，连垫褥底下，长筒靴的深处，我都翻过了，倒过了，到处都找遍了。我神经紧张，像发热病，把家具全部弄翻以后又慌慌张张地望着它们。等到我第七次由于不抱任何希望而懒洋洋地去翻我的写字台的抽屉时，我忽然见到紧贴着抽屉的侧板上，有一枚五法郎的硬币，它偷偷地蜷缩在那里，不过干净、锃亮、清晰得像初升的一颗星星，美丽而高贵，你能理解我当时极度兴奋的状态吗？我不追究它默默地躲藏起来的原因，也不过问它残酷地害我到处找寻的过错，我拿它当作患难时保持忠诚的朋友那样吻它，而且向它大声欢呼，响声震动了四面八方。我猛然回过头来，看见波利娜站在那里，脸色苍白。她用激动的声音说："'我以为您什么地方受伤了，送信人……' 她停了下来，仿佛气喘不过来似的，然后补充说：'我妈已经付过小费，打发走了。' 说完以后她就逃走了，那孩子气和疯疯癫癫的样子简直莫名其妙。可怜的小姑娘！我祝她享有我一样的幸福。这时候，我觉得心中似乎充满了人世间的一切欢乐，我真想给不幸的人们归还他们应得的一分幸福，因为我相信我是从他们那里偷来的。我们对不如意事的预感经常是灵验的，伯爵夫人把她的马车打发走了。漂亮女人经常有一种心血来潮的想法是她们自己也无法解释的，伯爵夫人想沿着林荫大道步行去植物园。

"我对她说：'天快下雨了。'

"她很喜欢说同我相反的话。意外地，我们在卢森堡公园行走的时候，天气一直晴朗。我们走出公园的时候，一团乌云飞过，使我担心起来，果然落下了几滴雨点，我们就上了一辆出租马车。我们驶到林荫大道时，雨停了，天气恢复晴朗。到了博物馆，我想打发马车走路，福多拉叫我把车留下。多么痛苦的折磨！可是一边同她谈话一边压抑自己心内的狂热，这种狂热一定是化成一种死板的傻笑在我的脸上表现出来；在植物园里漫步，走遍树荫下的小径，感觉到她的一只臂膀紧靠在我的臂膀上，这一切都是那么不可思议，仿佛在白日做梦。不过她的一切动作，无论是行走，或者是停下来，尽管十分性感，却缺乏温柔，也没有情人味道。当我设法配合她的行动时，我从她身上发现她在隐秘地发脾气，这种冲动是断断续续的，稀奇古怪的。没有灵魂的女人在举止上也欠温柔。因此我们的结合，既不是有相同的意志，也不是有相同的步伐。没有言辞可以表达两个人间这种有形的不协调，因为我们还不习惯于通过行动去认识人的思想。我们天性中这种现象只能凭本能去感觉，而不能用语言表达。"

拉斐尔说到这里停了下来，沉默了一会儿又接着说下去，仿佛在回答自己提出来的一个反对意见："我的爱情发展到激烈的顶点的时候，我既没有解剖过我的感觉，也没有分析过我的欢乐，更没有计算过我的心跳，像一个吝啬鬼仔细检查和称他的金币那样。啊！不，时至今日，经验已经将它的悲惨的光线，投向过去的事件，回忆把一幕幕的景象罗列到我的眼前，好像在晴朗的日子里，海水把遇难船只的残骸，一片片地冲上沙滩一样。

"伯爵夫人带点不好意思的神情注视着我，对我说：'您可以帮我一个大忙。我对您说过心里话，表白我对爱情的厌恶以后，我觉得我更自由了，可以用友情的名义，托您办一件事。'她又笑着加上一句：'您今天来让我欠您的情，不是更有价值吗？'我痛苦地凝视着她。她在我身边没有什么感觉，她所表现的是虚情假意，而不是亲热多情。我觉得她像一个有经验的女演员在演出一个角色；突然间她说话的语调，她的眼色，她的一句话，又唤醒了我的希望；可是如果我的复苏的爱情从我的眼睛表现出来的话，她能抵受得住我眼睛的光芒，使自己的眼光毫无变化，因为她的眼睛像老虎的眼睛一样，已经镶上了一层金属薄片。在这种时候，我憎恨她。

"她用充满温存的婉转音调继续说：'倚仗纳瓦兰公爵作为靠山，我就可以接近俄罗斯的一位极有权势的人物，请他为牵涉到我的财产和我在社会上的地位的一件案件主持公道，换句话说，就是让沙皇承认我的婚姻。德·纳瓦兰公爵不是您的表哥吗？只要他肯写一封信，便可以决定一切。'

"我回答她：'我是属于您的，您下命令吧。'

"她紧握我的手说：'您太可爱了。到我家里吃晚饭，我像对忏悔神父那样把一切都告诉您。'

"这个如此多疑，如此守口如瓶的女人，从来没有人听她说过一句有关她的利益的话，现在来请教我了。

“我叫起来：‘啊！我现在多么高兴您以前禁止我说话啊！如果可能，我愿意经受更严峻的考验。’

“这时候，她欢迎我陶醉的眼光，毫不拒绝我对她的欣赏，她还是爱我的！我们到了她家。运气真好，我口袋里的钱，足够我付车费。我今天过得真甜美，单独跟她在一起，单独一个人在她家，这真是第一次我能够这样来看她。到今天为止，她的宾客，她的碍人手脚的礼节，她的冷冰冰的态度，总是把我们两人分开，甚至在豪华晚宴时也是这样。可是现在我在她家，好像我已经和她同居，也可以说，我已经占有她了。我的胡思乱想冲破了一切障碍，按照我的意愿来安排生活，使我沉浸在幸福爱情的欢乐里。我相信自己就是她的丈夫，我欣赏她如何处理家中的琐事，我看见她取下披肩和帽子时甚至感到幸福。她离开我片刻，回来的时候头发已梳理过，十分可爱。这么漂亮的打扮是为了我！吃晚饭时，她对我的关怀可以说是无微不至，在许多事情上她施展了无限优美的风韵，这些事情看起来似乎微不足道，实际上是生命的一半。等到我们两人坐在炉火噼噼啪啪作响的壁炉前面，坐垫是丝绸制品，周围是令人羡慕的东方豪华陈设，这时候，我看见靠近我身边的是艳名远扬的美人，她能打动无数男人的心，却令人难以征服，现在她同我说话，我成了她卖弄风情的对象，于是我的肉欲的幸福几乎变成了痛苦。不幸的是，我想起了今天晚上我应该订立的重要契约，我想去赴昨天定下的约会。

“她看见我拿起帽子就说了一句：‘怎么！要走了！’

“她爱我！听见她用温和的声音说出这两句话时，至少我是这样相信的。为了延长我心醉神迷的时刻，我宁愿用我两年的生命，来交换她愿意给我延长的每一个钟头。我的幸福增加了，还要把我损失的金钱加进去！她撵我走的时候已经是午夜时分。

“第二天，我的美人儿使我产生无数悔恨，因为我害怕失掉写回忆录的好机会，这件事目前对我是头等大事。我奔到拉斯蒂涅家，我们一起出其不意地到斐诺家去看他起床，他是我未来作品的署名人。斐诺念给我听一张简单的契约，上面没有牵涉到我的姑妈，我在契约上签字以后斐诺给了我五十个埃居。我们三个人一起吃午饭。我买了一顶新帽子，买了六十张就餐卡，每张三十个苏，还了一些债，手里就只剩下三十个法郎了。可是生活上的一切困难有好几天可以不用愁了。如果我听从拉斯蒂涅的劝告，我只要坦率地采取英国办法，我就可以拥有无数财富。他坚决要我开一个信用卡户头，然后去借款，他认为借款可以支持信用。照他说，前途就是全世界所有资本中最重要最可靠的资本。因此他将我的债务抵押在我将来应得的份额上，把我的做法告诉他的裁缝，这位裁缝是一位艺术家，很理解青年人，一定让我在他那里欠账做衣服，直到我结婚为止。从这天起，我就同我三年来过的修道院和勤学苦读生活一刀两断了。我跑福多拉家跑得很勤，我要在她家设法在表面上胜过那些经常在她家的放肆的家伙和小集团的英雄们。我自信已经永远摆脱了贫困，我在精神上已经恢复了自由，我压倒了我的情敌，我被视为一个充满诱惑力的、不可思议的、无法抗拒的男子。可是一些狡猾的人谈到我时总是说：'一个才智横溢的男孩子，有恋情也只能藏在脑子里！'他们慷慨地赞扬我的才智，目的是贬低我的感情。他们叫嚷着：'他不恋爱多幸福啊！如果他恋爱了，他还能快乐，还能兴致勃勃吗？'

"可是我在福多拉面前是多么多情又多么笨拙啊！单独同她在一起，我就不知道对她说些什么才好，有时我开口说话，我就咒骂爱情；我的快乐是悲惨的，就像宫廷里的一个侍臣想隐藏令人痛苦的怨恨一样。最后，我尽力设法使自己成为她的生命、她的幸福、她的虚荣心所不可少的人；我每天在她身边，成了一个奴隶，一个不停地听命于她的玩偶。白天我就这样消磨掉，晚上我回到家里开夜车，只在清晨睡两三个钟头。可是由于我不像拉斯蒂涅那样习惯于使用英国办法，不久我又身无分文。从这以后，我的亲爱的朋友，我成了没交好运的花花公子，身无分文的时髦青年，不能公开的恋人，我又回到不稳定的生活，落入仔细地用奢华的外表隐藏起来的冰冷而深重的不幸里了。我重新尝到了初期的痛苦，不过没有那么尖锐，一定是早已习惯于它们可怕的滋味了。经常在沙龙里请客人品尝的一点点糕点和茶，就是我唯一的粮食。有时伯爵夫人的豪华晚宴，足够维持我两天的生命。我运用我的全部时间，全部精力和观察知识去进一步探测福多拉的猜不透的性格。

“到目前为止，希望和绝望曾经影响过我的意见，我在她身上有时看到的是最可爱的女人，有时却是最无情的女人。最后，快乐和悲哀的交替已经到了不可容忍的地步，我想牺牲我的爱情，为这两者间可怕的斗争找到一个结局。有时不祥的亮光在我心中闪耀，让我朦胧地看到我们之间有许多深渊存在。伯爵夫人证实了我的所有担心，我从来没有看见她的眼睛里流过眼泪；在戏院里上演一幕催人泪下的戏，她依然冷酷和欢笑。她把全部敏感都留给自己，既不关心别人的不幸，也不关心别人的幸福。总而言之她戏弄了我！我把为她牺牲视作自己的幸福，因此当我去拜访我的亲戚德·纳瓦兰公爵时，我差不多等于为她而贬低了自己的价值。公爵是一个自私自利的人，我的贫困使他脸红，他的所作所为太对不起我了，以致他不能不恨我。他用冷冰冰的礼貌接待我，使他的手势和语言都带有侮辱的性质，他的局促不安的眼光使我产生了怜悯。他的周围多么伟大而高贵，他却如此小气，他的住所多么奢华显赫，他却如此寒酸，我为他感到羞耻。他同我谈起最近在三分利的公债券上蒙受了极大的损失，于是我就将来意说明。他的态度从冰冷逐步变成了亲热，使我感到恶心。后来，我的朋友，他到伯爵夫人家里来了，他立刻把我挤垮了。福多拉为他施展了全部魅力和前所未有的迷惑力，她迷住了他，不同我商量就同他谈妥了那件至今为止不让我知道的神秘事件，我在她的心目中只是一件工具而已！……每当公爵到她家时，她就似乎看不见我，也许她接待我还不如她第一次见到我时高兴。

“一天晚上，她当着公爵的面，用语言所不能形容的一种手势和一种眼光来侮辱我，我哭着走了出去，心里筹划着千种报仇计划，把各种强奸方法都结合起来。我经常陪她到滑稽剧院去，我坐在她身边，完全陶醉在我的爱情里，我出神地注视着她，同时沉溺在倾听音乐中，我把灵魂消耗在双重乐趣里：一方面尽情地爱，另一方面享受着乐曲把我的心情传达出来。我的爱情是在空气中，在舞台上，它无往而不胜，只除了在我情人的心中。于是我拿起福多拉的手，研究她的脸部轮廓和眼睛，以促使我们感情的融合为一，音乐往往可以激发突然的和谐，使双方的灵魂一齐颤动，但是她的手毫无感觉，她的眼睛不说明什么。有时我心中的爱火散发到我满脸都是，强烈地影响到她的脸上时，她就扔给我一个做作的微笑，这是在沙龙里所有画像的嘴唇上都有的暗语。她根本不听音乐。罗西尼、西马罗沙、辛格勒利[①]的只应天上有的乐曲，不能引起她的任何共鸣，不能表达她一生的任何诗意；她的灵魂是干枯的。福多拉在剧院的露面，就像是一出戏中的戏。她的望远镜不停地从一个包厢移向另一个包厢；她表面上平静，内心却激动不安，因为她是新潮的牺牲品；她的包厢，她的帽子，她的马车，她的本人，就是她的一切。你们经常可以遇

① 罗西尼（1792—1868）、西马罗沙（1749—1801）、辛格勒利（1752—1837），以上三人都是意大利著名音乐家。

到一些外表魁梧的人，他们青铜般的身躯里有一颗温柔、高尚的心，而她却在脆弱、优美的身躯里隐藏着一颗青铜般的心。我的要命的科学知识为我撕破了不少面纱。如果所谓有教养就是为了别人忘却自己，就是在言谈举止之间，经常保持温柔，就是使别人对他们自己满意而感到愉快，那么福多拉尽管人很聪明，却未能抹杀她的平民出身的一切痕迹：她的忘却自己是虚假的，她的言谈举止不是生来如此，而是经过艰苦的学习得来的，最后，连她的礼貌也使人嗅出有奴才气。不过，她的甜言蜜语对她的宠儿说来却是好心的表现，她的自命不凡的夸张，却是高贵而热情的行为。

“只有我，曾经研究过她的伪装的神态，剥落过她的薄薄的面纱，暴露她的内心世界，她的面纱能欺骗世人，却不能欺骗我，我已经看透了她的柔媚的灵魂。每当一个傻瓜恭维她，赞美她的时候，我就为她感到害羞。可是我始终爱着她！我希望用诗人爱情的翅膀来融化她的冰冷的心。如果我终有一天能够打开她的心扉，使她充满女人的柔情，如果我能教她初步学会怎样崇拜忠诚，在我的眼中她就是一个十全十美的女人，就变成了天使。当我不需要爱她，只要得到她的时候，我仍然像个男子汉，像个情人，像个艺术家似的爱她；一个装得一本正经的花花公子，一个冷酷的阴谋家，也许会赢得她。她既爱慕虚荣，又狡猾奸诈，自然听得进浮夸的话，也就容易落入阴谋的圈套，她过去一定是曾经被一个冷酷无情的男子征服过。她天真地向我坦白她的自私自利思想，使尖锐的痛苦一直深入到我灵魂的深处。我沉痛地看到她终有一天孤零零地一个人生活，不知道向谁伸出友谊之手，也接触不到同情的眼光。有一天晚上，我鼓起勇气用活跃的色彩，为她描绘了她的孤寂、空虚而凄凉的晚境。这是欺骗大自然所遭受到的可怕的报复，对着这种情景她说了一句残酷的话。

“她说：‘我一直都会有钱。有了金子，我们早晚能够创造出为我们舒适所必需的感情。’

“我听了这个富有者的逻辑，这个女人和这个上流社会的逻辑以后，像被雷击那样走了出来，同时谴责自己，为什么会对这一切如此愚蠢地崇拜。我不爱波利娜是因为她穷，难道有钱的福多拉就没有权利拒绝拉斐尔吗？我们的良心永远是一位不会犯错误的法官，除非我们早已将良心杀害了。一个诡辩的声音对我叫喊：‘福多拉不爱任何人，也不拒绝任何人；她有自由权，只不过以前她曾为了金子而献上自己的身体。不管以情人身份或者以丈夫身份，那位俄国伯爵总算占有过她。在她的一生中，还会受到第二次诱惑的，等待时机吧。’这个女人算不上有道德，她也没有犯错误，她只不远离人群而生活，在她自己的圈子里，不管这圈子是地狱或者天堂。这个神秘的娘们，身穿开司米和刺绣衣服，竟将我心中的所有人类感情，如骄傲、野心、爱情、好奇等等，拿来开玩笑。

“对新潮的偏爱，或者我们每个人都有的要自己与众不同的欲望，使赞美林荫大道剧场演出的一出小喜剧成为一时时尚。伯爵夫人表示想去看看那个演员撒上粉的面容，据说这个演员很讨某些风趣才子的欢喜，我有幸得到这个差使，要领她去看不知什么恶劣笑剧的首场演出。包厢的票价不到一百个苏，我却身无分文。我的回忆录还有半卷没有写完，我不敢去斐诺那里乞求帮助，而我的救星拉斯蒂涅呢，又出门了。这种经常性的手头拮据，使我一生没有好日子过。有一次，从滑稽剧院出来，天下着瓢泼大雨，福多拉给我叫来了一辆马车，我没法子摆脱这种摆阔气的好意，她也不理会我的种种理由，不管我说什么我喜欢在雨中行走呀，或者我要去赌场呀。她不能从我的窘态上，也不能从我假装逗乐的语言上，猜出我的穷困。我的眼睛急得通红，可是她懂得什么是眼色吗？青年人的生活是被各种古怪的念头所左右的！

“在回家的途中，车轮的每一转动，都唤醒我许多使我心急如焚的想法；我试着弄掉车底的一块板，以便溜到马路上，可是我遇见了不可克服的困难，只好抽搐地笑着，闷闷不乐地待在那里，像个带着枷锁的犯人。到家以后，我刚结结巴巴地开口说话，波利娜就打断我的话头，说：

“‘您身上如果没带零钱……’

“啊！罗西尼的音乐简直无法同这句话相比。可是，还是谈谈杂耍剧院吧。为了能够请伯爵夫人到剧院去，我想把镶在我妈照片周围的一只金圈拿去质典借款。尽管在我的脑子里当铺就是监狱的一扇门，我还是宁愿亲自将我的床搬到当铺里去，而不愿乞求施舍。你向一个人要钱，这个人的眼光就最能伤害人。有时某种借钱会以付出荣誉为代价，而某种出自友人之口的拒绝，会打破我们最后的幻想。波利娜还在干活，她妈已经睡了。我通过微微掀起的床帏向那张床上偷望了一眼，我相信戈丹夫人一定是深深地睡着了，因为我看见了黑暗中她的平静和黄颜色的侧面印在枕头上。

“波利娜将画笔搁在调色板上对我说：‘您有烦恼？’

“我回答她：‘可怜的孩子，您能够帮我一个大忙。’她用十分幸福的神气注视着我，使我不由得打了一个寒噤。

“‘她爱上了我吗？’我心里想。我接着说：‘波利娜？……’为着好好地观察她，我坐到她身边。她已经猜到我的用意，因为我用的是问话语气；她低垂眼睑，我仔细观察她，相信我能看透她的心思，像看透我自己一样，因为她的外表既天真又纯洁。

“我问她：‘您爱我吗？’

“她大声说：‘有点爱……非常爱……一点不爱！’

“她并不爱我。她的开玩笑的声调和不由自主地流露出来的亲切姿态，正好描绘出一个少女用闹着玩的口气来表达她的感激心情。于是我向她坦白承认我的困境，我目前遇到的困难，我恳请她帮助我。

“她说：‘怎么，拉斐尔先生，您自己不想去当铺，您却支使我去！’

“我立刻脸涨得通红，这种孩子的逻辑难倒了我。她抓住我的手，仿佛她想用一个亲热的动作来抵消她那句脱口而出的说话的真实性。

“她说：‘啊，我一定去，不过根本不必去。今天早上，我在钢琴后面发现了两枚五法郎的硬币，它们是您不留神的时候跌落到墙壁和护栏之间的，我已经把它们放在您的书桌上了。’

“这时候她的善良的母亲从床帏间伸出头来对我说：‘拉斐尔先生，您不久就会收到钱，在等待期间我完全可以先借给您几个埃居。’

“‘啊！波利娜，’我抓住她的手喊起来，‘我真想变成百万富翁。’

“她用淘气的样子说：‘是吗？为什么？’她的手在我的手掌中哆嗦着，完全响应了我的心跳。她急忙抽回她的手，研究起我的手来。

“她说：‘您要娶一个有钱的老婆！可是她会给您带来不少烦恼。啊！我的天！她会杀害您，我敢断定！’

“在她的喊声中，带有一种受到她母亲的愚昧迷信的深刻影响。

“‘您太容易上当了，波利娜！’

“她用恐怖的眼光注视着我，说：‘啊！肯定不错！爱上您的女人会杀害您。’

“她重新拿起画笔，蘸颜色时显得非常激动，可是她不再注视着我。在这种时候，我真恨不得也相信这些离奇古怪的东西。一个人如果迷信，就不会是一个十分可怜的人。迷信往往是一种希望。回到自己房间里，我的确看见了两枚高贵的埃居，它们的出现是无法解释的。我上床后不久，思想还很混乱，我试着核算一下我的开支，目的是证实一下这笔意外财产的来历，可是我算来算去毫无结果，我睡着了。第二天，我刚要出去订一个包厢的时候，波利娜来看我了。

“这位善良而又可爱的姑娘涨红了脸对我说：‘十个法郎也许还不够您花，我妈叫我给您送来了这笔钱。收下吧，收下吧！’

“她把三个埃居扔到桌子上，转身就要走。我把她拦住了。一股钦佩之情把我噙在眼睛里的泪水汲干了。

“我对她说：‘波利娜，您真是一位天使！这笔借款固然使我很感动，但是您送钱来时那种腼腆的神情却使我更感动。我曾经想娶一个有钱、漂亮而有贵族头衔的女人，唉！现在我只想拥有千百万家财而遇见一个像您一样穷而感情上非常富有的少女，我放弃了将来会杀害我的不幸爱情。您说的话也许很有道理。’

“她说一声：‘您谈的够多了！’转身就逃了出去。她的夜莺般的嗓音，她的一连串清脆的说话声，在楼梯里回荡着。

“我心想：她还没有恋爱，真是幸运！同时我想起了几个月来我所受的痛苦的折磨。

“波利娜的十五个法郎对我说来是十分宝贵的。福多拉想起了我们要在下等人汇集的剧场里待几小时，那里气味一定难闻，就后悔事先没有准备一些鲜花。我马上去买鲜花，我带回来给她的是我的生命和财产。我送给她鲜花时，既悔恨又高兴，鲜花的价钱使我认识了社交界流行的表面上对女子献殷勤的方法，是多么花钱的呀。过了不久她抱怨说，鲜花里一种墨西哥茉莉花的香味太浓了，她又说这样的剧场，一看见就叫人说不出的讨厌，何况她又坐在硬板凳上，她就责骂我不该带她到这种地方来。尽管我坐在她身边陪着她，她仍然想走，结果她真的走了。她害我整夜整夜地睡不着觉，花费了我两个月的生活费，还是不能讨她的欢喜！这个魔鬼从来不像今天这样和蔼可亲，同时也冷漠无情的了。在归途中，两人共坐一辆狭窄的双座马车，我在她身边呼吸着她的气息，触摸到她的芳香的手套，我清楚地看到了她的全部花容玉貌，我还闻到一股鸢尾花似的香味，她真是十足的女性，又完全没有女性的味道。在这时候，一下心血来潮使我得到了启发，我看见了这种神秘生活的深处。我忽然想起了最近一个诗人出版的一本书[①]，这本书脱胎于波利克来特[②]的雕像，是真正艺术家的构思。我认为我自己真的看见了这位会变形的主角，一会儿以军官形象出现，制伏了一匹烈马；一会儿又变成一个少女，她正在梳妆，使情人们都感到失望；当她以情郎形象出现时，又会使一个温柔而端庄的处女伤心欲绝。我对福多拉毫无其他办法可想，只得将这个荒唐故事告诉她。可是没有什么能够显示她同这个不可能发生的故事之间有任何相似之处，她对这个故事倒真正觉得好玩，就像一个孩子听了从《一千零一夜》里选出来的故事一样。

“我在回家的途中心里想：‘要拒绝像我一样年龄的男人的爱，不受发自内心的美好热情的感染，福多拉一定有某种神秘力量在保护她。也许她像德拉库尔夫人一样身患绝症，她眼前的生活一定是伪装起来的生活。’

“这样一想，我冷了半截。然后我想出了一个任何情郎都想

① 诗人是指法国小说家兼诗人拉图什（1785—1851），他所写的书指初期浪漫主义小说《弗拉戈列塔》，书中主角兄妹二人十分相似，外人往往认为是一个人。

② 波利克来特，5世纪时希腊雕刻家，擅长塑造肌肉发达的体育家，雕刻了一个阴阳同体的人像。

不到的最荒谬而又最合理的计划。我已经从智力上研究过她，我现在要从肉体上观察她，以便对她有一个全面的认识，我决心在她家过一夜，躲在她的卧房里，不让她知道。这个计划吞噬着我的灵魂，正如复仇的愿望咬啮着一个科西嘉僧人的心灵一样。我是这样具体执行我的计划的：

“遇到接待客人的日子，福多拉招来了太多的客人，以致门房计算不出客人进出的数目是否相等。我有把握留在她家而不会出现丑闻，于是我就焦急地等待伯爵夫人下一次招待晚会的到来。穿衣服时，我找不到匕首，便把一把英国小刀放进背心的口袋里。即使在我身上发现了这个文人的用具，也不致引起怀疑，而我的浪漫计划会把我引导到什么地步，谁也不知道，因此我备有武器防身。

“各个客厅开始挤满了客人，我走进卧房去察看一切，发觉百叶窗和护窗板都关着，这是第一件幸事。我怕女仆会进来把打褶的窗帘放下来，我便先松开系绳，我这样提早代侍女收拾房间要冒很大的风险，可是我的处境使我不得不冒这种风险，我已冷静地计算过了。将近午夜的时候，我走去躲在一个窗洞里。为了不让人看见我的两只脚，我爬上细木护壁板上的墙脚板，背靠着墙壁，两只手紧紧抓住窗上的长插销。我仔细研究了身体的平衡和身体的支撑点，又量了量我同窗帘之间的距离以后，我终于熟悉了我藏身地点的种种难点，使我可以躲在那里不被发现，怕只怕抽筋，咳嗽和打喷嚏等等使我不得安宁。

“为了不白费气力，我站直了，等待关键时刻的到来，到那时，我便要像蜘蛛在蛛网上那样，悬挂在那里。白色的波文缎和平纹细布的窗帘在我面前形成粗大的褶子，很像大风琴的音管，我在上面用小刀挖了几个小孔，以便能通过这些枪眼看清外面的一切。我模模糊糊地听到客厅里的嗡嗡声，谈话者的笑声，哇啦哇啦的响声。这种朦胧的喧闹声，这种低沉的骚动声，逐步消失了。有几个男宾走到我附近来取他们的帽子，它们就放在伯爵夫人的五斗柜上。他们碰到窗帘时，我吓得直打哆嗦，我害怕这些急于要走的人，东张西望，到处搜索，不留神偶然发现了我。我对我的计划猜测得很准，这些不幸事件一件也没有发生。最后一顶帽子被福多拉的一个旧情人拿走了，他以为房间里只有他一个人，他注视着那张床，大大地叹了一口气，接着又发出一声相当有力的喊声。伯爵夫人正在卧室旁边的闺房内，身边只剩下五六个熟朋友，她请他们在那里喝茶。诽谤的话在现代社会已经没有多少人相信了，可是还有人拿起这个武器，连同一些俏皮话，聪明的判断，以及茶杯和茶匙的声音混在一起。拉斯蒂涅对我的情敌毫不留情，他的尖酸刻薄的挖苦话惹起了一阵狂笑。

"伯爵夫人笑着说：'德·拉斯蒂涅先生是一个不好同他闹翻的人。'

"拉斯蒂涅天真地回答：'我也这样认为。我认定谁是仇人，总是正确的。'他又补充说：'认定谁是朋友，也一样正确。我的仇人对我也许同我的朋友一样有用。我曾经作过一种相当特殊的研究，研究用来攻击或者防御的近代用语和天赋的巧妙手法。官场上的雄辩术是社会进步的一种标志。您有一个朋友是欠聪明的吗？您就大谈特谈他的老实和坦率。另一个朋友的著作读起来非常沉闷吗？您就介绍说他写作的态度十分认真。一本书写得很糟吗？您就赞美它的思想内容。某人不讲信义，缺乏恒心，经常从您手中滑走吗？那好，说他富有魅力，能吸引人，很迷人。他们是您的仇人呢？您就把死者和生者都朝他们的头上扔去，您可以胡言乱语，信口雌黄，您很快就可以敏锐到发现他们的缺点，如同您善于突出您朋友们的品德一样。这种用望远镜来衡量道德的办法，就是谈话的秘诀和阿谀奉承者的全部艺术。不使用这种办法，就是想不带武器而去同披甲的方旗骑士搏斗。我是使用这种办法的！有时甚至有点滥用。因此，我同我的朋友都很受人尊敬，更何况我的剑同我的舌头一样锋利。'

"一个狂热地崇拜福多拉的青年，向来以狂妄自大而出名，甚至以狂妄自大为成名的方法，这时他接受了拉斯蒂涅轻蔑地示意的挑战。他开始谈论我，过分赞扬我的天才和人品。拉斯蒂涅已经忘记了这种说反话的诽谤手法。这种嘲讽式的赞扬也使伯爵夫人上了当，她毫不客气地宰割我，她把我的秘密，我的抱负，我的希望，都一一揭穿，以供她的朋友们取乐。

"拉斯蒂涅说：'他是个有前途的人，也许他终有一天会采取残酷的报复行动，他的勇气绝不少于他的天才，因此我认为所有攻击他的人胆子都太大了些，因为他的记忆力很好……'

"伯爵夫人对周围一下子沉寂下来似乎很不高兴，她说：'而且正在写回忆录。'

"拉斯蒂涅反驳道：'夫人，那是虚构的伯爵夫人回忆录。要写这样的回忆录，得有另一种勇气才行。'

"福多拉接着说：'我相信他很有勇气，他对我是忠心耿耿的。'

"我突然感到一种诱惑，很想猛然出现在这些欢笑着的人中间，就如同《麦克白》[①]剧中，班柯的鬼魂突然出现那样。这样我会失掉一个情妇，却得到一位朋友！可是爱情突然在我的耳边悄悄说了一句卑怯而又巧妙的谬论，就把我的痛苦全都平息下去了。我想，如果福多拉爱我，她难道不应该用开玩笑的话来掩盖她的心情吗？嘴上的谎言不是经常为心灵所否定吗？

"过了不久，那个只剩下他一个人陪着伯爵夫人的狂妄自大

---

① 《麦克白》是莎士比亚所写的著名悲剧。

的情敌，也想走了。

“‘怎么？已经要走了？’伯爵夫人用一种充满甜情蜜意的声调说，听得我心里突突跳动。‘您不想再陪我一会儿？您没有话要对我说了吗？您不能够为我牺牲您的一点娱乐吗？’

“他走了。

“她一边打着呵欠一边大声说：‘啊！他们全都讨厌死了。’

“她使劲拉了一下叫人绳子，铃声便响彻了所有房间。伯爵夫人回到自己的卧房，嘴里哼着那首《黎明尚未来临》的歌词[1]。从来没有人听见她唱过歌，她的缄口不唱曾引起各种稀奇古怪的解释。有人说，只有她的第一个情郎欣赏过她的歌喉，而且被她的歌声迷住了，唯恐在他死后失去了她，因此她答应他绝不让别人分享他的幸福。我全神贯注、如饥似渴地倾听她的歌声。音符逐步上升，歌声越唱越高，福多拉似乎全身活跃起来，美妙的歌喉全部展开，使旋律给人一种此曲只应天上有的感觉。伯爵夫人的歌喉清澈活泼，音调准确，和谐，响亮有力，扣人心弦，震撼人心和使人心里发痒。凡是女音乐家几乎都是多情的。眼前这位唱歌唱得这么好的女音乐家一定是十分懂得爱情的。在这个已经十分神秘的女人身上，美妙的歌喉又增添了一分神秘。当时我看见她，就像我现在看见你一样。她仿佛在欣赏自己的歌声，而且感受到一种她自己特有的快感；她像是在享受爱情的欢乐。她走到壁炉前面，正好唱完这首回旋曲的主旋律。可是她唱完以后，她的容貌变了，她的脸部轮廓变了样，她露出了倦容。她刚揭去了一副假面具；作为女演员，她已演完她所扮的角色。由于演了一个晚上的戏，或者作为晚会主人的辛劳，使她的花容月貌失去了光泽，可是这种憔悴仍不失为楚楚可人。

---

① 《黎明尚未来临》的原文是拉丁文：*Pria che spuntj*。

“我心里想：‘这才是她的真面目。’

“她像要取暖似的把脚搁在防灰板上头的铜栏杆上，脱下手套，解下手镯，从头上卸下一条金链条，链条上面系着一个镶有宝石的香匣。我看见她的动作非常优雅可爱，活像一只猫儿在阳光下舐毛洗脸似的，我心里就产生一种难以形容的快乐。她照着镜子，像发脾气似的大声说：

“‘今天晚上我不美，我的脸色很快就失去鲜艳。也许我应该早点睡觉，不要再过这种放荡的生活了。朱斯蒂娜有没有笑话我？’

“她再一次扯叫人铃，女仆飞奔过来。她住在哪里呢？我不知道。她是从一道暗梯过来的。我好奇地打量着她。我的诗人的想象力经常把许多事情归罪于这个来去无踪的女仆，她是一个棕色头发、身段很美的高个子姑娘。

“‘夫人扯铃了吗？’

“福多拉回答：‘扯过两次了。现在你变成聋子了吗？’

“‘我在为夫人准备杏仁奶。’

“朱斯蒂娜跪了下来，为女主人解开厚底靴，脱下鞋子，伯爵夫人懒洋洋地躺在壁炉边的一张弹簧躺椅上，一面伸懒腰，一边抓脑袋。她的一切举动都十分自然，绝无任何征兆可以显示她有暗疾，或者像我假定那样，有隐秘的爱情。

“伯爵夫人说：‘乔治一定是坠落到爱河里了，我要解雇他。他今天晚上还没有把窗帘放下来吗？他在想什么。’

“她一说到窗帘，我浑身的血都一下子涌上心头，后来她不再提窗帘了。

“伯爵夫人接着说：‘人生多么空虚。喂，当心点，不要像昨天一样把我抓伤了。你瞧，’她露出一只光滑如缎的小膝盖，‘我这里还留着你昨天的爪子痕呢。’

“她把赤裸的两只脚穿进饰有天鹅绒毛的丝绒拖鞋里，脱下长袍，朱斯蒂娜拿起一把梳子给她梳理头发。

“‘夫人，您该结婚，生孩子。’

“福多拉叫起来：‘生孩子！要我的命就缺这个了！丈夫？有哪一个男人我可以……今天晚上，我的头发梳得好看吗？’

“‘不怎么好看。’

“‘你真傻。’

“朱斯蒂娜说：‘对您来说最糟的是使头发鬈曲得太厉害，您梳光滑的大发卷要好看得多。’

“‘真的吗？’

“‘一点不假，夫人，清清楚楚的小发卷只对金黄头发的女人合适。’

“‘要我结婚？不，不。婚姻是一桩买卖，我生下来就不会做。’

“对一个情人来说，这是多么可怕的场景！这个孤零零的女人，既无亲戚，又无朋友，不相信爱情，也不相信其他任何感情，尽管人类天生的倾诉衷肠的需要在她身上不那么强烈，但是她不得不把这种需要降低为同她的女仆谈话，说些枯燥无味的话，或者毫无意义的话，真是值得我可怜。朱斯蒂娜为她解开胸衣的带子。最后一件衣服脱掉的时候，我怀着好奇心欣赏她。她有一个处女的胸脯，使我看了心醉神迷；在烛光下，透过她的衬衣，她的雪白而带粉红色的躯体闪闪发光，宛如一个银雕像在轻纱包裹下发出光辉。她的毫无瑕疵的躯体使她绝不害怕钟情者的偷看。可惜的是，一个美丽的躯体永远能战胜最有男人气概的人的决心。伯爵夫人坐在壁炉前面，沉默不语，若有所思，女仆点燃了悬挂在床前大理石吊灯里的蜡烛。朱斯蒂娜去找一只长柄暖床炉来，铺好被褥，服侍她的女主人睡觉；接着，又花了相当长的时间去做各式各样细微的照料，这说明福多拉对自己多么珍重，然后那姑娘走了。伯爵夫人在床上翻来覆去，激动不安，叹了一口气；她嘴里漏出一种刚可听到的声音，说明她烦躁之至；她伸出手去桌子上拿了一个小瓶，朝牛奶里倒了几滴棕色的液体，喝掉牛奶，然后，在发出几声痛苦的叹息之后，她叫起来：

"'我的天主！'

"这下喊声，尤其是那声调，使我心都碎了。不知不觉间，她动也不动了。我心里有点害怕，但是不久我就听见了一个睡熟了的人的均匀而响亮的呼吸声；我分开颜色刺眼的丝绸窗帘，离开我藏身的处所，走到她的床尾，怀着一种难以形容的心情凝视着她。她的样子十分迷人。她像孩子睡觉那样枕着一只胳膊；她的平静而漂亮的面孔在花边睡帽的包裹中，表现出甜美异常，使我充满了激情。我对自己估计过高了，我没有弄明白我此刻的痛苦：我离她是近在咫尺，远在天边。我不得不忍受我为自己准备的各种苦刑。'我的天主！'这只是不明内容的思想的片断，我却不得不拿来当作探索福多拉之谜的钥匙，这个片断突然改变了我对福多拉的看法。这句短短的话是毫无意义的，或者意义深刻的；是毫无内容的，或者是有事实依据的；可以解释为幸福的呼声，也可以解释为痛苦的呻吟；是肉体的痛苦，或者精神上的折磨。它是诅咒或者祈祷，是后顾或者前瞻，是后悔还是害怕？在这短句里隐藏着整整一生，是贫穷的一生或者富有的一生？甚至还包含着一桩罪行！隐藏在这个勉强算是女人的漂亮外表下的谜语，又重新出现了，福多拉可以用多种方法来解释，使她变成了一个无法解释的人物。从她的牙齿间发出的变化莫测的气息，有时弱，有时强，有时庄重，有时轻松，构成一种语言，我就将思想和感情赋予这些语言。我同她一起入梦，我希望能深入她的梦乡，知悉她的秘密，我在上千种矛盾的主意之间，上千种观点之间，犹豫不决。看见她的平静而纯洁的漂亮面孔，我没有法子不爱上她。我决定再作一次尝试。我把我的一生，我的爱情，我的牺牲，都一一告诉她，也许能触动她的怜悯之情，使这个从来不哭的女人，也洒下一掬同情之泪。我将全部希望都寄托在这个最后一试上，这时候街道上的喧闹声告诉我天已亮了。曾经有一刹那间我想象着福多拉在我的怀抱中醒过来。其实我完全可以轻轻地躺到她身边，钻进被窝里，紧紧拥抱她。这个想法十分残酷地束缚住我，我想抵抗它，便不顾一切地向客厅走去，根本没想到要避免发出声音；幸运得很，我找到了一道暗门，通向一个小楼梯。正如我所预见到的那样，钥匙插在锁孔上；我猛力拉开门，大胆地走到院子里，也顾不了张望一下是否有人看见我，三步两跳就到了街道上。

"两天以后，一个作家要在伯爵夫人家里朗读剧本，我去参加了，目的是最后一个留下来，向她提出一个相当古怪的请求；我想请求她在第二天晚上只接待我一个人，把其余宾客都拒之门外。

"等到我单独同她在一起时，我却胆怯了。吊钟的每一个摆动都使我惊骇万分。这时，离午夜还有十五分钟。

"我心里想：'如果我不对她说，我就活该把脑袋对准壁炉的角落撞破。'

"我给自己延长三分钟。三分钟过后，我并没有朝壁炉角撞破脑袋，我的心像海绵浸透了水一样沉重。

"她对我说：'您太讨人喜欢了。'

"我回答：'啊，夫人！要是您能理解我的话！'

"她又说：'您怎么哩！您脸色都苍白了。'

"'我在犹豫不敢向您请求一个恩典。'

"她做了一个手势鼓励我，我就向她提出约会的请求。

"她说：'照您的意思办。可是为什么您有话现在不能对我说呢？'

“‘因为我不想让您弄错，我要给您说清楚您答应的约会范围有多大，我想在您身边度过一个晚上，像兄妹一样。您不必害怕，我知道您最讨厌的是什么；您已经有足够的时间来衡量我，您确实知道我不想做您所不喜欢的事情；何况，大胆的人也不会这样行事。您对我很友好，您是善良的，您十分宽容。好吧，要知道我明天就要给您道永别了。’我看见她要开口说话，我嚷了一句：‘不要收回您的承诺！’转身就走了。

“去年5月，晚上大约8点钟，我单独同福多拉在她的哥特式闺房里。我那时已经不再发抖，我肯定我会是幸福的。我的情妇一定归我所有，否则我就要同死神做伴。一个男人承认自己的弱点时，他就是十分坚强的。伯爵夫人穿着一件蓝色开司米袍子，躺在一张长沙发上，脚搁在软垫上。她头戴一顶东方贝雷帽，画家们都认为这是早期希伯来人所戴的帽子，这种打扮就在她的魅力上增加了一种惹人爱的特殊风韵。她的脸上有一种短暂的娇媚，似乎在证明我们每一分钟都是新人，独一无二的人，同将来的我们和过去的我们丝毫没有相同之处。我从来没有见过她像今天这样光彩夺目。

“她笑着对我说：‘您知道吗，您已经引起了我的好奇心？’

“我冷冷地回答：‘我不会使您的好奇心失望的，’我边说边在她身边坐下来，握住她的一只手，她没有缩回去。我接着说：‘您有一副好嗓子。’

“她露出吃惊的姿态，大声说：‘您从来没有听过我唱歌啊。’

“‘到必要时我会证明您说得不对。您的甜蜜的歌声难道还是一个秘密吗？您放心吧，我不会追究下去的。’

“我们待在那里亲热地谈了约一个钟头。如果我的声调、态度和举止都像一个福多拉不应拒绝的男人，我却完全保持一个情人应有的敬意。在这样的演出中，我得到了亲吻她的手的恩典；

她用一种娇媚的动作把手套脱下来，我当时神魂颠倒地陷入幻想中，竭力相信幻想是真的，使得我的灵魂已经熔化和倾注在这一吻中。福多拉以一种难以相信的随便态度任由我讨好和爱抚。不过千万不要认为我是傻瓜，当时我如果跨越这种兄妹间的温存，再前进一步，我就要尝到母猫爪子的滋味。我们就这样待了大约十分钟，陷在深深的静寂里。我赞美她，把她自己吹嘘的魅力也说成是她固有的。在这种时候，她是我的，只属于我一个人。我占有这个迷人的娘们，从直觉上说，我是可以占有她的；我在欲念中紧紧地搂住她，抓住她，拥抱她，在想象中娶了她。于是我靠一种巨大吸引力征服了伯爵夫人。我永远后悔没有完全降服这个女人；不过，这时候，我想要的不是她的躯体，我想要的是她的灵魂，她的生命，这种理想而完整的幸福，是我们不能长时间相信的美梦。

“最后我感到我陶醉在幸福中的最后时刻已经到来，我对她说：‘夫人，请听我说。我爱您，您也知道，我对您重复说过一千次，您应该听到了。由于我不想用花花公子般的潇洒，也不想像傻瓜般的奉承或者纠缠来得到您的爱，所以我一直得不到您的理解。我为您受了多少苦，可是这都与您无关！再过一会儿，您就可以对我做出判断。夫人，有两种贫困：一种是不知羞耻地穿得破破烂烂在街上行走，自己不知道却在重复第欧根尼的做法，只吃很少东西，生活非常简单，也许比有钱更加快乐，起码无忧无虑，有钱有势的人不要的地方，他才去占有。另一种贫困是奢华的贫困，西班牙式的贫困，它用贵族头衔来掩饰行乞的事实；这种穿白背心，戴手套的贫困，高傲，帽子上饰有羽毛，乘坐四轮华丽马车，由于缺少一个生丁，而失去一笔财产。第一种是平民的贫困，另一种，是骗子、国王和有才能的人的贫困。我既不是平民，也不是国王或者骗子，也许我也没有什么才干，我是一个例外。我的姓氏不允许我去乞讨，只能死亡。您放心吧，夫人，我今天非常富有，我拥有世界上我所需要的一切。’我这样说是因为我看见她的脸上露出冷冰冰的表情，就像我们出其不意地遇见一些有教养的募捐女人时，脸上流露出的那样。我对她说：‘您记得那一天您撇开我到体育剧场去，一心以为我不会在那里吗？’

“她点了点头表示记得。

“‘我那天使用了我的最后一枚埃居，为的是到那里去看您一眼。您还记得我们在植物园那次散步吗？为您租的马车，花掉了我的全部财产。’

“我给她讲述我的全部牺牲，我给她描绘我的生活，并不是像今天我喝了几杯酒后对你所说的那样，我当时是在高贵的心灵陶醉中说的。我的热情通过冒出火焰的说话和强烈的感情而充分流露出来，事情过后这类感情都被遗忘了，既非艺术，也不是回忆所能再现的。我的叙述并不是对厌恶的爱情作毫无热情的叙述，我的爱情在充满力量和美好希望中给我以灵感，使我说出一番表达我一生的话来，使我不断重复一个破碎心灵的喊声。我的声调完全是倒在沙场的一个濒死战士的临终祈祷。她哭了，我停了下来。伟大的上帝！她的眼泪是在戏院门前花五个法郎就可以买到的虚假感情的产物，我扮演一个好演员获得了成功。

“她说：‘如果我早知道的话……’

“我大声说：‘不要说下去了，我现在还相当爱您，足够把您杀死……’

“她想按铃叫人。我哈哈大笑起来。

“我对她说：‘不要叫人。我会让您平安地度过一生的。将您杀死，那就是对仇恨的错误理解！不要害怕任何暴力，我在您床边度过整整一夜却没有……’

“她的脸变得通红，说：‘先生……’

“不过经过这种所有女人，包括感觉最迟钝的女人，都应有的害羞的最初反应之后，她轻蔑地对我瞟上一眼，对我说：‘您那晚上觉得很冷吧！’

“我猜到了使她激动的想法，回答她说：‘夫人，难道您相信您的美貌对我就那么宝贵吗？您的容貌使我指望您有一个比您的美貌更美的灵魂。啊！夫人，那些只在女人身上看见女人肉体的男人，可以每天晚上买到同土耳其后宫一样多的妖姬艳女，用很低代价就可以使自己快乐！可是我是一个有野心的人，我想同您心心相印地生活下去，同您这个没有心肝的人。现在我知道了。假如您一定要属于一个男人的话，我就将他杀掉。不过不能这样做，您会爱上他，他的死也许会使您痛苦。’我又大声喊：‘我多么难受啊！’

“她笑着说：‘如果答应您一件事能够安慰您的话，我就答应您我永远不会属于任何男人……’

“我打断她的话头说：‘那么，您就是连上帝也侮辱了，您会因此受到惩罚！终有一天，您会躺在长沙发上，既忍受不了周围的声音，也忍受不住所有的光线，您不得不像在坟墓里生活一样，要忍受无数闻所未闻的痛苦。您找寻这些慢性的、报应性的痛苦的原因时，您就回忆一下您在走过的道路上，大量造下的罪孽吧！您到处播种诅咒，收获的必然是仇恨。我们都是人世间一种司法制度的最称职的法官和刽子手，这种司法制度运行于人的司法之上，在上帝的司法之下。’

“她笑着说：‘啊！我不爱您一定是非常有罪的了？难道这是我的错吗？不，我不爱您，因为您是男人，这理由就足够了。我单独一个人很幸福，您可以说我自私，可是我为什么要改变我的生活，去换取一个男人的专断？婚姻是只能够传递忧愁的圣事。何况，子女叫我讨厌。我不是把我的性格忠实地预先告诉了您吗？为什么您不能满足于当我的普通朋友呢？我没有料到花一些小钱也引起您这么多的痛苦，我倒很愿意安慰您一下；我也重视您为我牺牲到什么程度；可惜只有爱情才能补偿您的忠诚和您的体贴，而我对您的爱却很少，所以眼前这一幕只能使我不愉快地感到不安。'

"'我知道我自己非常可笑，请您原谅，'我和和气气地对她说，自己忍不住热泪直流。我又说：'我相当爱您，可以高高兴兴地听您说出这样恶毒的话来。啊！我真希望能够用我全身的鲜血来保证我的爱情。'

"她笑着对我说：'所有男人都或多或少地会对我们说几句这种陈词滥调。可是看来要真死在我们脚下却是困难的，因为我到处都能遇见这类死人。已经午夜了，请允许我上床睡觉吧。'

"我对她说：'过不了两个钟头您就会大叫我的天主了。'

"她笑着回答：'对的，那是前天晚上的事，我想起了我的证券经纪人，我忘记了叮嘱他把我的五厘公债换成三厘公债，因为白天三厘公债正好跌价。'

"我用闪耀着狂怒光芒的眼睛凝视着她。啊！我明白了，有时一件罪行应该像一首诗。毫无疑问，她听惯了最热烈的爱情誓言，早已忘记了我的眼泪和我的诉苦了。

"我冷冷地问她：'您会不会嫁给一个法兰西贵族院的贵族？'

"'也许，假如他是公爵的话。'

"我拿起帽子，向她行礼告别。

"'请允许我送您一直送到我的房门口。'她说，故意在她的手势、头部姿态和口气上，都加上了尖刻的讽刺味道。

"'夫人。'

"'先生。'

"'我再也见不到您了。'

"'这正是我所希望的。'她回答，同时躬一下身做出十分放肆的表情。

"她的样子点燃了我心中的怒火，激起我一阵狂乱，我说：'您想当公爵夫人吗？您想贵族头衔、想荣誉，想得发疯了吗？好呀，请您只让我一个人爱您，请告诉我的笔只为您而写，我的声音只为您而响，当我的生命的秘密原则，做我的福星吧！然后请您等我当了部长，法兰西贵族院贵族、公爵以后再嫁给我吧。不管您希望我变成什么，我都会照您的话去做！'

"她微微一笑，说道：'您在律师事务所里一点没有浪费时间，您的辩护词是充满热情的。'

"我大声喊道：'您的手里有现在，我要到手的是将来。我失掉的是一个女人，您失掉的是一个姓氏，一个家族。时间育孕着我的报复：它会给您带来丑陋的面容和孤寂的生活，却给我带来光荣！'

"'感谢您的结束语！'她一边说一边忍住打了一个呵欠，从她的态度上可以看出她再也不想见到我了。她这句话使我闭口无言。我把仇恨集中在视线里，瞪了她一眼，便逃出了她的家门。

"现在必须做的是忘掉福多拉，治好我的恋爱狂热，重新回到孤独的研究工作中去，否则就是死亡。因此我拼命加紧工作，我想完成我的写作。半个月内，我没有离开顶楼半步，每天晚上都消磨在淡而无味的研究工作上。尽管我勇气百倍而且失望又激励着我，我的工作仍然很困难，只能断断续续地前进。艺术女神已经离我远去。我总无法驱逐福多拉那发着亮光而嘲弄人的幽灵。我的每一个想法都育孕着另一个病态思想，说不出是什么样的欲念，像后悔那样可怕。我模仿泰巴伊德沙漠的隐修士[①]，我虽

① 泰巴伊德是上埃及南部地区的古称。公元250年时无数基督徒受罗马皇帝的迫害，逃到这地区隐居。

不像他们那样整天祈祷，我却像他们那样住在沙漠里，我不掘挖岩石，却在掘挖自己的灵魂。在必要时，我会勒一条装有尖钉的腰带，用肉体的痛苦来克服精神上的痛苦。

“一天晚上，波利娜走进我的房间。

“她用恳求的声调说：‘您在自杀；您应该出门，去看看朋友。’

“‘啊！波利娜！您的预言应验了。福多拉害死我，我想死，我不愿意再活下去了。’

“她微笑着对我说：‘难道世界上只有一个女人吗？为什么您要在这么短促的人生中引来了无限的痛苦？’

“我愕然注视着波利娜。她扔下我走了。我没有发觉她什么时候出去，只听见她的声音，没听懂她话里的意思。过了不久，我必须带着回忆录的草稿去见我的文学承包人。我一心一意只想着我的爱情，没有想到没有钱我怎么能生活，我只知道我应得的四百五十法郎足够我还债，我就去领取我的稿酬。我遇见了拉斯蒂涅，他发觉我变了，瘦了。

“他问我：‘您是从哪家医院出来的？’

“我回答：‘那个女人把我害死哩，我既不能蔑视她，又不能忘记她。’

“他笑着嚷道：‘你不如把她杀掉，也许这样你就不会再去想她了。’

“我答道：‘我早已想过了。有时我想拿一件罪行来使灵魂清醒一下，或者强奸，或者谋杀，或者两件一起干，可是实际上我没有能力这样做。伯爵夫人是一个可爱的妖精，她会求饶的，不是任何人想当奥赛罗就能当的。’

“拉斯蒂涅打断我的话头说：‘她跟所有我们不能到手的女人一样。’

“我喊道：‘我疯了。我觉得疯病不时在我的脑中吼叫。我的各种思想就像幽灵一样，它们在我面前跳舞，我却抓不住它们。我宁愿死而不愿这样活下去。因此我真心诚意地寻找最好的方法来结束这场搏斗。现在同活着的福多拉已经没有关系，同住在圣奥诺雷区的福多拉没有关系，有关系的只是在这里的福多拉，'我拍了拍脑门说，'你认为吞鸦片烟自杀怎么样？'

"拉斯蒂涅回答：'那太痛苦了。'

"'窒息而死呢？'

"'太卑鄙下流了！'

"'投塞纳河呢？'

"'渔网和陈尸所都太脏了。'

"'用手枪呢？'

"'如果你瞄不准，你就留下一副破相。'他接着说：'你听我说，我同许多年轻人一样，考虑过自杀问题。我们当中，有谁不曾在三十岁以前，自杀过两三回？我发觉用娱乐来消耗生命是最好的自杀方法。深深地陷入荒淫和腐化中吧，你的爱情或者你，你们都要在里面毁灭。亲爱的，纵欲无度是各种死亡中的王后，暴发性中风不就是由它操纵的吗？中风对我们是每发必中的枪弹。狂饮给我们带来无数肉体上的快乐，难道它不就是小量的鸦片吗？强迫我们喝过量的酒，这样的放纵就是向酒作致命的挑衅。克拉伦斯公爵的马尔瓦西亚酒桶[①]不是比塞纳河的污泥味道更好一点吗？每当我们高贵地醉倒在桌子底下时，这难道不是定期的小中风吗？如果巡逻队在街上把我们抬走，我们直挺挺地躺在巡逻队部的冰冷的床上，不是也享受到陈尸所的乐趣吗？只不过肚子没有胀满，周身不浮肿，没有蓝一块青一块的伤痕，而自己是意识到老毛病发作的罢了。'他接着又说：'啊！这种慢性自

① 克拉伦斯公爵（1449—1478），英王爱德华四世之弟，在玫瑰战争中反对国王，被捕后处决于伦敦塔中。相传他死于希腊的马尔瓦西亚所产的名酒酒桶中。

杀并不像破产的杂货店老板之死。商人们玷污了河流，他们投水是为了软化债主的心肠。如果我是你，我就要死得优雅一点。假如你在同生活的搏斗中，能够发明一种新奇的死法，我一定做你的副手。我既烦恼，又失望。人家给我做媒的那个阿尔萨斯女人左脚有六只脚趾，我不能同一个有六只脚趾的女人一起生活，这事早晚人家要知道，我便成为笑柄。她只有一万八千法郎的年金，她的财产减少了，她的脚趾却增加了。见鬼去吧！要是我们过的是一种疯狂的生活，也许我们会出其不意地找到幸福呢！’

“拉斯蒂涅吸引了我。他的计划闪耀着太强的诱惑力，点燃了太多的希望，总之，它太富诗意了，不能不讨一个诗人的欢喜。

“我问他：‘钱呢？’

“‘你不是有四百五十法郎吗？’

“‘不错，可是我欠裁缝的，欠女房东的……’

“‘你要付裁缝钱吗？你干不了大事，连个大臣也当不上。’

“‘可是只有二十个金路易，我们能干什么呢？’

“‘去赌钱。’

“我浑身一震。

“他看见我假正经的样子又继续说：‘啊！你想过那种我命名为大手大脚乱花钱的生活，而你连一张赌桌也害怕！’

“我答道：‘你听我说，我答应过我的父亲，永远不踏进赌场一步。这个诺言不仅是神圣不可侵犯的，而且我每经过一个赌场门前时，总有不可克服的厌恶之感。拿走这一百埃居，你单独一个人去吧。你拿我们的钱财去冒险时，我去清理一下我的事情，回头我在你家等你。’

“亲爱的朋友，这就是我断送自己的经过。一个年轻人只要遇见一个不爱他的女人，或者过分爱他的女人，就足以打乱他的全部生活。幸福会吞没我们的力量，正如不幸会熄灭我们的道德一样。回到我的圣康坦公寓以后，我久久地凝视着我住过的顶楼，我在这里度过一个学者清白的生活，这种生活也许是令人尊敬的、长久的，我不该离开它而去过那种拖我进入深渊的热情生活。我满腔忧郁的样子出其不意地被波利娜撞见了。

“她问我：‘您怎么啦？’

“我冷淡地站起来，数了数钱，还清我欠她妈妈的债，还加上六个月的房租。她心惊胆战地端详着我。

“‘我要离开您了，亲爱的波利娜。’

“她喊起来：‘我早已猜到了。’

“‘我的孩子，您听我说，我不放弃回到这里的权利，请代我保留我的房间六个月。如果我在 11 月 15 日还没有回来，您就继承我的遗产。这儿是封存的原稿，’我指着一包稿纸对她说，‘这是我的伟大著作《意志论》的抄本，您可以将它存放在王家图书馆里。至于我留在这里的一切，您可以随心所欲地处理。’

“她投射过来的眼光，使我心情沉重。波利娜站在那里，俨然一颗活的良心。

“她指着钢琴对我说：‘我不能再上钢琴课了。’我不作答。

“‘您会写信给我吗？’

“‘再见了，波利娜。’

“我温柔地把她拉到我身边，然后在她可爱的前额上，纯洁得像没有碰到地面的雪花的前额上，送上一个兄弟般的亲吻，一个老人的亲吻。她走了。我不想见到戈丹太太，我把钥匙放在惯常放的地方便离开了。在走出克吕尼街的时候，我听见背后有女人的轻快脚步声。

“原来是波利娜，她对我说：‘我给您绣了这个钱袋，您也不肯要吗？’

“在路灯底下，我仿佛看见波利娜眼里噙着泪水，我叹了一口气。我们两人也许受着同一种思想驱使，急急忙忙地分手了，就像躲避瘟疫那样。

“我决心要过的那种大手大脚挥霍金钱的生活，在我自由自在、无所牵挂地等待拉斯蒂涅归来的房间里，一种奇怪的景象出现在我眼前。在壁炉中部，耸立着一只座钟，上面放着一个蹲在龟背上的维纳斯像，她的臂膀间夹着一支抽了一半的雪茄。作为爱情礼物的时髦家具，散乱地放在房间里。一些旧袜子东一只西一只地乱放在豪华的长沙发上。我深深地埋在一张舒适的弹簧靠背椅里，这张靠背椅像个老兵似的浑身都是伤疤，两个扶手都撕破了，椅背上有着一层发蜡和头油的污垢，这全是朋友们的脑袋留下的。富裕和贫困天真地在床上、墙上、四面八方联结起来。简直可以说是那不勒斯的宫殿旁边有一大堆乞丐。这是一个赌徒或者坏蛋的房间，其中的奢华完全是个人爱好，主人只为感官的满足而活着，对周围的不调协完全不放在心上。不过这幅图画倒也不缺乏诗意。生活在这里既是闪闪发亮的，又是破破烂烂的，既突然，又不完整，就像它的本来面目那样，不过它是轻松活泼的，又是稀奇古怪的，就像在一个歇脚的地方，小偷把他自己中意的东西都偷了来一样。一本拜伦的诗集有好几页被人撕下来用来点火，一个年轻人能用一千法郎去赌博，却没有一根木柴，他坐着轻便双人马车到处奔跑，却没有一件干净完美的衬衫。第二天，一位伯爵夫人，一个女戏子，或者一场纸牌赌博，又会给他送来一副国王的行头。这儿，有支蜡烛插在一个磷石打火机的绿色鞘子里；那边，一幅女人画像卸掉了它的雕镂金框子横躺在地上。一个生下来就渴想得到刺激的年轻人，怎么能够拒绝充满矛盾、在和平时期能够给予他战争乐趣的生活的诱惑呢？我差不多要昏昏入睡的时候，拉斯蒂涅一脚踢开房门，大声喊：

“‘胜利！我们可以自由自在地去死了！’

“他把他的装满金币的帽子给我看，把帽子放在桌子上，我们围着帽子跳舞，像两个吃人肉的野蛮人抓到一个猎物那样，大声吼叫，顿足跺脚，高高跳跃，用力捶打，简直可以杀死一头犀牛，还为预见到帽子里容纳着世界上一切欢乐而纵情歌唱。

“拉斯蒂涅把几张钞票加进那堆金子上，接着说：‘两万七千法郎，给别的人，就足够生活的了，可是给了我们，够我们去死吗？哦，对了！我们要在金子浴中死去。乌拉！’

“于是我们重新蹦跳起来。我们像继承人那样分那堆钱，一枚一枚金币地分，从拿破仑双金币分起，由大金币分到小金币，为了发泄我们的欢乐，我们在长时间内不断地说：‘这是你的！……这是我的！……’

“拉斯蒂涅大声嚷道：‘我们不睡觉了！约瑟夫，给我们来潘趣酒！’

“他扔了些金币给他忠实的仆人，对他说：‘这是你的一份，如果你愿意，就埋葬掉你自己吧。’

“第二天，我到勒萨日商店去买家具，又租下了泰布街的一套房间，你就是在那儿认识我的，我找了最好的地毯来为我装饰房间。我还买了马。我投身到既空虚又真实的娱乐旋涡里去。我赌钱，赢了大笔的钱，又输了大笔的钱，可是我只在舞会里，在朋友家里赌，从来不到赌场去；对赌场，我仍然保持着神圣的、最初的厌恶。不知不觉间我就有了朋友。我之所以受到他们喜爱，是由于我们吵过架，或者由于我们轻信，容易将我们的秘密互相告诉，以便我们结伴堕落，不过，也许我们纠缠在一起的原因是我们臭味相投吧？

“我试着写了些文学作品，获得了一些赞扬。文学市场上的大人物，并不把我视为一个可怕的竞争对手，对我大肆赞扬，多半不是为了我的个人才能，而是想使他们中的某个人难受。我变成了一个生活放荡的人，我是借用你们狂欢族惯用的别有情趣的叫法。我以能迅速自杀为骄傲，以能用我的激情和我的能力压倒最快乐的同伴而自豪。我永远是容光焕发，风度翩翩。人们都认为我是一个有才智的人。从我身上一点也看不出我过的是骇人听闻的生活，这种生活使人变成倒酒漏斗，变成制造大粪的机器，变成花大钱喂养的马匹。过了不久，放荡生活就很荣幸地在我面前表现了它的威严，我理解了它！的确，那些明智而规规矩矩的人们，将酒瓶贴上标签，留给他们的继承人，他们是不会明白这种宽裕生活的理论，也不理解它的正常状态的；难道你们能把诗歌灌输进外省人的头脑里吗？这些外省人还把能够给人多种乐趣的茶和鸦片，当作两种药呢。

“甚至在巴黎这样一个有思想的首都，我们不是也能找到一些生活不完全放荡的人吗？他们不能适应过度的享乐，总是在一顿大吃大喝之后就感到疲倦万分，就像那些善良的小市民，听了一出罗西尼的新歌剧以后，就谴责起音乐来。他们难道不能放弃这种生活，像一个饮食有节制的人，第一次吃吕费克馅饼的时候感到不消化，从此就不再吃这种馅饼了吗？

“放荡生活毫无疑问是一种艺术，像诗一样，需要坚强的灵魂才能适应。要掌握其中的秘密和品味其美妙之处，一个人应该专心作些认真的研究。同所有科学一样，放荡生活开始时是讨人厌的，棘手的。巨大的障碍围绕着人类最伟大的乐事，所谓伟大的乐事不是指人类的零星享受，而是指能将人类最少见的感受上升为习惯的生活方式，这方式能将这些感受概括起来，施加肥料，在人类的生命中创造出一种戏剧性的生活，因而必然引起人类的精力过度地和迅速地消耗掉。战争、权力和艺术，都是腐化堕落行为，它们同放荡生活一样，离人类很远，也很深奥，而且都是很难接近的。可是只要人类一朝发起向这些大秘密冲击，他就踏进了一个新世界。将军们、大臣们和艺术家们，都或多或少地喜欢放荡生活，因为他们需要用强烈的娱乐来调剂他们的与普通人生活多么不同的生活。总之，战争是血的浪费，就如政治是利益的放纵一样。所有过度的行为都出自同一根源。这种社会上极端可怕的事都像深渊那样，具有魔力，它们吸引我们，就像圣赫勒拿岛呼唤拿破仑那样；它们使我们晕眩，诱惑我们，以致我们都想看看深渊的底层而不知道为什么要这样做。无限的观念也许就存在于这些深渊中，也许这些深渊隐藏着对人类极大的奉承，那么人类不是对世上的一切全都感兴趣的吗？为了把他埋头用功的时间同天堂形成对比，同设想的乐事形成对比，感到疲乏的艺术家，或者像上帝那样要求有一个礼拜天作为休息日，或者像魔鬼那样要求有地狱里的肉体享乐，其目的是用感官的作用来对抗理智的作用。拜伦勋爵的娱乐，不可能是使一个有固定收入的小有产者着迷的波士顿纸牌戏；作为诗人，他想用希腊来同马赫穆德作赌博[①]。在战争中，人不是变成了一个毁灭的天使，某种大规模杀人的刽子手吗？要使我们接受战争的残酷痛苦，必须有特殊的吸引力才行，因为这些痛苦是我们脆弱躯体的敌人，而这些敌人正在像带刺的围篱那样包围着我们的情欲。一个吸烟的人在吸烟过度以后，在地上抽搐地打滚，像垂死挣扎那样痛苦，他的身体的某一部分不是正在享受着欢乐吗？欧洲还没有抽出时间来揩干浸到脚踝的鲜血，不是又在不停地发动战争吗？难道人类作为整体来说，也有狂热兴奋的时候，就像大自然有爱情的冲动一样吗？对于个人来说，米拉波那样过着平静单调的生活，梦想着暴风雨的那些人，放荡生活就包括了一切；它是对整个生命的永恒的拥抱，或者更进一步，它是同恶魔或者一种不可知的力量

① 拜伦于1823年参加过希腊反抗土耳其马赫穆德苏丹的解放战争。

决斗：起初，恶魔令人害怕，必须从它的两只角开始进攻，这样的搏斗很累人；比方，大自然给了你一个窄小的胃或者消化不良的胃；你应该把它制伏，把胃扩大，增加酒量，控制醉酒，度过几个不眠之夜，最后把你锻炼成重骑兵上校一样的体格，重新创造一次你自己，仿佛专门为了反对上帝似的！

“人类经过这样的变化以后，新手让自己的灵魂经受炮火的洗礼，让自己的双腿在行军中受训练，因而成了一个老兵，可是还没有完全属于恶魔，还不知道他们之间谁是主人，他们互相搂着打滚，一会儿这个胜了，一会儿那个胜了，他们处在一切都十分美妙的环境里，在这里灵魂的痛苦安息下来了，只有思想的幽灵又复活了。这场残酷的斗争已变得无法避免了。生活放荡的人，为了模仿传说中的那些传奇人物，把灵魂卖给魔鬼，以获得做坏事的能力，也将自己的寿命，来换取人生丰富多彩和无穷无尽的享受！他不愿意生命的河流，在帐房间或者事务所的深处，缓慢地沿着两条单调的河岸长流，他要的是沸腾的生活，像激流那样一泻无遗。

“总之，放荡生活对于肉体来说，如同神秘快乐之于灵魂一样。喝醉了酒能将你投进各种各样的梦境里，其中的幻景同精神恍惚中所见的幻景同样离奇古怪。你可以享受到像少女撒娇使性子一样可爱的时刻，同朋友有趣的谈话，听到描绘整个一生的句子，享受到没有任何私下盘算的真诚的快乐，不感到疲劳的旅行，欣赏到言简意赅的诗篇。科学曾经在兽性的满足中寻找其核心，满足以后紧跟着的是迷人的麻木状态，凡是讨厌自己智慧的人们，都追求这种麻木状态。他们不是全都感到需要一个全面的休息吗？而放荡生活不就是天才向罪恶缴纳的一种捐税吗？请看所有伟大人物吧：如果他们不是好色的，大自然就会把他们创造成渺小的人。一种力量，或者出自嘲弄，或者出于妒忌，在败坏他们的灵魂或者肉体，使他们的天才不能充分发挥。

“在这种喝醉酒的时刻，人和物都穿着仆人的号衣出现在你面前。你成了造物主，你可以随意使他们变形。赌博就通过这种永恒的狂热，按照你的意愿，将它的铅汁灌进你的血管里。终有一天，你会成为恶魔的俘虏，那时候，你就会跟我一样，醒过来时像发疯那样，因为‘病入膏肓’已经在你床边陪着你。如果你是老战士，肺痨就会吞噬你；如果你是外交官，动脉瘤会使你命如悬丝；至于我，也许肺炎会来对我说：‘跟我走吧！’就像它以前曾对意大利名画家拉斐尔所说过的那样，拉斐尔是死于性爱过度的。

“这就是我走过的生活道路！我走进社会时或者太早，或者太晚，如果我不是这样分散我的精力，我的精力就会对社会有害；这个世界不就是在一次狂饮以后，亚历山大大帝再喝一大杯酒，因而得救的吗[①]？对于某些时运不济的人来说，或者上天堂，或者下地狱，或者生活放荡，或者住进圣贝尔纳山的济贫院[②]。

“‘刚才我没有勇气来教训这两个娘们，’他指着厄弗拉齐和阿基莉娜说，‘她们难道不是我的经历的化身，我的生平的缩影吗？我不能谴责她们，她们在我面前仿佛是法官。’

“在这首活生生的诗篇中，在这场令人厌烦的疾病里，我遇见了两次危机，给我带来了无数辛辣的痛苦。第一次是我学沙达那帕罗斯[③]投身自焚的以后几天，我在滑稽剧院的列柱廊里遇见了福多拉。我们都在等自己的马车。

“她向我微微一笑，这微笑的意思是：‘啊，您还活着。’这句话还表达了她对她的侍从骑士恶意低声说话的内容，她一定是

---

① 据传说，亚历山大大帝东征西讨，征服了许多地方，后来由于暴饮而死去，世界得救。

② 圣贝尔纳山济贫院在瑞士。

③ 沙达那帕罗斯，古希腊国王，荒淫无道，人民起来造反，他在宫殿中自焚而死。

告诉他我的经历，认定我的爱情是庸俗的爱情。她还为自己错误的洞察力鼓掌叫好。啊！为她而死，到现在还爱着她，在我的放纵行为中，在醉酒中，在妓女的床上，我仿佛还看见她，时刻感到我自己是她愚弄的牺牲品！我只恨我不能撕破我的胸膛，搜索出我的爱情，掷到她的脚下。

"后来，我很快就花光了我的钱。好在三年来有节制的生活，已经给我造就一副比健康人更强的体格，我身无分文的那天，身体非常健康。为了继续自杀，我签发了无数短期汇票，付款的日期到了。多么残酷呀！这种残酷的感觉能使年轻的心振奋起来。我还不到变老的时候，我的心始终年轻、活泼、精力充沛。我的第一笔债务唤醒了我的全部道德观念，它们缓步向我走来，在我面前露出一副失望的样子。我懂得怎样同它们和解，就像我同老姑母们和解那样，她们开始时总是责骂我们，最后终于为我们付出眼泪和金钱。可是我的想象力对我要严厉得多，它向我指出，我的签名正从一个城市到另一个城市，在欧洲的市场上旅行。欧塞伯·萨尔韦特[①]说过：'我们的名字，就是我们自己。'经过到处流浪以后，我像一个两面派的德国人那样[②]，又回到我从未离开过的住所里，从梦中惊醒过来。这些银行的伙计，商业上受良心谴责的人，穿着由主人发给的灰色制服，挂着银牌，以前他们在巴黎的街道上行走，我漠不关心，今天，我却预先就憎恨他们。谁知道他们中的一个，会不会在一天清晨，到我这儿来要求兑现我曾经签发的十一张汇票呢？我的签名值三千法郎，比我本人更值钱。执达吏的面孔是对任何人的绝望都无动于衷的，甚至对死亡也是如此，他们终有一天会站在我的面前，像刽子手对死囚那

---

① 欧塞伯·萨尔韦特（1771—1839），法国政治家。

② 两面派的德国人，指的是德国作家霍夫曼（1776—1822）所写小说《魔鬼的药酒》里的主人翁，他原是修士，受了魔鬼药酒的影响后变成罪犯，后来获救后恢复本来面目，回到原来的修道院。

样说：‘3 点半钟敲响了。’他们的书记就有权逮捕我，胡乱签上我的名字，玷污我的名字，嘲笑我。因为我欠了债。

“欠债，还能自主吗？别的人难道不能来要求我交代生活情况吗？比如，为什么我要吃小香肠布丁？为什么我要喝冰冻饮料？为什么我要睡觉，走路，思想，玩耍而不还钱？在欣赏一首诗歌当中，在思考一个问题之际，或者在午餐中，高朋满座，欢声一片，互相戏谑时，我可能看见走进来一位先生，身穿栗色上衣，手拿一顶破旧帽子，这位先生就是我的债主，我的汇票持有人，是破坏我的快乐的幽灵，他能强迫我离开饭桌去同他谈话；他夺走我的欢乐，我的情妇，我的一切，直到我的卧床。比较起来，良心的责备更宽容些，它不会使我们流落街头，也不会关我们进监狱，它并不将我们投进可憎的罪恶渊薮，它只将我们送上断头台，在那里刽子手抬高了我们的身份：到了行刑时刻，所有的人都会相信我们是无罪的，而社会却不让没有钱的放荡者具有任何美德。这类两只脚爪的债权人，穿着绿呢衣服，戴着蓝眼镜，或者拿着一把五彩的雨伞，往往在街角上同我们面对面碰上了，而且正在我们开始微笑的时候，这些人就会有可怕特权这样说：‘德·瓦朗坦先生欠我的钱，不肯还钱。我逮住他了。啊！希望他不要对我板起面孔才好！’见到债主，我们不得不行个礼，而且是优雅地行礼。他们要问：‘您什么时候还钱给我？’

“我们这时候就不得不说谎，不得不向另一个人借钱，向一个端坐在他的银箱上的傻瓜低头，忍受他的冷眼，他的吸血鬼的眼色比一记耳光更可恶，还得忍受他的巴雷姆式[①]的教训和他的无知透顶。一笔债务就是一件想象作品，是他们所不能理解的。内心的冲动经常可以带动和控制一个债务人，而对于那些生活在

① 巴雷姆（1640—1703），法国数学家，著有《会计学》一书，后来他的名字变成普通名词，意为善于计算的人。

金钱中，眼里只有金钱的人，却没有什么伟大的情操能够控制，也没有什么慷慨的品德能够带动他们。我对金钱是讨厌的。一张汇票可能会变化成为一个有家庭负担而讲究道德的老人。也许我欠债的对象是格勒兹[①]的一幅活生生的图画，比如一个儿女绕膝的瘫痪病人，一个军人的寡妇，他们全都向我伸出求助的手。当债权人是可怕的，我们必须和他们同声一哭，因为我们对他们还清债务以后，我们还必须帮助他们。汇票到期的前夕，我像那些在行刑前夕或者决斗前夜的人那样，假装镇静地睡了一觉，这些人总是用骗人的希望来催自己入睡的。我醒过来时，头脑冷静，觉得自己的灵魂被关在银行家的皮夹子里，躺在许多清单上，是用红墨水写成的，我的债务像蝈蝈儿那样，从四面八方跳了出来，跳进我的座钟里，跳上我的靠背椅，或者钻进我最喜欢使用的家具里。这些温柔的物质奴隶成为执法机关的猎物以后，就要被执达吏的手下搬走，粗暴地扔到市场上。啊！我的皮囊还是我自己的。我寓所的门铃在我的心上发出响声，它打击我的地方恰好是应该打击国王的地方：脑袋。欠债人是个殉道者，只是没有天国来酬报他。是的，对一个慷慨大方的人来说，欠债就是地狱，是带有执达吏和经纪人的地狱。欠债还是卑鄙的行为，是诈骗的开始，更糟的是，它是说谎！它孕育着罪行，它为断头台搭架子。

"我的汇票被拒绝承兑了。三天以后我就将款付清，事情的经过是这样的：一个投机家向我建议，把我拥有的卢瓦河上的小岛卖给他，岛上有我母亲的坟墓。我接受了他的建议。我在买主的公证人那里签订契约时，我感觉到在昏暗的事务所深处，有一股凉风，同地窖里发出的凉风相同。我认出这就是我在父亲墓穴

① 格勒兹（1725—1805），法国画家，擅长风俗画。

旁边吹到我身上的又湿又冷的凉风，我不禁哆嗦起来。我把这个偶然的巧合，看作是不祥的预兆。我觉得似乎听到了我母亲的声音和见到了她的影子；我不知道一种什么样的力量，使我模糊地听到，在一阵钟声中，响起了我自己的名字！

“出卖小岛的价金，除了还清我的债务外，还给我剩下两千法郎。当然，我本来可以恢复学者的平静生涯，回到我的顶楼上去，既然我已经体验了人生，脑子里充满了大量的观察所得，而且享有了某种声誉。可是福多拉不肯放松她的猎物。我们经常会面。我使那些追求她的男人，对于我的机灵，我的马匹，我的成功，我的豪华马车，感到震惊，因而不断地在她的耳边唠叨我的名字。她对这一切冷淡而无动于衷，即使拉斯蒂涅的一句可怕的话：‘他为您而自杀！’也不能打动她。我想尽办法来报仇，可是我并不幸福！我挖掘生活已经挖到烂泥深处，可是我始终觉得只有两人分享的爱情才是最甜蜜的，因此，在狂欢滥饮中，我通过挥霍浪费中的偶然机会追寻这种爱情的幽灵。不幸的是，我的美好信仰落空了，我做的好事受到忘恩负义的惩罚，我犯的错误却得到千种乐趣作为报酬。这是一种阴森可怖的哲学，可是对于放荡的人来说，却是真理！

“福多拉终于将她的爱慕虚荣这种麻风病，传染给我了。我测探我的灵魂，发现它已受了毒害，腐烂了。魔鬼已经将它的利爪在我的额头上留下痕迹。从今以后，我免不了要在每时每刻都有危险的生活中连续不断地战栗，也摆脱不了要过可恶的穷奢极欲的生活。即使我是百万富翁，我也会经常赌博，大吃大喝，到处走走。我再也不愿意单独一个人。我需要妓女，酒肉朋友，美酒佳肴，来麻醉自己。

“联系个人和家庭的纽带在我身上已经永远割断。我成了寻欢作乐的囚犯，我不得不完成我自杀的使命。等到我还剩下最后一点财产的时候，每天晚上我都过着难以置信的过度放纵生活，可是，第二天早上，死神又将我扔回到生命中来。我本来可以像一个有终身年金收入的人那样，在动乱中平静地度过一生。最后，我发觉自己单独一人，身上只有一枚二十法郎的银币，这时候，我记起了拉斯蒂涅的好运气……”

拉斐尔突然想起了他衣袋里的法宝，他大喊一声：“嗳！嗳！”把法宝从衣袋里拿出来。

或者是经过一整天的长时间搏斗以后，他已经筋疲力尽，在葡萄酒和潘趣酒的冲击中，再也没有力气去控制自己的理智；或者是他的生活景象使他恼火，不知不觉间被自己的滔滔雄辩所陶醉；总之，拉斐尔兴奋起来，像一个完全丧失理智的人那么狂热而激昂。

他挥舞着驴皮大喊：“死神，你见鬼去吧！现在我想活下去了！我有钱，我有一切美德。没有什么东西能抵抗我。一个无所不能的人为什么不当个好人？喂！喂！我希望有二十万法郎的年金，我一定会有的。你们这些蠢猪，在地毯上打滚就像在猪栏里打滚一样，向我敬礼吧！了不起的房子，你是我的了！我很有钱，我能把你们全数收买过来，包括那个在那边打鼾的众议员。来吧，上流社会的坏蛋，祝福我吧！我就是教皇。”

这时候，刚才还被低沉而连续的鼾声盖没的拉斐尔的喊声，突然被睡觉的人听见了。大部分被惊醒的人们都同时叫喊起来，他们看见吵闹的人两条腿站也站不稳，就齐声咒骂他不该喝醉酒还这样乱吵乱嚷。

拉斐尔回骂他们：“闭上你们的嘴！狗东西，回到你们的窝里去！埃米尔，我是个大富豪，我要送给你哈瓦那雪茄。”

那位诗人回答：“我听见了，得不到福多拉就是死！就这样办吧！这个甜姐儿福多拉欺骗了你。所有的姑娘都是轻佻的。你的故事一点也不严重。”

“啊！你睡着觉吧，阴险的家伙？”

“不！得不到福多拉就是死，我一点没有弄错。”

“你醒醒吧！”拉斐尔大声说，同时拿着那张驴皮打埃米尔，仿佛想从中打出电流来。

“天杀的！”埃米尔边说边站了起来，一把抱住了拉斐尔，“我的朋友，想一想你是同生活腐化的女人在一起。”

“我是百万富翁。”

“如果你不是百万富翁，你倒千真万确是醉了。”

“我为权力而陶醉。我能够杀了你！不要说话，我是罗马暴君尼禄！我是巴比伦国王尼布甲尼撒[①]！”

“可是，拉斐尔，我们的伙伴都是没有教养的，为了保持尊严，你应该不说话。”

“我这一生不说话的时间已经太长了。现在，我要向全世界报复。我再也不以挥霍肮脏的金钱为乐，我要模仿我的时代，代表我的时代，来结束人的生命、智慧和灵魂。这不是一种可以轻视的奢侈享受，难道不能称为瘟疫的丰收吗？我要同黄热病、蓝热病、绿热病做斗争，同军队、同断头台做斗争。我能够得到福多拉。不，我不想得到福多拉，她是我的心病。我会为福多拉而死！我想忘记福多拉。”

“如果你继续这样叫喊，我要把你搬到餐厅里去。”

“你看见这张驴皮吗？它是所罗门的遗嘱。所罗门王，这个小学究的国王，他是我的。我拥有阿拉伯半岛，还要加上带有沙漠的字样。整个宇宙是我的。你也是我的，如果我想要的话。啊！如果我想要的话，当心点，我能够把你的整个报馆买下来，

① 尼布甲尼撒（公元前605—前562），巴比伦国王，在位时穷兵黩武，杀人无数。

你就成了我的仆人。你要为我写歌曲，你要整理我的文件。仆人，所谓仆人，意思就是说：他的身体很好，因为他什么也不想。”

听了这番话，埃米尔便把拉斐尔抱到餐厅里去。

他对拉斐尔说：“是的，不错，我的朋友，我是你的仆人。不过你马上就要成为报纸的总编辑，你闭嘴吧！为了尊重我，你的行为要有些分寸！你喜欢我吗？”

“那还用问！有了这张驴皮，你就会有哈瓦那雪茄。永远离不开这张驴皮，我的朋友，这是一张灵验的驴皮！它也是最好的局部药，能治好鸡眼。你有鸡眼吗？我能为你除掉。”

“我从来没有看见他这么傻头傻脑的样子。”

“傻头傻脑，我的朋友？不。我每有一个愿望实现，这张驴皮就缩小一点……这是一种反作用。婆罗门，它的下面有一个婆罗门！这个婆罗门是喜欢嘲弄人的，因为，你知道吗，愿望是会扩大的……”

“这话不错。”

“我跟你说……”

“对的，这是千真万确的，我的想法同你一样。愿望是会扩大的……”

“我跟你说，这块驴皮……”

“对。”

“你不相信我。我知道你，我的朋友，你像一个新登基的国王那样是个说谎者。”

“你怎能希望我相信你醉后的胡言乱语呢？”

“我跟你打赌，我能向你证明。我们来量一量看。”

埃米尔看见拉斐尔在餐厅里东张西望，就嚷起来：“算了吧，他再也不会打瞌睡的了。”

喝醉酒的人有时醉眼蒙眬，却会产生相反的现象：显得特殊清醒；就是靠了这种清醒，瓦朗坦像只猴子似的活跃起来，居然找到了一只文具盒和一条餐巾，他嘴里不断地说："让我们来量一量！让我们来量一量！"

埃米尔说："好吧，让我们来量一量！"

于是两个朋友便摊开餐巾，将驴皮铺在上面。埃米尔的手比拉斐尔的手显得更坚定一点，他就用羽毛笔，按照驴皮的轮廓，画了一条墨水线。这时候拉斐尔对他说：

"我希望得到二十万法郎的年金，对吗？好吧，我这笔款子到手以后，你就看得见我的驴皮整个地缩小了。"

"对，现在去睡吧。你要我把你安排到这张长沙发上吗？现在，你舒服吗？"

"舒服，我的报业门徒。你会逗我高兴的，你会为我赶苍蝇的。患难之交的朋友，有权成为有福共享的朋友。因此，我会送给你哈……瓦……那的雪……茄……"

"好吧，去消化你的黄金吧，百万富翁。"

"至于你，去写你的文章吧。晚安。给那布索顿那撒遭个晚安吧？爱！喝呀！法兰西……光荣和富有……富有……"

不到一会儿，两个朋友就将他们的鼾声同客厅里响荡着的音乐声连成一片了。这个合奏是多余的，已经没有人听了！蜡烛一支接着一支熄灭了，残烛落在水晶的烛台上发出爆响。黑夜用绉纱将这个长夜宴饮包裹起来，在这场宴饮中拉斐尔的独白可称口若悬河，只可惜他的语言都没有什么意义，有意义的往往也缺乏表达方法。

第二天，将近中午，漂亮的阿基莉娜醒了，她边打呵欠边站起来，神态疲倦，颊上留下大理石般的花纹，因为她的脑袋曾经枕在一只彩色天鹅绒面的凳子上。厄弗拉齐也被她同伴的动作弄醒了，她突然站起来，嗓音嘶哑地喊了一声；她那标致的面孔，昨天是那么洁白，那么鲜艳，现在却又黄又苍白，像一个去医院治病的病女孩的面孔。不知不觉间宾客们一个个都动起来，嘴里发出难听的呻吟，他们觉得胳膊和大腿都僵直了，觉得醒过来时各种各样的疲劳都一齐压在他们身上。一个仆人走进来打开了客厅的百叶窗和玻璃窗。温暖的阳光在睡觉的人头上闪耀，把他们都唤醒了，大家都站了起来。睡眠破坏了他们时髦的发型，使他们的化妆褪了色，女人们在阳光的照射下显得非常难看：她们的头发毫无风度地下垂，她们脸上的表情也变了，本来闪闪发亮的眼睛，也因疲劳而失去光泽。脸色发黄的人原来在灯光下显得那么光彩照人，现在则叫人害怕；淋巴质面孔的人在得到充分休息时，脸上是多么白净，多么柔软，如今却变成了菜青色；过去美妙的鲜红的嘴唇，现在是又干枯又泛白，带着可耻的醉酒标记。男人们否认陪他们过夜的情妇，因为他们看见她们残脂败粉，憔悴枯槁，宛如宗教仪式行列经过以后街道上被踩碎的花朵。可是这些傲慢男子的尊容，却更加可怕。

看见这些人的尊容，也许会使你战栗起来，他们眼睛深陷，有黑圈，似乎什么都看不见；他们的脸被酒弄得麻木不仁，被不舒服的睡眠弄得呆滞而迟钝，这样的睡眠不能起恢复体力的作用，比不睡眠更累。这些消瘦苍白的脸，脸上赤裸裸地暴露出肉体的欲念，我们的灵魂没有给这些欲念作过诗意的装饰，就显出某种凶残和冷酷的兽性模样。这种不穿外衣、不加粉饰的罪恶，在觉醒以后，仿佛穿得破破烂烂的骷髅，冷酷、空虚、失去诡辩精神和豪华生活的魅力，是会吓倒那些勇敢的斗士的，不管他们多么习惯于同放荡生活做斗争。艺术家们和妓女们都保持沉默，只用惊慌的神色观察大厅里的凌乱情况，大厅里的一切都被情欲之火蹂躏和破坏了。一阵魔鬼般的笑声突然在大厅里响起来，原来那是泰伊番听见了宾客们低沉的喘息声，想装个鬼脸去迎接他们；他的带着汗水的血红的脸，成为犯罪而不忏悔的化身（参阅《红色旅馆》）[1]，在这地狱般的场景上飘荡。这样这幅图画便完成了。从放荡生活中清醒过来，便发现这是奢侈豪华中腐化堕落的生活，是人类壮丽排场和苦难的可怕的混合，放荡生活用它的强壮的手把生活的果实都榨干了，身边只剩下肮脏的残渣，或者它自己也不再相信的谎言。

你会说，这真像是微笑着的死神，处在患鼠疫的一家人家中：再也没有芳香，再也没有令人厌烦的亮光；再也没有快乐，再也没有欲望；有的只是使人恶心的臭味，和使人伤心的哲学；有的只是像真理般灿烂的阳光，像道德那样纯洁的空气，这一切同充满疫气的热烈气氛，从狂欢宴饮散发出来的疫气，构成鲜明的对比。其中有几个姑娘，尽管已经习惯于这种恶习，还是回想起她们从前的清晨觉醒，那时她们又天真又纯洁，乡间的十字窗上装饰着忍冬和玫瑰，她们透过窗户可以看见外边清新的景色，加上云雀快乐的啭鸣，景色更加迷人，这时黎明的日光朦胧地照耀着大地，还到处点缀着花哨的露水。另外一些姑娘回忆家庭早餐的情景，孩子们和父亲围绕着饭桌天真地欢笑，食物像良心那么单纯，这里的一切都带有难以形容的美妙气息。一个艺术家想起了他的工作室的宁静，想起了他的纯洁的雕像，想起了在等待他的亲切的模特儿。一个年轻人，记起了一桩决定一家人命运的官司，马上想到一件重要的和解案件需要他出庭。一位学者则惋惜自己的书房，因为那里有一本重要的著作等待他去完成。差不多每个人都在埋怨自己。这时候，埃米尔出现了，他脸色红润，容光焕发，像一家时髦商店里最漂亮的商品推销员，他笑着大声说："你们比执达吏的助手

① 《红色旅馆》是巴尔扎克的一篇短篇小说，主角之一泰伊番是杀人犯。

更难看。你们今天什么都干不成了，这一整天算是白过了，我的意见还是吃午饭去吧。”

听了这番话，泰伊番便走出去对仆人命令备午饭。女人们走过去无精打采地对着镜子整理梳洗。每个人都动起来了。最坏的人教训最规矩的人。妓女们嘲笑那些再也没有力气去继续这场盛大宴会的人。霎时间，这些幽灵都活跃起来，大家结成一群群，互相询问，彼此微笑。几个乖巧而手脚利索的仆人很快就将家具整理好，每件东西都放回原来的位置。一顿辉煌的午餐摆上桌面了。宾客们都向餐厅涌去。在餐厅里，纵使一切都还带着昨晚狂欢豪饮的不可磨灭的印记，至少还像一个垂死挣扎的人，留下生存和思想的痕迹。同狂欢节最后一天队列的遭遇一样，纵欲狂欢的时刻已经结束，是由于假面舞会的面具厌倦了跳舞，喝醉的人无可再醉而结束的，他们还想证明不能再纵欲是愉快的，以掩盖他们的不能再纵欲。

等到这班顽强的食客围坐在资本家卡尔多的桌子前面的时候，资本家露出了亲切而充满温和微笑的面孔，昨天夜里他在晚饭后小心翼翼地溜回家中，在老婆的床上结束了他的狂欢。现在他仿佛猜到了有一宗遗产要品尝，要分割，要造册，要抄副本，这是一笔有许多文件要订立，有优厚酬金的遗产，其油水之多，正如宴会的东道主把刀插进去的那块颤悠悠的里脊肉。

德·居尔西喊起来：“啊！啊！我们要当公证人的面吃午饭了。”

银行家泰伊番指着盛宴对他说：“您来得正是时候，请在这些肉片[①]上编号画押吧。”

一个一年来第一次结了一门好亲事的学者说：“没有什么遗嘱要立，也许只有夫妻财产契约要订！”

---

① 这是双关语，法语“片”“块”一词，也有“文件”“字据”的意思。

“噢！噢！”

“啊！啊！”

被恶作剧的吵闹声吵得耳朵都震聋了的卡尔多回应说：“我到这儿来是为着正经事。我给你们当中一位带来了六百万法郎。”（全体鸦雀无声）他向拉斐尔说：“先生，令堂是不是奥弗拉亚蒂家的一位小姐？”这时候拉斐尔正在不顾礼节用餐巾的一角擦眼睛。

拉斐尔相当无意识地回答：“是的，她的名字叫巴伯－玛丽。”

卡尔多又问：“您现在有您和令堂的出生证吗？”

“当然有。”

“那么，先生，您就是1828年在加尔各答逝世的奥弗拉亚蒂少校的唯一继承人了。”

一个乱发议论的家伙大声说：“这是来自加尔各答的数不清的财产！”

“少校用遗嘱指定将若干笔款项赠送给几家公立公益机构，法国政府已经向东印度公司提出遗产继承问题。现在这笔遗产随时可以动用，已经是清楚明白的了。半个月来我到处寻找巴伯－玛丽·奥弗拉亚蒂小姐的继承人，但是没有结果。直到昨天，在餐桌上……”

这时候，拉斐尔突然站了起来，不由自主地作了一个意外受伤的人的动作。周围似乎形成了一个无声的喝彩，宾客们的第一个感受是暗中羡慕，所有的眼光像一道道火焰射到他身上。接着是一阵窃窃私语声，仿佛剧场里池座的观众在发泄不满，然后开始了一阵动乱的嘈杂声，而且逐渐加强，每个人都说了一句话来庆祝公证人带来的这笔巨大财富。拉斐尔突然服从命运的安排，这使他完全恢复了理智，他迅速地把他曾经用来测量过驴皮的餐巾铺在桌子上。他不听任何人的话，在餐巾上摊开了那张驴皮，他看见餐巾上画出的轮廓线同驴皮真正的轮廓已经有小小的距离，不禁猛烈地战栗起来。

泰伊番大声说："他怎样啦？他不花气力就得到这笔财产了。"

比西乌对埃米尔说："扶着他点儿，沙蒂翁[①]，快乐过头会杀了他。"

一阵可怕的苍白色出现在拉斐尔的枯槁的面容上，肌肉在抽搐，脸上突出的部分都呈白色，凹进去的地方显出灰暗，整个脸上没有一点血色，眼睛凝视不动。他看见了死神。眼前那位辉煌的银行家，围绕着他的，是残花败柳般的几个妓女，是吃得饱饱的宾客，这种乐极生悲的景象，正是他的生命的活生生的写照。拉斐尔一连看了三次那个法宝，它正在餐巾上画好的无情线条内舒舒服服地发挥作用，他想加以怀疑，可是一个清楚的预感粉碎了他的怀疑。世界属他所有，他能够为所欲为，可是他什么也不想。他像沙漠中的一个旅客，有一点水可以解渴，他却不得不计算能喝多少口来测定生命的长短。他看清楚了每个欲望要占有他多少日子。后来他终于相信这张驴皮了，他听到了自己的呼吸声，他觉得自己已经生病了，他问自己："我是不是已经染上肺病了？我妈不是害肺病死的吗？"

阿基莉娜对他说："喂，喂！拉斐尔，你可以好好地吃喝玩乐了！您准备送什么东西给我？"

"我们来为他的舅父马丁·奥弗拉亚蒂少校的逝世干杯！他才是大丈夫。"

"他一定会当上贵族院议员。"

"呸！七月革命以后一个贵族院议员算什么？"那位乱发议论的人说。

---

① 这是活用伏尔泰的悲剧《扎伊尔》里的一句台词，原文是"扶着我点儿，沙蒂翁"，是主人翁认出亲生女儿时高兴得几乎晕倒时说的，这里改为"扶着他点儿，沙蒂翁"。

“你在滑稽剧院有包厢吗？”

比西乌说：“我希望您请我们全体大吃一顿。”

埃米尔说：“一个像他那样的人，做起事情是很会讲究排场的。”

这班欢笑的人群的叫好声，在瓦朗坦的耳边鸣响，但是他一句话也没有听懂；他模糊地想着一个布列塔尼农民毫无欲望的机械生活，这个农民有许多子女要养育，自己耕田种地，吃的是荞麦面，就着酒壶喝苹果酒，相信圣母和国王，在复活节领圣体，星期日在草地上跳舞，听不懂本堂神甫的说教。而呈现在他眼前的景象，却是金碧辉煌的房屋，这些妓女，这顿盛筵，这种奢华，这一切都在掐住他的脖子，使他频频咳嗽。

银行家泰伊番问他：“您想要点芦笋吗？”

拉斐尔用雷鸣似的声音回答他：“我什么都不想要。”

泰伊番再说：“好！妙！您懂得了什么是财富了，财富就是享有不讲礼仪特权的证书。您是我们的人了！先生们，为金钱的权力干杯。德·瓦朗坦先生成了六百万富翁以后，就登上了权力的宝座。他就是国王，他能够为所欲为，他像所有富豪一样凌驾在一切之上。从今以后，对他来说，记载在宪章开头的那一句话：‘在法律前面所有法兰西人人人平等’只是一句谎话。他不服从法律，法律要服从他。对百万富翁来说，不存在断头台，也不存在刽子手！”

拉斐尔更正他：“是啊，他们是他们自己的刽子手！”

银行家喊起来：“又是一个偏见！”

拉斐尔将驴皮放进自己的衣袋里说：“喝酒吧。”

埃米尔拉住他的手问：“你在干什么？”

客人们都对拉斐尔的态度感到奇怪，埃米尔又对他们说：“先生们，要知道我们的朋友德·瓦朗坦，不，应该说德·瓦朗坦侯爵先生，他有一种发财的秘方。他的所有愿望都能心想事成。除非他愿意被视为奴才，或者视为一个没有心肝的人，否则他会使我们大家都发财。”

厄弗拉齐马上叫起来：“啊！我的小拉斐尔，我想要一条珍珠项链。”

阿基莉娜说：“如果他是一个知恩图报的人，他就会送给我两套马车，配上骏马，能飞快地在街上奔驰。”

“我只希望有一笔十万法郎的年金。”

“我要开司米衣衫！”

“替我还债吧！”

“让我的瘦长个子伯父来一次中风吧！”

“拉斐尔，给我一笔一万法郎的年金，我们就算两清了。”

公证人叫起来：“这一笔笔赠予够多了。”

“他还该治好我的痛风毛病。”

银行家大声说：“把公债的市价压低吧！”

这一句句话像一束束火花似的喷射出来，最后形成烟火。也许这些疯狂的欲望是认真的，而不是开玩笑。

埃米尔带着严肃的神气说：“我亲爱的朋友，我只要有二十万法郎的年金就满意了，你高高兴兴地给我办吧！”

拉斐尔说：“埃米尔，你难道不知道，这样办我要付出多大的代价吗？”

诗人大声说：“漂亮的借口！难道我们不应该为朋友而牺牲吗？”

瓦朗坦向宾客们阴郁而深沉地扫了一眼以后回答道：“我差点儿就希望你们全都死掉。”

埃米尔笑着说：“临死的人总是极端冷酷无情的。你现在富了，”他又严肃地补充一句，“好吧，我打赌你不出两个月就变得卑鄙地自私。你现在已经不聪明了，你连开玩笑也不懂。你是只会相信你的驴皮的。”

拉斐尔害怕在场的人嘲笑他，再也不发一言，只顾拼命喝酒，把自己灌醉，以便暂时忘却他拥有致命的能力。

La peau de chagrin

B a l z a c

第三部

面临死亡

12月的最初几天，一个上七十岁的老头，冒着雨，沿着瓦雷街走，抬起头仰望每间公馆的大门，找寻拉斐尔·德·瓦朗坦侯爵老爷的住处，他天真的神气像个小孩，全神贯注像个哲学家。过分忧伤与专横性格互不相容的痕迹，在他的脸上明显地表现出来，他的一头灰色的长头发，一根根竖起，活像一块被火烘蜷了的旧羊皮纸。

如果一位画家碰上了这个穿黑衣服、骨瘦如柴的怪人，一定会在回到画室以后，把他画在画册上面，在画像下面题上一行字：

找寻诗韵的一位古典诗人。

把人家告诉他的门牌号码核对无误以后，这位活生生的再世罗兰[①]轻轻地敲打一间豪华公馆的大门。

老头向一个穿制服的门卫问道："拉斐尔先生在家吗？"

门卫一边吞吃着一块在一大碗咖啡里蘸湿了的面包条一边回答："侯爵老爷不接见任何客人。"

老头指着一辆停在木板顶盖下面的华丽马车说："他的马车就停在这儿。"这块木板顶盖相当于斜纹布的天篷。下面覆盖着

① 罗兰（1661—1741），法国作家，曾任巴黎大学校长。

几级石阶，老头接着说："他马上就要出门了，我在这儿等他。"

门卫接着说："老朋友，您可以在这儿一直等到明天早上，这里总是有一辆准备好的马车等待老爷的。您走吧，我求求您，我只要没有收到命令就让一个陌生人进入公馆一次，我就会失掉六百法郎的终身年金。"

这时候，一个身材高大，穿着很像一个政府机关的传达员的老头子，从前厅里出来，快步走下几级台阶，仔细打量眼前这位面露惊讶之色的求见者。

门卫说："再说，若纳塔斯先生来了，您跟他说吧。"

两个老人或者由于同情，或者由于好奇，互相吸引到一起来了。他们在广阔的主院子中间相会，那里是一片圆形空地，石缝里长着几丛野草。一种可怕的静寂笼罩着这座公馆。只要见到若纳塔斯，你就想猜透蒙在他脸上的那层秘密，它会把在这所阴沉的府邸里的最细微的事情告诉你。

拉斐尔接受了舅父的巨额遗产以后，第一件想到的事，就是找到忠诚的老仆住在什么地方，他认为老仆对他的爱是最可靠的。若纳塔斯再见到年轻的主人时，流下了眼泪，他原以为他同主人道过永别了呢；可是后来侯爵提升他为总管这个显赫的职位时，他才觉得世上没有什么能比得上他幸福。

若纳塔斯老头成了拉斐尔和整个世界之间的中间力量，是他主人的财产的最高处理人，是一种陌生思想的盲目执行者；他仿佛是主人的第六感官，通过它，生活上的感情才能传到拉斐尔身上。

老头子一边走上几级台阶去躲雨，一边对若纳塔斯说："先生，我想同拉斐尔老爷说句话。"

管家叫起来："同侯爵老爷说话？我是他的奶公，他还不大和我说话啦。"

老头子大声说："我也是他的奶公，你的夫人过去虽然喂过他奶，我却是亲手让他吮吸过缪斯[1]的奶汁的。他是我的门生，我的孩子，我的亲爱的养子[2]！我培育了他的脑筋，启发了他的智力，发展过他的天才，我敢说，这是我的荣誉和光荣。他难道不是我们时代最杰出的人之一吗？他是我六年级、三年级和修辞班的学生，我是他的教师。”

“啊！先生原来是波里凯先生……”

“正是。先生是……”

“嘘，嘘！”若纳塔斯示意两个厨房小学徒说话低点声，因为他们的说话声打破了这所房子的修道院似的静寂。

那位老师接着说：“先生，侯爵老爷是不是生病了？”

若纳塔斯回答：“亲爱的先生，只有上帝才知道我的主人心里想什么。您知道，在巴黎没有第二所房子同我们这所一模一样。您听见吗？没有第二所。真的，一点不假。侯爵老爷买的这所公馆以前是一位公爵和贵族院议员的。他花了三十万法郎来购置家具。您瞧，三十万法郎，这是一大笔钱啊。结果我们公馆里每间房间都装饰得像仙境似的。好！我看见这等豪华壮丽的场面，就对自己说，这分明是他的已故祖父生前的光景一般！年轻的侯爵老爷一定是要接待全城的上流人士和整个宫廷了。根本没有。侯爵老爷不愿见任何人。他过的是一种奇怪的生活，波里凯先生，您听见我说吗？一种与他的身份不能调和的生活。老爷每天在同一时间起床。只有我，我一个人，您懂吗？能够走进他的房间。我不论寒暑 7 点钟开门进去。这是奇怪地说好了的。进去以后，我对他说：‘侯爵老爷，您应该醒过来穿衣服了。’

“他就醒过来穿上衣服。我应该将他的晨衣递给他，他的晨衣是永远用同样料子照同样款式做的。等到晨衣不能再穿时，我

① 缪斯是掌管文艺、音乐等的女神。

② 亲爱的养子，原文是拉丁文：CARUS ALUMNVS。

只好换一件新的，这都是为着避免他要费心问我要。真是富于想象！事实上，他每天可以花掉一千法郎，这亲爱的孩子，他爱怎么干就怎么干。何况，我太爱他了，即使他打了我右颊一记耳光，我也会伸过左颊让他打！他叫我做再困难的事情，我也照做，您听见吗？事实上，他叫我做的琐碎小事真多，使我整天有事可干。他要看报纸，对吗？给我的命令是一定要将报纸放在老地方，在同一张桌子上。我每天要在相同时间亲手为他刮胡子，我的手一点也不发抖。厨师如果不能够每天早上 10 时丝毫不差地把早餐端到爵爷面前，或者下午 5 时做不到准时开晚餐的话，他在爵爷过世后就得不到一千埃居的终身年金。菜单是全年一次性排好的，每天一份。爵爷没有什么心愿要满足的。草莓上市时，他就吃草莓，第一条鲭鱼到达巴黎，他就吃鲭鱼。菜单是印好的，他早上就背得出他晚上要吃什么。在这种情况下，他总在同一时间穿着相同的衣服，同样的内衣，由我永远将衣服放在相同的靠背椅上，您明白吗？我还应注意使他永远有相同的呢料子，万一他的外衣坏了，这是假设，我就应该为他换上一件，不必向他开口问一句。

“天气好的时候，我走进去对主人说：‘爵爷，您也许想出去吧？’

“他回答我去或不去。如果他想出外散步，他用不着等他的马儿，马儿永远是套好的，马车夫丝毫不差地手里拿着马鞭子，就像您看见的那样。

“晚上，吃过饭后，爵爷今天到歌剧院去，明天就去意大……对不起，他不是到意大利剧院，在这个剧院我昨天才定下一个包厢。然后，他在 11 点准回来睡觉。

“白天他什么事也不干的那段时间，他就看书，他总是看书，您懂吧，这是他的一种想法。我奉命在他之前读一读《出版日报》，以便购买新书，以便在新书发售当天他就能在壁炉台上看到它们。我还得到命令每隔一小时就进他房间一次，注意炉火是否熄灭，注意一切，使得他不缺少什么；先生，他给了我一本小册子，让我背熟了，里面记载的都是我应做的事，真是一本《教理问答》。夏天，我应该用冰块把房间温度维持到一定的凉爽，而且到处都要摆放鲜花。他很有钱，他每天可以花一千法郎，他可以爱怎么花就怎么花。他曾经在很长时间内缺衣少食，可怜的孩子！他不折磨任何人，他心地善良，从来不多说话，在整个公馆和花园里，完全是一片静寂！总之，我的主人如果有什么心愿，他只要运用指头和眼光，就能够实现，而且是直接地[①]完成！他做得对，如果不管住那些仆人，一切就会陷入混乱。我对他说他应该做什么，他听我的话。您简直难以相信他把事情做到什么程度。他公馆里的房间都是……怎么说呢？哦，都是相通的。假定说吧，他只要打开他卧室的门，或者他书房的门，咔嚓一声，所有的门通过机械装置都主动打开了。在这种情况下，他可以走遍整个公馆碰不到一扇关闭着的门。这对我们这些人真是又好、又方便、又舒适！可是这也费了我们一大笔钱！最后，波里凯先生，他对我说：‘若纳塔斯，你要把我当作襁褓中的孩子来照顾我。’襁褓中的孩子，是的，先生，他说的是襁褓中的孩子。‘你要考虑我的需要。’

“这样我倒成了主人，您听见没有，他简直成了仆人。您问为什么吗？啊！这世界上除了他和善良的上帝，没有人知道。这是丝毫不差的！”

老教师叫起来：“他这是在作诗！”

“先生，您认为他是在作诗吗？这太艰苦了，这样作法！可

---

① 直接地，原文是拉丁文 RECTA。

是，您知道吗？我不相信。他常常对我说，他的生命就跟草木一样，无声无息地活着[①]。就在昨天，波里凯先生，他凝视着一朵郁金香，一边穿衣一边对我说：‘这就代表我的生活。我是在无声无息地活着，我的可怜的若纳塔斯。’在这种时候，别人会认为他害了偏执狂。这是丝毫不差的！”

教师神态俨然的样子，使老仆人产生了深深的敬意，教师说：“一切都向我证明，您的主人正在从事一部伟大的著作。他正埋头作着广泛的沉思，不愿意被平庸生活的琐事分了心。一个天才在运用智力工作的时候，是会忘记一切的。有一天，著名的牛顿……”

若纳塔斯插进来说：“牛顿？这个人我不认识。”

波里凯接着说：“牛顿是一个伟大的几何学家，他把手肘靠在桌子上，一直过了二十四小时；等到他从沉思中醒过来时，他把第二天当成是前一天，仿佛他睡过了。我去看他，这个亲爱的孩子，我可能对他有用。”

若纳塔斯喊起来：“等一等，哪怕您是法兰西国王，我当然说的是过去那位国王，也不能进去，除非您把门强行打开，而且踏在我身上走过去。这样吧，波里凯先生，我飞奔过去告诉他说您来了，而且这样问他：要请他上来吗？他会回答请或者不请。我从来不问他：‘您希望吗？您愿意吗？您想要吗？’这几句话早已从谈话里取消了。有一次我说漏了嘴，蹦了一句出来，他非常生气，对我说：‘你想要我死吗？’”

若纳塔斯把老教师让进前厅，示意给他再也不能向前走了。他很快就回来带来一个肯定的答复，引导老教师穿越许多豪华的房间进去，房间的门都是开着的。波里凯远远地就瞧见他的学生

① 若纳塔斯把 VÉGÉTATION（植物，草木）和 VÉGÉTER（无声无息地生活）都念成 VERGÉTATION（带有条痕）和 VERGÉTER（使有条痕）了。

坐在壁炉的一个角落里。拉斐尔穿着一件大花样的晨衣坐在一张沙发上读报。他仿佛笼罩在极度的伤感中，从他的衰弱躯体的那种病态就可以看出来；他的前额上，他的像泛黄的花儿似的苍白的脸上，也都显露出这种伤感来。一种女性的优雅和富贵的病人特有的怪现象，使他明显地与众不同。他的手，像美女的手那样温柔洁白和纤细。他的金黄头发已经有点稀疏，鬈曲在两鬓周围，漂亮得有点过分考究。头上戴的希腊圆帽，是由细开司米制成的，一条太重的流苏从帽子上垂下来，把帽子扯向一侧。他用来裁开书页的一把镶金的孔雀石裁纸刀，跌落在他的脚下。他的膝盖上放着一个华丽的印度水烟筒的琥珀烟嘴，珐琅质螺旋形烟筒像条蛇似的躺在房间的地上。他忘记了吸那清香的烟了。可是，他的蓝眼睛同他的年轻而衰弱的身体正好相反，全部生命仿佛都压缩在眼睛里，一种特殊的感情仿佛在眼睛里闪耀，一开始就给人以强烈的感受。这眼光使人看了难受。有些人可以从这里看到绝望，另一些人可以猜到比悔恨更为可怕的内心斗争。这是无能为力的人的深沉眼光，他将所有欲望都埋藏在心底，或者是守财奴的眼光，他的钱本来可以为他购买欢乐，为着避免钱财减少，他宁愿在想象中享受这些欢乐，而不花钱去买；或者是被铁链锁住的普罗米修斯的眼光，或者是拿破仑失势以后的眼光，他在 1815 年告诉爱丽舍宫，敌人犯了战略错误，请求给他二十四小时的军队指挥权，结果得不到。这是真正的征服者和入地狱者的眼光！或者，更确切一点，这是几个月以前，拉斐尔投向塞纳河或者投向赌桌上他押上最后一枚金币的眼光。他将自己的意志和智力完全听从一个只具备粗浅常识的老农民的摆布，这个老农民在当了五十年仆人以后总算开化了点。他变成了机器人，他几乎为此而觉得高兴，他为了生存而抑制生活，他从灵魂里排除了一切诗意的欲望。他接受了残酷势力的挑战，为着更好地同残酷势力做斗争，他学奥里热纳[①]的样子，保持贞洁，阉割了自己的想象力。

拉斐尔因一份遗嘱突然致富的第二天，他看见了那块驴皮缩小了，那时他正在公证人家里。一位相当受人欢迎的医生，在吃饭后甜点时，很严肃地讲了一个瑞士病人的故事：这个瑞士人害了肺病，在十年里不说一句话，住在牛奶棚里，空气浓浊，他每分钟只呼吸六次，饮食非常清淡，结果他的病治好了。拉斐尔心想："我要做这个人！"他的意思是：不惜任何代价也要活下去。在奢侈豪华的环境中，他过的是蒸汽机式的生活。

当老教师仔细打量这具年轻的活尸时，不禁打了一个寒噤，他觉得在这个消瘦虚弱的躯体上，似乎一切都是假的。他看见侯爵眼露凶光，前额上忧思忡忡，他简直认不出这就是从前他留下深刻印象的精神饱满、红光满面、四肢壮健的那个学生。如果这位传统的老好人，有洞察力的批评家，有鉴赏力的保守分子，曾经读过拜伦的著作，他一定会以为他可以见到恰尔德－哈罗尔德的时候，却见到了曼弗雷德[②]。

拉斐尔用他的滚烫而微湿的手，紧握着老人冰冷的手指，对老师说："您好，波里凯老爹。您身体好吗？"

老人接触到他的发烧的手时不禁吓了一跳。他回答："我很好，您呢？"

"哦！我希望能保持健康。"

"您一定是在从事一部伟大的著作吧？"

拉斐尔回答："不，纪念碑已完成了[③]，波里凯老爹，我写过

① 奥里热纳（约185—254），用希腊文写作的法国神学家，曾经自愿阉割，以利修行。

② 曼弗雷德是拜伦的同名叙事诗的主角，他知道自己已经赎了罪，仍然受着折磨，因此不求上帝恕罪，跳下悬崖自杀。恰尔德-哈罗尔德是拜伦另一杰作《哈罗尔德朝圣记》的主角，充满叛逆精神，据信即拜伦的化身。

③ 原文是拉丁文 Exegi monumentum。

伟大的篇章，我已经向科学永远告别了。现在我连我的手稿在哪儿几乎都不知道。”

老师问：“您的文体一定很纯正吧？我希望您不会使用那种新学派的粗野语言，这个学派以为创造了龙沙[①]就是创造了奇迹。”

“我的著作纯粹是一本生理学的书。”

老师说：“这就是说，大局已定了。在科学中，语法应该满足各种发现的需要。不过，我的孩子，一个清楚而和谐的文体，像马西荣[②]的语言，布丰和伟大的拉辛的语言，加上古典派的风格，是不会坏事的。”老师停顿了一下，又接着说：“可是，我的朋友，我忘记我来这儿的目的了。我的拜访是为一件私事。”

拉斐尔太迟了才想起他的老师在长期的教书生涯中，已经养成了口若悬河的本事，和用婉转的说法来谈问题的才能，他几乎有点后悔不该接待他了；可是当他产生赶他出去的愿望时，他马上压制了自己的秘密欲望，偷偷地朝挂在他前面墙上的驴皮望了一眼，驴皮贴在一块白布上，那决定命运的轮廓，被一条红线沿着驴皮仔细地画了出来。

自从那次要命的大吃大喝以后，拉斐尔便尽量压制自己最轻微的欲念，生活的方式也尽量避免惊动这张可怕的驴皮。这法宝仿佛一只老虎，他不得不同它一起生活，但要尽可能不唤醒它的凶残本性。因此他耐着性子倾听他的老师的冗长叙述。

波里凯老爹花了一个钟头来讲述自从七月革命以来，他所受到的迫害。这位老好人希望有一个强有力的政府，他发表他的爱国愿望，他希望杂货商人仍然站柜台，政治家管理公共事务，律师回到法院，贵族院议员回到议院所在地卢森堡宫。可是公民国

① 龙沙（1524—1585），法国诗人，七星诗社的领袖。
② 马西荣（1663—1742），法国宣教士，擅长以简单而雄辩的道理说服人。

王[1]的一位人民部长却认为他是一个卡洛斯派[2]，把他从教席上赶了下来。老人失了业，既没有退休金，也没有了面包。他原是他的一个穷侄子的保护人，他为侄子交付圣絮尔皮斯神学院的膳宿费，他这次来，与其说是为他自己，不如说是为他的养子，来求他过去的学生，向新任的部长求情，不是给他复职，而是在外省派他个公立中学校长的职务。

老好人的单调的声音在他耳边停下来的时候，拉斐尔正在不可抵抗地昏昏欲睡。出于礼貌，他注视着老人几乎凝定不动的泛白眼睛，老人的叙述又缓慢又冗长，使他被一种惯性力所麻木和吸引住了。

拉斐尔回答道：“善良的波里凯老爹，我对这事毫无办法，一点办法都没有。”其实他根本不确切地知道他回答的是哪个问题，只是随口回答：“我有强烈的愿望，希望您能如愿以偿……”

这时候，拉斐尔根本没有注意到他这几句表现自私和毫不在乎的平常话，会在老人枯黄和多皱的脸上产生什么反应，他只是像一只受惊的狍子般直起身子。他看见了一条浅浅的白线出现在黑色的驴皮边缘和红色的轮廓线之间，他不禁发出了一声可怕的尖叫，把可怜的老师吓坏了。

拉斐尔破口大骂：“滚！老傻瓜！一定会让您当上中学校长的！难道您不能问我要一笔一千埃居的终身年金，却要我许一个要我的命的愿望吗？要不，您的来访就不会给我带来任何损失。在法国有十万职位，而我只有一条命！一条人命抵得上世界上所有的职位。若纳塔斯！”

老仆人应声而至。

拉斐尔指着吓呆了的老人对他说：“你这个大傻瓜，这就是

---

① 指法王路易-菲力普。

② 指拥护西班牙国王卡洛斯的人，这些人赞成绝对的专制政体。

你干的好事！为什么要我接见这位先生？我把灵魂交给你是让你随意毁坏的吗？你这片刻工夫就夺走了我十年的寿命！再犯一次同样的错误，你就会把我带到我埋葬父亲的地方。难道我不想得到标致的福多拉，却愿意为这个老骨头架子、衣衫褴褛的老头子承担义务吗？我有的是钱，可以给他。再说，就算全世界的波里凯都饿死了，对我又有什么关系？”

愤怒使拉斐尔的脸色泛白，薄薄的一层泡沫在他的哆嗦着的嘴唇上冒出来，眼睛的表情是残酷的。两个老人看见这种情景，都禁不住战栗起来，仿佛两个小孩面对一条蛇似的。拉斐尔倒在一张靠背椅上，他的灵魂深处产生了反作用，从两只发光的眼睛里泪如泉涌。

拉斐尔边哭边说：“啊！我的生命！我的美好的生命！再也不能乐善好施了！再也没有爱！什么也没有了！”

他转过来对着教师，接着用温柔的声音说：“现在木已成舟了，我的老朋友。我会大大地报答您对我的关心照顾的。我的不幸，至少会使一个善良而可敬的人得到幸福。”

他说这几句几乎令人听不懂的话时，声调里充满了感情，感动得两个老人哭了起来，就像他们听见了用外国语言唱的一首回肠荡气的歌一样。

波里凯低声说：“他是害了癫痫病。”

拉斐尔接着温柔地说：“我感谢您的善意，您这是想原谅我。生病是偶然的事，不讲人情才是罪过。现在请走吧，”他又补上一句：“明天或者后天，也许就在今晚，您就会收到您的委任状，因为抵抗①已经战胜了行动②。再见吧。”

老人走了，心里充满了恐怖，十分担心瓦朗坦的精神健康。

---

① 抵抗，指1830年七月王朝时的抵抗党，反对一切民主改革。

② 行动，指七月王朝时的行动党，主张逐步进行民主改革，很快就被抵抗党所排挤。

刚才发生的一切，对他说来似乎是一种神奇现象。他怀疑自己，自问是不是刚从噩梦里醒过来。

拉斐尔对他的老仆人说："听我说，若纳塔斯，你应该弄明白我委托你的任务是什么。"

"是的，侯爵老爷。"

"我好像是一个被剥夺了普通法律权利的人。"

"是的，侯爵老爷。"

"人生的一切娱乐都环绕着我的死亡之床演出，就像美女当着我的面跳舞一样，如果我召唤她们，我就死亡。始终离不开死字！你应该成为世界和我之间的一道栏栅。"

老仆人从满是皱纹的额头上揩去汗珠，说："是的，侯爵老爷。不过，如果您不想看见那些美女，您今晚到意大利剧院去干什么？一家英国人要回伦敦，把订好的包厢转让给我，您就拥有一个极好的包厢。噢！这包厢真是了不起，是在二楼的。"

拉斐尔在陷入深深的沉思，没有听见这些话。

你看见过这辆豪华的马车吗？这辆外表简陋、棕色的双座四轮轿式马车，车身上闪耀着一个贵族世家的家徽。这辆马车疾驰而过时，引起轻佻的女工们一片赞美声，她们羡慕它的黄色彩缎，名厂出品的铺毯，鲜艳得像稻秆似的绦子，柔软的车垫和寂静无声的车窗玻璃。两个穿制服的侍从站在这辆贵族马车的后面；可是在车厢里，软绸的靠背上，却倚着一个眼圈发黑的滚烫的脑袋，那是拉斐尔的脑袋，他正在满怀悲伤而沉思着。这真是有钱必然带来不幸的图像！他像火箭般乘坐马车穿越巴黎，到达法瓦尔剧场的列柱廊，马车的踏板放了下来，他的两个侍从扶着他，一群心怀嫉妒的人们注视着他。

一个读法科的穷学生，因为缺少一个埃居，不能进去听罗西尼的神奇乐曲，他说："这家伙为什么能够这么有钱呢？"

拉斐尔在大厅的走廊里慢慢地走着，过去他那么强烈地羡慕过的乐事，现在对他一点也没有吸引力。他在等待罗西尼的歌剧《塞米拉米德》第二幕的开演，便在休息室里漫步，在走廊里徘徊，对他新近得到还没有进去过的包厢毫不放在心上。在他内心深处，所有权利观念早已不复存在。同所有病人一样，他关心的只是他的心病。

拉斐尔倚在壁炉台上，壁炉周围，休息室中间，挤满了年轻和年老的时髦人物，过去的和新任的部长，有爵位没封地的贵族议员，有封地没爵位的贵族议员，这是七月革命造成的结果，还有就是一大批投机家和新闻记者。拉斐尔看见离他几步远的地方，人丛中有一个古怪而神奇的面孔。他走上前去，无礼地眯着眼睛对着这个怪人，想靠近点观察他。

他对自己说："好一幅令人赞赏的图画！"

这个怪人很自负地显露出来的眉毛、头发和马扎兰式的两撇八字胡子，全都染成黑色；但是，也许因为头发太白了，涂上的发蜡产生一种紫色的不自然颜色，而且色调随着光线的强弱而不断地起变化。他的狭窄而扁平的脸上，所有皱纹都被很厚一层又红又白的化妆品所填满，表示这个人既狡猾又焦虑不安。这层涂在脸上的颜色，有些地方涂漏了，很古怪地突出了老人的衰老和铅灰面色；因此，在看见这个尖下巴、凸额角，十分像那些德国牧人在闲暇时用木头雕成的怪头像时，是没有法子不笑出来的。如果轮流细看拉斐尔和这位年老的阿多尼斯[①]，一个仔细的观察者就会从侯爵身上认出他有老人的面孔，却有年轻人的眼睛，从怪人身上看出他有老人的呆滞眼光，却有年轻人的面孔。

瓦朗坦尽力回忆在什么情况下他看见过这个矮小的干瘪老

① 阿多尼斯是希腊神话中的美少年。

头；这老头打着漂亮的领带，穿着壮年人的长靴，把马刺弄得铮铮响，交叉着胳膊，仿佛他像一个活跃的青年，有使不完的精力可以消耗似的。他走起路来没有流露出丝毫困难，也没有不自然的样子。他的时髦的上衣，钮子扣得整整齐齐，把一副强壮的老骨骼乔装打扮，变成一个还追随着新潮的年老的花花公子。这个有生命的玩偶，在拉斐尔的心中，具有鬼魂出现的全部魅力，他欣赏着他，像欣赏一幅伦勃朗的老作品，不过这幅旧画已被烟熏黑，重新修复过，涂过漆，装在新画框里。

这种比较使拉斐尔在纷乱的记忆中找到了事实真相的痕迹：他终于认出怪人就是那个古董商人，给他带来不幸的那个人。这时候；怪人两片冰冷的嘴唇上，突然现出无声的笑容，露出一排假牙齿。看见这笑容，拉斐尔的活跃的想象力立刻认为这个怪人同画家理想中的歌德笔下的魔鬼惊人的相像。

千种迷信思想霸占了拉斐尔强有力的心灵，这时他才相信魔鬼的力量，相信被诗人写进作品中的一切中世纪传说中的妖术。他带着恐怖拒绝接受同浮士德相同的命运，突然间求救于上苍，就像垂死的人一样，虔诚地相信上帝，相信圣母。一道耀眼而清新的光辉，使他能够看到米开朗琪罗和拉斐尔所描画的天空：云端，一个白胡子的老人，长着翅膀的天使头像，一个坐在圆光中的标致妇女。现在他懂得了，他接受了这些天才的创作；这些充满想象力而且富有人情味的作品，可以向他解释清楚他的遭遇，而且还给了他一个希望。可是当他的眼光又落到意大利剧院的休息室时，他看见的不是圣母，而是一个迷人的姑娘，那个讨人厌的厄弗拉奇，体态轻盈、腰肢柔软的舞女，她穿着一件光彩夺目的袍子，上面缀满东方的珍珠，很不耐烦地来到等得很不耐烦的老头儿身边；她神态傲慢，目中无人，双眼闪闪发光，向着充满羡慕眼光和怀着投机取巧心情的人群显示老头子拥有无限财富，而她正在挥霍这些财富。

拉斐尔回想起当初他是怀着嘲弄的心愿从老人手里接受这件致命的礼物的，现在他眼看到这个具有最高智慧的老头，过去似乎是不可能堕落的，却堕落到这种地步，他不由得尝尽了报复的愉快。百岁老头对着厄弗拉齐惨笑了一下，厄弗拉齐用一句爱情的话来回答他；他用干瘪的胳膊挽着她，在休息室里兜了两三个圈子，很愉快地接受了人群对他的情妇投来的热情眼光和恭维的话，根本看不见那些轻蔑的微笑，也听不见别人对他的尖刻的嘲笑。

一群浪漫青年中最潇洒的那个大声喊道："这个年轻的吸血女鬼，是从哪一块墓地里挖出来这具尸首的哟？"

厄弗拉齐蓦地微笑起来。说这句玩笑话的是一个金发的青年，蓝眼睛炯炯有光，身材苗条，蓄着小胡子，穿一件改短了的燕尾服，帽子歪戴在耳朵上，说话对答如流，很有风度。

拉斐尔心里想："有多少老人，一生正直，勤劳，道德高尚，到头来以做一件蠢事告终。这一个双脚已接近坟墓，还在谈恋爱。"

瓦朗坦走上前去一把抓住老头，同时向厄弗拉齐瞟了一眼，大声说："喂，先生，您难道忘记了您的那套哲学的严厉准则了吗？"

那个商人用微弱的声音回答："啊！我现在像一个年轻人那样幸福。我把人生颠倒过来。一小时的爱情抵得上整个人生。"

这时候，观众听见了第二幕开演的铃声，都离开休息室回到自己的座位上去。老头子同拉斐尔也分了手。

侯爵回到包厢以后，瞥见了福多拉，她的包厢在大厅的另一侧，恰好在他的对面。伯爵夫人一定是刚来不久，她将披肩往后一撂，露出脖子，做出卖弄风情的女人刚落座时的种种小动作，所有的视线都集中在她身上。一个年轻的法国贵族院议员陪伴着她，她向他要回她让他拿着的望远镜。从她的手势，从她注视这个新伴侣的态度，拉斐尔猜得出他的后继者受到的是何等专横暴虐的待遇。这个青年一定是像他过去那样受过迷惑，像他那样上过当，像他那样用真诚爱情的全部力量，来同这个女人冷酷的心计做斗争，也一定受着瓦朗坦过去受过的痛苦，幸而瓦朗坦现在已经摆脱了这些痛苦。

福多拉用望远镜看遍了所有包厢，很迅速地观察了一下各种化妆，确信她的服饰和美貌已经压倒整个巴黎最标致和最时髦的女人以后，她的脸上浮现出难以形容的快乐。她开始哈哈大笑，以便向人显露她的雪白的牙齿，她晃动她的饰满鲜花的脑袋让人欣赏，她的视线从一个包厢移到另一个包厢，她嘲笑一位俄国公主很笨拙地把一顶贝雷帽扣在前额上，或者一个银行家的女儿，戴了一顶有缺陷的帽子，显得十分难看。猛然间，她的脸色发青了，因为她遇到了拉斐尔固定在她身上的视线。她过去看不起的情郎，以一道叫人难以容忍的蔑视眼光，像雷击似的打到她的身上。当所有受她驱逐的情郎都不敢低估她的威力时，瓦朗坦是世界上唯一一个不受她诱惑的人。权力如果受到对抗，对抗的人又得不到惩罚，这种权力就濒临破产边缘。这项准则深深地铭刻在一个女人的心里，比在一个国王的脑袋上更深刻。因此福多拉在拉斐尔身上看到了她的魅力和献媚本领的死亡。昨天晚上，拉斐尔在歌剧院所说的一句话，已经在巴黎所有的沙龙里成为一句名言。这句可怕的讽刺话的刀锋，已经在伯爵夫人身上造就了一个不能治愈的伤口。在法国，我们会运用烧灼术来治愈伤口，但是我们还不懂得用什么药物来医治一句话所造成的痛苦。

这时候，所有的女人都轮流观看侯爵和伯爵夫人，福多拉恨不得躲进巴士底监狱的地牢里，因为尽管她有伪装的天才，她的情敌们都能猜出她内心的痛苦。最后，她连最末一个自我安慰的机会也失掉了。这句美妙的话："我是最美丽的女人！"原来是永远可以平息她的虚荣心所产生的一切苦恼的，现在也成了一句谎话。

第二幕上演的时候，一个女人走进拉斐尔旁边一个一直空着的包厢里。整个正厅的观众不由得发出了一阵赞美的低语声。这个人脸构成的海洋，搅动了它的智慧的浪涛，所有的视线都集中到这个陌生女人身上。青年和老年观众造成的嘈杂声时间那么长，使得帷幕上升的时候，乐队的乐师们不得不先回过头来要求观众安静，可是他们跟着也喝起彩来，增加了嘈杂的程度。每个包厢里都开始热烈的谈话。女人们都拿起了双筒望远镜，突然焕发了青春的老人们用他们的皮手套来揩拭望远镜。渐渐地兴奋嘈杂安静下来，歌声在舞台上响起了，一切又复归正常。有教养的观众，对刚才不自觉的行动感到羞耻，恢复彬彬有礼的贵族式冷静态度。有钱人想对任何事情都不表示惊异，他们就不得不承认第一眼就能看出一件美好事物的缺点，因而他们就不必加以赞美，因为赞美是庸俗的感情。然而也有几个男人，不听音乐，继续动也不动地陷入天真的陶醉中，专心一意地欣赏拉斐尔邻座的女子。

瓦朗坦瞥见楼下一个包厢里有泰伊番的血红色的下流面孔，他的身边坐着阿基莉娜，他对瓦朗坦做了一个表示赞许的鬼脸。接着，他又看见了埃米尔，他站在正厅前座里，似乎在对拉斐尔说："瞧你身边的美人儿！"最后，他又看见了拉斯蒂涅，他坐在德·纽沁根夫人和她的女儿旁边，正在使劲地绞扭自己的手套，仿佛表达一个男人被拴住在那里，不能到那个天仙似的美女身边的绝望心情。

拉斐尔的生命取决于他同他自己签订的契约，这契约到目前为止还没有违反过，契约的内容是他承诺从今以后他绝不仔仔细细地看任何妇女，以免陷入诱惑，他戴上一副夹鼻眼镜，镜片经过艺术地显微处理，能破坏最美好和谐的轮廓，换成丑恶的形象。今天早上，他出于礼貌随便许了一个愿，那张驴皮居然很快就缩小了，现在他心有余悸，所以他下定决心，绝不回头去看他的邻座。

他像一位公爵夫人那样端坐着，背对着包厢的角落，很无礼地把陌生女人的视线挡住一半，那神气像是看不起她，而且根本不知道一位美女正坐在他的背后。这位美女照抄拉斐尔的坐法，她把手肘搁在包厢的边上，脑袋侧转四分之三，注视着舞台上的歌手，仿佛她是在给画家摆好姿势当模特儿。这一男一女两个人很像两个闹翻了的情人，正在互相赌气，只等说出一句爱情的话，两人便会拥抱接吻。有时，女人的轻柔的鸟翎或者她的头发拂着拉斐尔的脑袋，产生了一种快感，他便勇敢地抗拒诱惑；过了不久，他感觉到长袍边缘薄花边的蜂窝状褶裥轻轻地碰了他一下，长袍本身的褶裥发出的柔和的窸窣声，也构成了充满魔力的轻微抖动；最后，这个美女的呼吸所引起的胸部、背部和衣服的难以觉察的动作，她的整个可爱的生命突然间像带电的火星那样传达到拉斐尔的身上；她身上的珠罗纱和花边忠诚地把她雪白而赤裸的背脊所产生的美妙热量，传达到他的发痒的肩膀上。

由于大自然的任性摆布，这两个被礼仪分开，被死亡的深渊隔开的男女，正在呼吸着同样的空气，也许在互相想念着。沁人心脾的芦荟香气，正在使拉斐尔陶醉。他的想象力受到障碍的刺激，更是胡思乱想一通，很快就在他的眼前画出一个女人热情兴奋的脸。他猛然转过身来。那个陌生女人无疑也是由于同一个陌生男子接触而感到不快，她也做了一个相同的动作；他俩脸对着脸，被同样的思想所推动。

“波利娜！”

“拉斐尔先生！”

他们两人都惊呆了，一时间静静地互相凝视着。拉斐尔看见波利娜衣着打扮简单而雅致大方。透过那层贞洁地遮盖住她的胸脯的薄纱，一双锐利的眼睛可以窥见像百合花般洁白的皮肤，猜想得出连女人也羡慕的胸脯形状。还有就是她的始终如一的处女的端庄，天使般的天真和优美的仪态。她的衣袖显示出她的躯体和心灵都在突突地跳动。

她开口了：“啊！明天请您到圣康坦公寓来，来取回您的稿件。明天中午我也在那里。请您准时来。”

她急匆匆地站了起来，走了。拉斐尔很想跟着波利娜，但又怕连累了她，只好留下来，他看了看福多拉，觉得她丑陋不堪。他发觉自己对舞台上所唱的歌一句也没有听懂，剧场里使人窒息，心里又难受，便走出剧场，回到家里。

他躺在床上的时候对老仆人说：“若纳塔斯，请您给我一块方糖，在上面滴上半滴阿片酊，明天要在中午前二十分钟才叫醒我。

第二天他注视着那张驴皮怀着极端的不安大声说：“我的愿望是要波利娜爱我！”

那张驴皮动也不动，它似乎已经丧失了收缩的功能，对于一个已经实现了的愿望，它当然是无能为力的了。

“啊！”拉斐尔大叫起来，他觉得似乎卸下了一件铅袍，自从那天他接受那张驴皮时起，他就穿上了这件铅皮斗篷，“你胡说，你不听我的话，契约就作废哩！我自由了，我要活下去。原来这是一个恶作剧的玩笑。”

嘴里虽然这么说，他的心里却不敢相信他自己的想法。他像以前那样简简单单地穿衣打扮，想步行去重访他的旧居，设法回想一下过去的快乐日子，那时他毫无危险地想许愿就许愿，想干什么就干什么，那时他还没有鉴别过人间的一切享受。他走着走着，所看见的波利娜已经不是圣康坦公寓的波利娜，而是昨天的波利娜，一个经常梦见的完美无缺的情妇，一个聪明的姑娘，多情，有艺术素养，理解诗人，理解诗歌，生活在富贵豪华中；总而言之，她是具有美好灵魂的福多拉，或者当上伯爵夫人、拥有像福多拉那样千万家财的波利娜。

他来到破旧的门槛前面，踏上碎掉的石板，这扇门，他曾经多少次带着绝望的心情进出过，一个老妇人从客厅里出来对他说："您就是拉斐尔·德·瓦朗坦先生吗？"

他回答："是的，大娘。"

老妇人又说："您认识您的旧住所，主人在等着您呢。"

他问："这所公寓仍旧是戈丹太太开的吗？"

"啊！不是了，先生。现在戈丹太太是男爵夫人了。她现在住在河对岸她自己所有的一所漂亮房子里。她的丈夫归来了。天哪！他带回来成千上万家财。人家说她有能力将整个圣雅各区买下来，只要她愿意的话。她无偿地把她的营业资产和未到期的租约都转让给我。啊！这是一位善良的妇人。今天她一点不傲慢，就像她从前也不傲慢一样。"

拉斐尔慢慢地走上他的顶楼，他到达最后一级楼梯时，他听见了钢琴声。波利娜在房间里，很朴素地穿着一件轧光高级细洋纱袍子，可是从袍子的式样，手套，帽子和披肩随意扔在床上的样子看来，她是拥有巨大财富的。

波利娜回过头来，用一个天真的高兴动作站立起来，叫道："啊！您终于来了！"

拉斐尔走过去坐在她身边，脸涨得通红，又羞愧，又高兴；他一言不发地注视着她。

她觉得她的脸一阵热要泛红色时，低垂了眼睛，接着说："您为什么要离开我们？您现在怎么啦？"

“啊，波利娜！我非常不幸，过去是，现在还是！”

“真是这样！”她喊起来，充满了同情和感动。“我昨天看见您就猜到了您的命运，您穿着很讲究，表面上很富有，实际上呢？嗯！拉斐尔先生，现在是不是还跟以前一样？”

瓦朗坦忍不住流出了几滴眼泪，泪水在他的眼睛里打转，他喊道：“波利娜！……我……”他说不下去了，他的眼睛里闪耀着爱情，他的心情充分流露在他的眼光里。

波利娜大叫起来：“啊！他爱我！他爱我！”

拉斐尔点了点头，因为他激动得连一句话也说不出来。看见他点头，年轻姑娘抓住他的手，紧紧握住，一会儿笑着对他说话，一会儿又呜咽着：

“有钱了，有钱了，幸福，有钱，你的波利娜有钱了。我曾经千百次重复说过：我愿意用世间的所有财富来偿付‘他爱我’这句话。啊，我的拉斐尔！我拥有几百万财富。你是喜欢过奢华生活的，你一定满意了；可是你也必须爱我的这颗心，这颗心里对你有说不尽的爱！你不知道吗？我的父亲回来了。我现在是一个富有的继承人。我的母亲和父亲让我完全掌握自己的命运，我自由了，你懂吗？”

拉斐尔正处在极度兴奋之中，他抓住波利娜的手，过分热烈地、过分贪婪地吻着，使得他的吻类似一种痉挛。波利娜挣脱双手，把手搁在拉斐尔的肩上，搂住他；他们彼此心心相印，带着圣洁的和甜蜜的热情，紧紧拥抱，互相接吻，没有任何不可告人的想法，用一吻来确定他们的热情，这是两个灵魂互相拥有对方的第一吻。

“啊！”波利娜跌落到椅子上叫起来：“我再也不想离开你了，”她红着脸接着说：“我也不知道从哪儿来的这股勇气！”

“勇气吗，我的波利娜？啊！不必害怕，这是爱情，真正的、深刻的、永恒的爱情，像我对你的爱情一样，不对吗？”

她说：“啊！说话吧，说吧，说吧。你的嘴巴已经很久没有对我说话了！”

“你过去也在爱我吗？”

“啊！天哪，你问我是不是过去也在爱你！你瞧，在为你收拾房间的时候，我多少次为你和我的贫困哭过。我为了使你少一分忧愁，宁愿将我自己卖给魔鬼！今天，我的拉斐尔，你是真正属于我的了，你的漂亮的脑袋是我的，你的心是我的！啊！是的，尤其是你的心，那是永恒的财富！……”她歇了一下，接着说：“我说到哪儿了？啊！想起来了：我们有三百万,四百万,五百万法郎，我想是的。假使我现在仍是穷鬼，也许我就珍惜能够用你的姓，被尊称为你的夫人了；可是，时至今日，我只愿为你牺牲整个世界，我仍然愿意做，而且永远愿意做你的女仆。好吧，拉斐尔，我今天献给你我的心，我的财产，并不比那一天我在这里，”她指着桌子的抽屉说，“放下某个五法郎的银币，更多一点东西。啊！那时候你的快乐叫我多么心痛。”

拉斐尔大声说：“为什么你现在要有钱？为什么你没有虚荣心？我不能为你做任何事情了。”

他感到幸福、绝望，又充满爱情，只好绞扭着双手。

“等你成为德·瓦朗坦侯爵夫人以后，我知道你，天使般的灵魂，这个爵位头衔和我的财产对你来说，不值……”

“不值你的一根头发。”她大声说。

“我也一样，我也有几百万财产；可是现在财富对我们有什么用？啊！我有一条命，我把它献给你，你拿去吧。”

“啊！你的爱情，拉斐尔，你的爱情抵得上整个世界。怎么，你的思想也属于我吗？那我就是幸福女人中最幸福的人了。”

拉斐尔说：“人家要听见我们说话了。”

她不由自主地做了一个淘气的手势，回答说："这里一个人也没有。"

瓦朗坦向她伸出双臂大声说："那么，来呀。"

她跳过去坐在拉斐尔的膝盖上，用手搂住他的脖子，对他说：

"吻我，为了您曾引起我的全部哀愁，为了忘却您的快乐给我造成的痛苦，为了我画隔热屏而度过的无数夜晚。"

"什么，隔热屏！"

"既然我们已经有了钱，我的宝贝，我可以把一切真相告诉你。可怜的人！要欺骗一个聪明人是多么容易的呀！你想一想，你能够每星期两次有洁白的背心和干净的衬衫吗？你喝的牛奶比你花钱买的要多两倍以上。我处处都欺骗你：火、油、金钱，都骗过你。哦！我的拉斐尔，不要娶我做妻子，"她笑着说，"我是一个过分奸诈的女人。"

"可是你到底做了些什么？"

她回答道："我每晚干活干到清晨两点，我画隔热屏赚来的钱，我把一半给我妈，另一半给你。"

他们互相注视了一会儿，由于快乐和爱情都变呆了。

拉斐尔叫起来："啊！我们终有一天要为现在的幸福，付出可怕的悲伤作为代价。"

波利娜叫起来："你难道已经结婚了吗？唔！我不愿意把你让给别的女子。"

"亲爱的，我还没有结过婚。"

她重复一句："还没有结过婚。没有结过婚，你就是我的了！"

她滑到他的膝盖上，合拢双手，凝视着拉斐尔，神态热情而虔诚。

她把一只手伸进拉斐尔金黄的头发里，接着说："我真害怕我发疯了。你多么可爱！你的那位福多拉伯爵夫人，她真是傻瓜！昨天我看见所有的男人都向我致敬时，我心里多么高兴。她却从来没受人欢迎过，她！我说，亲爱的，你的胳膊碰到我的背部时，我听见耳朵里有一种古怪的声音在冲我叫喊：他就在那里。我回过头来，就看见了你。啊！我不得不赶快逃走，因为我觉得有一种欲望，驱使我跳到你的脖子上搂住你。”

拉斐尔大声说：“你还能够说话就算是太幸福的了。我吗，我心里很痛苦。我真想大哭一场，可是我不能。请不要把手缩回去。我觉得我能够一生一世这样注视着你，我就够幸福的了，够满意的了。”

“啊！请把这句话重复说一遍，我的爱人！”

拉斐尔流下一滴热泪，落在波利娜的手上，他接着说：“这句话算什么？过些时候，我会向你倾诉我的爱情，眼前这时刻我只能感觉爱情……”

她喊道：“啊！你这美丽的灵魂，优秀的天才，我所非常熟悉的这颗心，完全是属于我的了，就像我是属于你的一样。”

拉斐尔用激动的声音回答：“是的，永生永世都是这样，我的温柔的爱人。我要娶你为妻，你将成为我的好保护神。你的在场总能驱走我的忧伤，清洗我的灵魂；眼前这时候，你的天使般的微笑，可以说，已经把我净化了。我相信我已经开始了新生活。我的残酷的过去和我可悲的疯狂行为，对我说来，好像只是噩梦一场。在你身边，我是纯洁的。我呼吸到了幸福的空气。啊！希望你永远留在我身边。”他说完就圣洁地把她紧贴在他怦怦跳动的心头上。

波利娜心醉神迷地喊道：“死神愿意在什么时候来就来吧，我的一生不算虚度了。”

能够理解他们的快乐的人是幸福的，因为他一定有过切身的体会。

经过几小时的沉默以后，波利娜说："啊！我的拉斐尔，我希望从今以后没有人能走进这间可爱的顶楼。"

侯爵回答："一定要把门砌墙封死，在天窗口上加上铁栅栏，而且买下这所房子。"

她说："就这么办。"稍停片刻她又说："我们有点忘记找你的稿子哩。"

他们天真地笑了起来。

拉斐尔喊道："呸！我对所有的科学都不在乎。"

"喂，先生，光荣呢？你在不在乎？"

"你就是我唯一的光荣。"

她翻阅着稿纸说："你写这些蝇头小字，实在是可怜。"

"我的波利娜……"

"是呀，我是你的波利娜。怎么样？"

"你住在哪里？"

"圣拉扎尔街。你呢？"

"瓦雷内街。"

"我们住得相隔多远呀，一直要等到……"说到这里她停了下来，露出撒娇和狡黠的神情注视着她的男友。

拉斐尔回答："可是我们最多还要分开半个月罢了。"

她像个孩子般跳起来："真的！再过半个月我们便要结婚了。"她接着又说："哦！我是一个不近人情的女孩子，我既不想爸，又不想妈，在这世界上我什么也不想！你大概不知道，亲爱的，我父亲正在身患重病。他从印度回来时已经病得不轻。他差点儿就死在勒阿弗尔，我们是到那里去接他回来的。"她瞧了瞧表嚷道："啊！天哪！已经3点钟了。我应该在4点钟他睡醒前到家。现在家务由我主持。我的母亲一切都听我的，我的父亲宠爱我，可是我不想滥用他们的仁慈，这样做是不好的！可怜的父亲，昨天是他要我去意大利剧院的，明天你要来看他，对吗？”

“德·瓦朗坦侯爵夫人肯赏脸让我挽着她的胳膊吗？”

她说：“啊！我要把这间房间的钥匙带走。我们的宝贝住所，难道不是一座宫殿？”

“波利娜，再亲一个吻好吗？”

她注视着拉斐尔说：“一千个吧！我的上帝，以后永远是这样，我简直是在做梦。”

他们慢慢地走下楼梯，然后，两个人紧紧挨着，迈着同一步伐，在相同幸福的笼罩下打着战，像两只鸽子那样贴在一起，一直走到索邦广场上，波利娜的马车在那里等她。

她大声说：“我想到你家里去。我想看看你的卧房，你的书房，坐到你工作的桌子前面。”她红着脸又补充一句：“正像从前那样。”她又对她的一个仆人说：“约瑟夫，我先到瓦雷内街，然后回家。现在是3点1刻，我要在4点钟到家。乔治，得把马儿赶快点。”

一对情侣在很短时间内就被带到瓦朗坦的公馆。

波利娜揉着挂在拉斐尔床前的丝质帷幔嚷起来：“啊！我多么高兴能够仔细察看这一切呀。以后我入睡时，我就想象睡在这儿。我还想象你的脑袋枕在这个枕头上。告诉我，拉斐尔，在购买公馆的家具时，你有没有征求过别人的意见？”

“没有。”

“真的吗？不是有一个女人……”

“波利娜！”

“啊！我觉得我嫉妒得叫人讨厌了。你有很好的鉴赏力。明天我也想要一张跟你一样的床。”

拉斐尔陶醉在幸福中，搂住了波利娜。

她说：“啊！我的父亲！我忘记了我的父亲！”

拉斐尔叫起来："我要送你回家，因为我想一刻也不离开你。"

"你真多情！我还不敢向你作这个建议呢……"

"你难道不是我的生命吗？"

如果忠实地把这些谈情说爱的絮絮叨叨的说话记录下来，那是够枯燥无味的，只有他们说话的声调、眼神、不可言传的手势，才是有价值的。拉斐尔陪着波利娜一直回到她的家里，自己在归途中心里充满了快乐，同一个人在世上能感受到和享有的快乐一样多。

他回到家里坐在火炉旁边的靠背椅上，想起了他的一切希望都突然全部实现了，一个冰冷的念头穿过他的心，宛如一把匕首的钢刃穿透胸膛一样，他瞧了瞧那张驴皮，发觉驴皮稍稍缩小了一点儿。他随口飞出一句法国人最伟大的国骂，并不像安杜丽特修道院的女院长那样有虚伪的迟疑。他把脑袋倚在靠背椅上，动也不动地凝视着一只挂衣钩，却视而不见。

他叫起来："伟大的上帝！怎么啦！我的全部愿望，都实现了！可怜的波利娜！"

他取过一把圆规，量一量这天早上他短少了多少生命。

他说："我只剩下两个月的生命了。"

他的毛孔里沁出了冷汗，猛然间他像发了疯似的做出了一个难以形容的举动。他抓住那张驴皮嚷道：

"我真蠢！"

他走出去，飞奔起来，穿过花园，把那件法宝一直扔到井底，嘴里说："听天由命吧！所有这些蠢事都见鬼去吧！"

拉斐尔听凭自己享受爱情的幸福，心心相印地同波利娜生活在一起。他们的婚礼，为着一些不值得道出的原因推迟了，要在3月初举行。他们彼此经过考验，绝不怀疑他们自己，幸福已经显示了他们爱情的全部力量，从来没有见过两颗心，两种性格，像他们那样被爱情完美地结合在一起。他们越是互相研究，就爱得越深；他们彼此互相体贴，具有同样的羞耻心，同样的快感，一切快感中最甜蜜的快感，那是天使的快感。他们的天空上没有云朵；他们一方的愿望，就是另一方的天经地义，反过来也是一样。

他们两个人都很有钱，他们不知道有什么异想天开的事是他们所不能办到的，因而他们从不胡思乱想。一种高尚的情操，爱美的感情，和真正的诗意，正在给妻子的心灵以活力；她蔑视有钱人家庸俗的装饰品，丈夫的一个微笑，在她眼中就比霍尔木兹[①]的所有珍珠更美，平纹细布和鲜花就成了她的最奢侈的装饰品。波利娜和拉斐尔躲避社交界，他们觉得孤寂生活多么美，多么富有收获！

那些终日无所事事的人每天晚上准能在意大利剧场或者歌剧院看见这对未办法律手续的漂亮夫妻。开始时某些恶意中伤的话在沙龙里传为笑料，可是过了不久，巴黎发生了一连串的重大事件，使人忘记了这对无害于人的情侣；最后，似乎为了使假正经的人们得到满足，他们宣布了婚期，正巧他们的用人们都是守口如瓶的，因而，没有什么过分尖锐的恶意中伤来处罚他们的幸福。

将近 2 月底的那些日子里，天气晴好，使人相信快乐的春天就在眼前。一天早上，波利娜和拉斐尔一起在一个小温室里吃早饭，温室像一个饰满了鲜花的客厅，同花园平行。冬天温和而微弱的阳光，透过稀疏的小灌木射进来，使室内暖和多了。各种不同树叶和不同颜色的花丛之间的强烈对比，光和影的难以预测的变化，都使人感到赏心悦目。

当整个巴黎还在悲惨的火炉前面取暖时，这对年轻夫妇就在

① 霍尔木兹是伊朗的一个小岛，有赭石矿产。

山茶花、丁香花和欧石南组成的绿廊下面开怀大笑。他们快乐的脑袋在水仙、铃兰和孟加拉玫瑰丛中升起。在这个奢侈豪华的温室里，他们脚上踩的是一块像地毯一样着了颜色的非洲草席。用人字斜纹布装饰的墙壁，没有任何潮湿的痕迹。家具都是木制家具，表面上看来粗糙，其实光滑到闪闪发亮。一只幼猫蹲在桌子上，是被牛奶的香味引来的，它被波利娜用咖啡弄脏了；波利娜跟它闹着玩，不许它吃到奶油，仅仅让它闻一闻，借以训练它的耐心和延长它同她之间的游戏；每逢它露出一次龇牙咧嘴的怪模样时，她就哈哈大笑起来，而且滔滔不绝地讲了许多逗笑的话来阻止拉斐尔看报，报纸从他手里落下来已经有十次了。大清早的这一幕，饱含着难以形容的幸福，就像一切天然和真实的东西一样。

拉斐尔始终在假装看报，不时偷看一下逗着猫玩的波利娜；他的波利娜裹着一件长晨衣，肌肤微露，他的波利娜头发散乱，穿着黑丝绒拖鞋，露出两只暴出青筋的雪白的小脚。这样随便穿着的波利娜实在迷人，美妙得像韦斯特霍尔[①]画笔下的虚构形象；她似乎同时既是年轻姑娘又是妇人；也许更是年轻姑娘而不是妇人，她享受着完满的幸福，只通过初期的快乐，才认识爱情。

拉斐尔完全沉醉在甜蜜的梦幻里，忘记了手中的报纸，波利娜一把抢过报纸，揉成一团，朝花园一扔，猫儿马上奔过去追逐这团东西，它像政治一样始终环绕着自己团团转。拉斐尔被这场孩子的游戏唤醒了，他想继续读报，做了一个举起报纸的手势，发觉手中已没有报纸，就哈哈大笑起来，他的笑是坦率的、快活的，笑声一再出现就像鸟儿的歌唱一样。

她一边揩去她像孩子般大笑而流下的眼泪，一边说：“我嫉

① 韦斯特霍尔（1765—1863），英国画家，以为莎士比亚及弥尔顿的作品画插图而闻名。

炉报纸，”突然间她重新变成妇人，接着说，“在我面前读俄国的文告，宁愿读尼古拉皇帝的散文，而不愿听爱情的语言，不喜欢爱情的眼色，这难道不是对主人不忠的行为吗？”

“我没有看报，亲爱的天使，我在瞧着你哩。”

这时候，园丁沉重的脚步声，从温室附近传过来了，他的钉了铁钉的鞋子踏在小径的沙子上，嚓嚓作响。

“侯爵老爷，请原谅，要是我打扰了您和侯爵夫人的话，不过我给你们带来了一件我从未见过的古怪东西。刚才我从井里吊上一桶水的时候，对不起，我带上这棵古怪的水生植物！瞧，这就是！它准是习惯在水里生活的，因为它一点不湿，也不发潮。它像木头一样干燥，也不油腻。侯爵老爷肯定比我学问大，我想应该把它带来给您，您一定会感兴趣。”

园丁拿给拉斐尔看的，就是那块无法逃避的驴皮，现在它只有六方寸[①]的面积了。

拉斐尔说：“谢谢，瓦尼埃尔，这真是一件十分古怪的东西。”

波利娜叫起来：“你怎么啦，我的天使？你脸色都变白了！”

“您可以走了，瓦尼埃尔。”

波利娜又说：“你的声音真吓人，都完全变了样子。你怎么了？你觉得怎样？你哪儿不舒服？你病了！请个医生来！”她大声喊，“若纳塔斯，来帮忙呀！”

拉斐尔已恢复冷静，他回答说：“我的波利娜，请你住口。我们出去吧。我身边有一种花的香味，我闻了不舒服。也许就是这株马鞭草。”

波利娜飞过去抓住那株无辜的小树，朝花园里一扔。

“啊！天使，”她边喊边紧紧搂住拉斐尔，搂得像他们的爱情

---

① 这里是指法古长度单位，等于十二分之一法尺，约合二十七点零七毫米。

那么有力，同时引人爱怜地将鲜红的嘴唇送给他吻，“看见你脸色发白，我明白了我不能活得比你长，因为你的生命就是我的生命。我的拉斐尔，请你把手抚摩着我的背。我觉得我还在昏厥和打战呢，我还觉得背脊发冷。你的嘴唇是火热的。你的手呢？……”她补上一句：“它是冰冷的。”

拉斐尔大声说：“你疯了！”

她问：“为什么你流了眼泪？让我喝了它吧。”

“啊！波利娜！波利娜！你太爱我了。”

“拉斐尔，在你身上一定发生了很特殊的事，对吗？老实说吧，我不久就会知道你的秘密。”她拿起那张驴皮说，“把这东西给我。”

拉斐尔向那法宝投射了一个充满恐怖的眼光，然后嚷起来：“你就是我的刽子手！”

波利娜回答：“你的声音怎么变得这么厉害！”边说边让手中那个象征命运的法宝掉了下来。

拉斐尔又问：“你爱我吗？”

“你问我爱不爱你，这难道还成问题吗？”

“既然爱我，请你走出去！让我一个人留下。”

可怜的姑娘走了出去。

拉斐尔在剩下一个人的时候，大声说：“怎么！我们正处在启蒙世纪，知道了钻石是碳素的结晶体，这是一个一切都能解释的时代，在这个时代里，公安局可以传唤一个新的救世主出庭受审，而且将他所创造的奇迹送到科学院去检验，在这个时代里，我们只相信公证人的签名，难道我！我还相信弥尼、提客勒、乌法珥新[①]这一套？不！凭上帝发誓，我想最高主宰不会从折磨一

---

① 根据《圣经》旧约全书但以理书第五章：伯沙撒王摆设盛筵，在欢饮间忽有人的指头显出，在粉墙上写字：Mané,Thekel，Pharès。王请但以理讲解这三个字的意思，但以

个老实人中找到乐趣。我们去请教专家学者吧。”

过了不久，他来到一个小池塘边，这小池塘位于摆满大量酒桶的酒市场，同容纳了大量酒鬼的硝石库收容所之间，池上喜洋洋地游着许多品种稀少的鸭子，它们的变幻无常的颜色，就像大教堂上面的彩色玻璃，正在阳光底下闪闪发亮。世界上所有的鸭种都聚集在这里，它们嘎嘎地叫着，扑着水，乱钻乱动，形成了一个鸭的议会，它们的集合并非自愿，幸而它们既没有宪章，也没有政治原则，它们生活在这里也碰不到猎人，只是不时受到自然科学家的注视而已。

拉斐尔求见动物学界的大权威拉韦里伊先生。一个管钥匙的看守对他说："这位就是拉韦里伊先生。"

侯爵看见一个身材矮小的人，正在一本正经地深深陷入沉思中，原来他正在观察着两只鸭子。

这位中年专家，外表很温和，加上他客气的样子，更显得温和了；他的浑身上下，都有一副专心研究科学的样子：由于他不停地搔头，他的假发很古怪地翘了起来，露出一缕白发，显示出创造发明的艰苦。这也同别的嗜好一样，能够强有力地使我们脱离尘世，以致我们失掉"我"的意识。

拉斐尔本身也是一个爱科学和喜钻研的人，他崇拜这位自然科学家。这位科学家天天开夜车工作，都是用来扩大人类的知识，连他的错误也能增加法兰西的光荣；可是一个小小的家庭主妇就会嘲笑这位学者的衣着：学者的裤子同他的条子背心之间究竟如何连接？学者采取的办法是用衬衫圣洁地将这一空隙填满，由于他要作动物繁殖观察，不得不一会儿弯腰，一会儿起立，结

理说：第一个字的意思是算你在位的日子到此为止；第二个字是你被称在天平里显出你的亏欠；第三个字是你的国分裂，归玛代人和波斯人。果然当晚国王就被杀，被玛代人大利乌夺取了王位。"弥尼……"等就是这三个字的译音。

果把衬衫大大地弄皱了。

拉斐尔在开头说了几句客套话以后，认为有必要向拉韦里伊先生的鸭子作些平常的恭维。

自然科学家回答："我们的鸭子多得很。您大概也知道，这个种族是蹼足类最有繁殖力的品种，从天鹅开始，到无名鸭为止，一共有一百三十七个变种，泾渭分明，各有各的名称，生活习惯，故乡和容貌，彼此之不同，正如白人与黑人不同一样。说真的，先生，当我们吃鸭子的时候，很少想到其范围……"

他看见一只美丽的小鸭沿着池塘的斜坡走上来，就中断了说话。

"您看见的那只是领带天鹅，可怜的加拿大产物，从遥远的地方到我们这儿来显示它的棕灰色羽毛和它的小黑领带！您瞧，它在搔痒呢。这一只是著名的绒毛鹅，或名绒鸭，我们的小情人就是盖着这种鸭绒被睡觉的。它真漂亮！谁不爱上它的白里透红的小肚子和绿色的鸭喙？"

他接着说："先生，我刚才亲眼见到一次交尾，这是我到目前为止一直想见而未能见到的。它们的婚礼举行得相当顺利，我正在十分焦急地等待结果。我自信能够取得第一百三十八种新鸭子，也许会用我的名字来给它命名！"他指着两只鸭子说，"这就是新婚夫妇。一方是笑鹅（ANAS ALBIFRONS），另一方是吹哨大鸭（ANAS RUFFINA DE BUFFON）。我曾在吹哨鸭、白眉鸭和琵嘴鸭（ANAS CLYPEATA）之间犹豫了好久，您瞧，这就是琵嘴鸭，这个大坏蛋身子是棕黑色的，脖子是浅绿色的，还妖艳地带着彩虹颜色。可是，先生，那只吹哨鸭子有羽冠，您就明白我为什么不再犹豫了。我们这儿只缺少一种黑色圆顶的鸭子。那些先生们一致认为这种鸭子和弯嘴野鸭是重复的，至于我……"

他做了一个令人赞美的姿势，这姿势同时表达出专家学者的谦逊和骄傲，骄傲是充满固执的，谦逊是充分自负的。

他又说："我却不这样想。您瞧，亲爱的先生，我们并没有在这里逗乐，我这时刻正在准备写一篇关于鸭的专题论文。请问您现在有什么吩咐？"

在走向比封街一间相当漂亮的房子时，拉斐尔将驴皮交给拉韦里伊先生去调查研究。

这位专家用放大镜瞄准这件法宝细看以后，回答说："我认得这产品，它曾经用来做匣子的封面。驴皮是很旧的皮！今天制鞘工都喜欢用鳐鱼皮。您一定也知道，鳐鱼皮是 RAJA SEPHEN 的皮，它是红海的一种鱼……"

"可是这东西，先生，既然您愿意……"

学者打断他说："这东西是另一回事：在鳐鱼皮同驴皮之间，先生，其区别正是海洋和陆地、鱼同四足动物之间的区别。不过鱼皮比陆地动物的皮更结实。这东西，"他指着那件法宝，"正如您所知道的，是动物学上最奇怪的产物。"

拉斐尔叫起来："真的吗？"

那位专家把身子深深地埋在沙发里，答道："先生，这东西是一张驴皮。"

年轻人回答："这我知道。"

自然学家又说："在波斯有一种十分罕见的驴子，古人称为野驴，学名 EQUUS ASINUS，鞑靼人称为 KOULAN，帕拉斯[①]曾经亲自前往观察过它，而且把它归还给科学界。事实是，这种动物长期以来被认为是虚构的。就如同您所知道的一样，它在圣经上是很有名的；摩西曾经禁止它同它的同属交配。可是使野驴更

① 帕拉斯（1741—1811），德国自然科学家和人种学家，曾在西伯利亚、俄罗斯、克里米亚等地进行科学探险。

出名的是它作为卖淫的对象，圣经里的先知们经常谈到这一点。您也一定知道，帕拉斯在他的*Act.Petrop*. 第二卷里宣称，这些古怪的放纵行为，仍然被波斯人和诺加伊人[①]虔诚地相信是治疗腰痛病和坐骨痛风病最灵验的药。我们这些可怜的巴黎人，我们却一点也没有料到。博物馆并没有野驴。它是漂亮到极点的动物！”专家又说：“它浑身都是奥秘：它的眼睛蒙上一层具有反映功能的毯子，东方人认为这是它有迷惑力的原因，它的皮毛比我们最漂亮的马儿的皮毛更优美、更光滑；皮毛上面有带褐色的阔条纹，很像斑马的皮毛。它的毛相当柔软，波动起伏，手感滑腻；它的视力在精密和准确方面，完全同人的视力一样；它比我们豢养的最雄壮的驴子更为高大，它有非凡的勇气。如果它偶然遭到袭击，它会以显著的优势，抵抗最凶猛的野兽；至于它奔走的速度，只能拿鸟飞的速度来做比较；先生，一头野驴，在赛跑时，能够赛死阿拉伯马或者波斯马。根据富有责任心的尼布尔博士的父亲[②]的说法——您一定知道，我们哀悼他的最近逝世——这种可钦佩动物平时步伐的平均时速是七千几何步。我们的退化了的驴子，同这种独立而高傲的驴子，简直无法相比。它的姿态轻快、活泼，神情聪明、精细，容貌优美，动作充满媚态！它是东方动物之王。土耳其和波斯的迷信传说给了它一个神秘的来源，而西藏人和鞑靼人讲起这种高贵动物的赫赫武功时，总提到所罗门的名字。总之，一只驯化了的野驴，价值连城；没有人能在山里抓到它，它在山里像狍子般蹦跳，像鸟儿般飞翔。神话中长翅膀的马，我们的珀伽索斯[③]，毫无疑问一定是来源自这个地方，因为这地方的牧人经常可以看见一只野驴从一块岩石跳到另

① 诺加伊人是聚居于北高加索和克里米亚的土耳其人。

② 尼布尔博士的父亲叫卡斯滕·尼布尔（1733—1815），德国旅行家和地理学家，曾参加过一项阿拉伯的科学考察工作，著有《阿拉伯素描》及《阿拉伯旅行记》。

③ 珀伽索斯是希腊神话中长有翅膀的神马。

一块岩石。波斯人把一匹母驴同一只驯化了的野驴交配，便得到了他们用来做坐骑的驴子，按照年代久远的古老传说，这些驴子都染成了红色。这种习俗，也许就是我们的谚语：‘凶得像个红驴子’的来历。我想，在法国十分忽视博物学时期，一个旅行家也许带回来了一只这种奇怪的动物，它对人类的奴役暴跳如雷，所以谚语里才这么说！您给我的那块皮，”专家接着说，“是一块野驴皮。我们对于野驴名字的来源有不同的解释。有些人认为CHAGRl是一个土耳其字，别的一些人则认为CHAGRl是硝制这块兽皮的化学制剂所所在那个城市的名称，这一点已经被珀拉斯很好地描写过了，这就是它身上长出为我们赞赏的纹理的原因；而马泰朗先生写信告诉我，说CHAGRl是一条小溪……”

“先生，我感谢您给了我这些详细的资料，如果本笃会还存在的话，这些资料可以给卡尔美[①]阁下提供一个出色的注释；可是我有幸告诉您，这块皮最初的体积……是同这张地图一般大的，”拉斐尔指给拉韦里伊看一张展开的地图，“可是，三个月以来，它却明显地缩小了……”

学者说：“好，我懂了。先生，凡是原先是有机体的生物遗体，都受自然法则逐步萎蔫的支配，这是容易理解的，其萎蔫的过程又受到气候的影响。金属也会明显地膨胀或缩小，因此工程师们也在原来用铁杠挡住的大石块之间保持相当宽的距离。科学是无限的，人的生命是短促的。因此我们不能奢望能认识大自然的一切现象。”

拉斐尔几乎感到困惑，他说：“先生，请原谅我向您提出一个问题。您是否能肯定这块皮也受动物学的普通法则的支配，它也会扩张的吗？”

---

① 卡尔美（1672—1757）是本笃会一位古老教义的注释家。

“啊！当然。”拉韦里伊先生试着把那张皮拉大一点，“啊！真该死！先生，如果您愿意去见普朗歇特先生，那位著名的力学教授，他一定有办法制伏这张皮，把它变软，使它膨胀。”

“啊！先生，您救了我的命。”

拉斐尔向这位博学多识的自然科学家告辞以后，直奔普朗歇特的家里，让那位善良的拉韦里伊留在他的工作室里，处在一大堆大口瓶子和干枯的植物之中。拉斐尔自己还不知道，他的这次访问带回来了人类的全部科学：一大堆术语！这位好好先生好像堂吉诃德的仆人桑丘，他给主人讲述山羊的故事，开玩笑地点数那些山羊，并把它们编了号。一直到临死时他才算数清楚这一大群无法估计的牲口的很少一部分，这群牲口是上帝散布在世界各处的，目的不得而知。拉斐尔心里很高兴。他叫起来：“我要好好地驾驭我的驴子。”斯特恩在他以前已经说过：“如果我们想活得老一点，就必须不滥用我们的驴子。”可是那牲口实在令人难以置信！

普朗歇特是一个消瘦的高个子，一个沉溺在永恒默想中的真正诗人，整天忙于注视一个无底洞：物体的运动。庸人把这些伟大人物视为疯子，难以理解的人，他们在生活中对奢侈豪华和社会交往，令人钦佩地毫不在意，整天嘴里叼着已熄灭了的雪茄，走进沙龙时往往不把衣服的钮子扣得正好。终有一天，他们在空中测量了好久以后，或者把许多 X 放在 Aa—gG 下面以后，他们分析了某些自然法则，分解了最简单的成分以后，突然间，大伙儿齐声赞美一种新的机器出现了，或者某种平板马车出现了，其结构的简单容易使我们既吃惊，又哑口无言！

谦逊的发明家微笑着对他的崇拜者说：“我创造了什么？什么也没有。人类不能发明动力，只能指挥动力，科学的作用在模仿自然。”

拉斐尔出其不意地发现那位力学专家两脚笔直地站在地上，好像一个被吊死的人刚从绞刑架上笔直地跌下来似的。普朗歇特正在观察一粒玛瑙珠，珠子在一个日晷仪上滚动，他等待它停下来。这个可怜的人从来没有受过勋，也没有得到过补助，因为他不懂得渲染自己的演算方法。能够生活在追求一种科学发现中，他已感到很幸福，既没有想到光荣，也没有想到人世，甚至没有想到他自己，他只是为了科学而生活在科学中。

力学专家突然叫起来："这是难以确定的！"他看见了拉斐尔，便说："噢，先生，我能帮您干什么？妈妈好吗？去看看内人吧。"

拉斐尔把学者从梦幻中弄醒，递给他那件法宝，问他有什么方法可以对付它，同时心里在想："我本来也可以这样生活的！"

侯爵把要求提出以后，又补充说："先生，尽管您可能嘲笑我的轻信，可是我不愿向您隐瞒什么。我觉得这张皮拥有一种抵抗力，这是任何东西都不能战胜的。"

学者回答："先生，上流社会人士对待科学往往是相当放肆的，他们全都像一位花花公子在日食以后带领几位贵妇人来对拉朗德[①]说：'劳驾，请再表演一次给我们看。'他们对我们说的话意思同这句话差不多。

"您想得到的是什么样的效果呢？力学的目的在于应用运动的规律，或者压制这些规律。至于运动本身，我很惭愧地向您宣布，我们还没有能力来给它下定义。确定这一点以后，我们就注意到支配固体和液体作用的若干恒定现象。在重新引发这些现象的产生原因时，我们就能够移动这些物体，在一定速度的条件下，传送给它们一种转运能力，把它们掷出去，将它们简单地

---

① 拉朗德（1732—1807），法国著名天文学家。

分解，或者无限地分解，也许我们打碎它们，或者粉碎它们；然后扭弯它们，使它们旋转，改变它们，压缩它们，使它们膨胀，使它们扩张。先生，这样的科学，其根据只是一种事实。”他接着说，“请您瞧这一颗珠，它现在正在这块石板上。它保持在那里。我们用什么名称来呼唤这种在物理上如此自然而在道德上这么奇特的动作呢？称它为运动、移动或者更换处所？文字下面隐藏着多么广大的虚荣心啊！一个名称，难道就是一个解决问题的方法？可是整个科学就是这样。我们的机器使用或者分解这个动作，这个事实。这个微不足道的现象，如果大量应用起来，可以炸掉整个巴黎。我们可以牺牲动力来增加速度，也可以牺牲速度来增加动力，什么是速度和动力？我们的科学还不能加以说明，就像科学不能创造运动一样。运动，不管怎么样的运动，都是一种巨大的能力，而人类是不能发明能力的。能力是浑然一体的，正如运动是能力的本质一样。一切都在运动。思想就是一种运动。大自然是建立在运动上的。死亡也是运动，只不过我们不知道其最终归宿而已。如果上帝是永存的，请相信他是永久在运动中。也许上帝就是运动。这就是为什么运动同上帝一样，是不可解释的；运动也同上帝一样，是深不可测的，无边无际的，不可理解的，捉摸不到的。有谁曾经触摸过、理解过、测量过运动呢？我们看不见运动，只是感觉到它的效果，如此而已。我们甚至能够否认运动，就如同我们否认上帝一样。运动在哪里？它不在哪里？它从哪里出发？它的起源在哪里？它的结局又在哪里？它包围着我们，挤压着我们，却脱逃我们的掌握。它清楚明白像事实一样，隐晦曲折像抽象概念一样，它既是原因，也是结果。它同我们一样，需要空间，而空间又是什么？只有运动能够向我们揭示空间是什么；没有运动，空间只是一个没有意义的名词。这是一个不容易解决的问题，同空虚、创造、无限一样，运动混淆人类的思维，而唯一准许人类设想的就是：让人类永远不再设想什么是运动。”力学专家又说，“这颗珠子连续占领空间的一个点，在点与点之间，人类理智会遇到一个无底洞，帕斯卡尔[①]就是跌到洞里去的。您想将一个未知物体置于一种未知的能力之下，要对这个物体产生影响，我们得首先研究这个物体；根据它的性质，在撞击时它或者粉碎，或者抵抗得住；如果它分裂了，而您的意图是不想它分开的，那么我们就没有达到预期的目的。您想压缩它吗？那就必须传送到物体的所有部分一种平均的运动，使得分隔的距离均匀地缩小。您想扩张它吗？我们必须设法给每个分子以相等的离心力；因为，如果不严格地执行这条法则，我们就会使物体产生断裂。先生，在运动里有无数的方法，无限的组合方式。您到底想得到什么结果？”

拉斐尔不耐烦地说：“先生，我想有相当强大的某种压力，以便无限地扩张这块皮……”

数学家回答：“物体是有限度的，不可能无限度地扩张，可是压力必然牺牲物体的厚度，成倍地增加它的体积；物体会逐渐变薄，一直到物质消失……”

拉斐尔叫起来：“只要您取得这个结果，先生，您就会得到几百万的奖金。”

教授带着荷兰人的冷静回答：“那我就是骗您的钱啦。我用两句话来向您说明吧，有一架机器，连上帝也像苍蝇似的能被它粉碎。一个穿着长筒靴子的人，鞋子钉了马刺，脖子上打了领带，戴着帽子，身上带着金银珠宝，一切的一切，被这机器一压，就变成了一张吸墨水纸……”

“多么可怕的机器！”

---

① 帕斯卡尔（1623—1662），法国学者、思想家和作家。著作有《外省书简》。

这位学者根本没有想到人要尊敬他的子孙后代，竟这样说：“中国不该溺死他们的子女，应该使用这种方法处理他们。”

普朗歇特满脑子只想着自己的做法，他拿了一只底下有洞的空花盆，把它放在日晷的石板上，然后到花园里取了一点黏土。拉斐尔像小孩听乳母讲神话故事那样呆住了。普朗歇特把黏土放在石板上以后，从衣袋里摸出一把小截枝刀，割下接骨木的两根树枝，开始吹那树枝，将内部吹空，仿佛拉斐尔当时并不在场似的。

他开口说：“这就是机器的组成部分。”

他用黏土做成的弯头，把一根树枝做成的空管子，连接在花盆底的洞口上，使接骨木的小孔和花盆的洞口接通。简直可以说，构成了一只大烟斗。他在石板上摊了一堆黏土，做成一把铲子，将花盆放在铲子最宽阔的部分，把接骨木的树枝固定在代表铲柄的部分。最后他放了一块黏土在接骨木管子的末端上，将另一根空心管子笔直地插进去，另外造一个弯头使它同平放着的管子连接，使得空气同周围的液体可以在这架临时搭成的机器内流通，从垂直管子的入口处，一直通过中间通道，直达空花盆里。

他接着以一个科学院院士发表入院演说时的严肃态度，对拉斐尔说：“先生，这架机器就是伟大的珀斯卡尔获得我们尊敬的最美好的头衔之一。”

“我不懂。”

专家微笑了。他走过去从一株果树上解下一只小瓶，瓶子里装着他的药剂师给他送来的甜烧酒，许多蚂蚁正在抢着吃呢。他将小瓶的底弄破，改成一只漏斗，小心翼翼地插进空心管子的洞口里，这根管子是他用黏土垂直地固定的，同花盆所代表的大蓄水池正好相对；然后，他拿起一只喷水壶，灌进适当数量的水，使水在大花盆里和在接骨木的圆形小嘴里，都边靠边地一样平衡。拉斐尔在想他的驴皮。

力学专家又说："先生，水，到今天为止，还是被认为是不受压的物体，请不要忘记这条基本定律；可是水还是可以压缩的，不过压缩的程度很微，使得我们不得不把它的缩小能力记录为零。您瞧见水漏到花盆表面的面积吗？"

"看见了，先生。"

"那么，假定这个面积比我灌水进去的接骨木管子的孔口大一千倍，现在，我取下了漏斗……"

"同意。"

"先生，如果我用某种方法从小管子的孔口再灌进水，以增大水量，水就不得不下降，流入作为蓄水器的花盆，一直到水在盆子里和管子里都达到同样水平……"

拉斐尔大声说："这是明显的。"

学者又说："不过当中有一点不同，例如，灌在垂直管子里的水，形成一条瘦长的水柱，代表相当于一磅重的能力，由于它的作用被忠实地传送到大面积的水里，又回过来在花盆的水面各个点上产生影响，就有一千根水柱，全都要上升，仿佛它们被等同于将水灌入垂直管子内的能力所压迫一样，它们必然在这里，"普朗歇特指给拉斐尔看花盆的开口，"产生大于从这里进入能力一千倍的能力。"

学者还用手指指给侯爵看那根笔直地插进黏土中的木管。

拉斐尔说："这道理很简单。"

普朗歇特微微一笑。

接着他又以数学家天生的逻辑上的固执性格说："换句话说，要阻止水的涨溢，必须在大面积的水的每一部分，使用同垂直管子内起作用的力量相同的力量；可是只有一点不同，就是如果小水柱涨高一尺，大面积里的千条小水柱只会上升一点儿。现在，"

普朗歇特用手指弹了弹那些管子说，“让我们用强度和宽度都适应的金属管子来代替这个奇形怪状的小仪器，如果您用一块坚实的活动压板把大蓄水池的水面盖没，您再用一块有极大的耐力和坚固的压板覆盖在上面，您再允许我从垂直小管不断加水到大面积的水上，那么夹在两块结实的平面之间的东西，不得不承受无限压缩的巨大作用。从小管子里不停地灌进水去，在力学上说是没有多大意义的事，就像将大面积的水的能力，传送到压板上的方法一样。只要有几个活塞和几个阀门就够了。现在，亲爱的先生，”他挽着拉斐尔的胳膊说，“您明白了吗？世界上没有什么物体，放在两股无限的抗力之间，会不被压扁的。”

拉斐尔叫起来：“是《外省书简》的作者①发明了……”

“先生，一点不错，是他一个人发明的。力学里没有比这更简单更美妙的了。相反的原理是水的膨胀性，这个原理发明了蒸汽机。可是水的膨胀只能到一定程度为止，而水的不可压缩性，是一种负面力量，必然是无限的。”

拉斐尔说：“如果这张驴皮能够胀大，我答应您，我会给珀斯卡尔铸造一尊巨大的雕像，拿出十万法郎作为奖金，每十年一次，赏给在力学方面，最出色地解决了问题的人；我还要给您的堂姊妹、远房的堂姊妹，每人一笔陪嫁；最后，我还要创办一间收容所，专门收容那些发疯或者落魄的数学家。”

普朗歇特说：“这倒是很有用的。先生，”他用一个完全生活在知识分子圈子里的人的镇静态度接着说，“明天我们去拜访施皮格阿尔特。这位出色的力学家，按照我的设计，刚制造完成一台完美的机器，靠着这台机器一个小孩能够将一千捆干草装进他的帽子里。”

---

① 这位作者是思想家帕斯卡尔。

“明天见，先生。”

“明天见。”

拉斐尔大声说：“力学啊力学！这难道不是最美妙的一门科学吗？那个生物学家只知道野驴、物种分类、鸭子、种族和他的装满了畸形生物的大口瓶，他只够资格在公共台球房里记记分。”

第二天，满怀喜悦的拉斐尔去找到普朗歇特，他俩一起到健康街去，这条街的名字就是个好兆头。

在施皮格阿尔特家里，拉斐尔发现自己置身于一个巨大的建筑物中，目光所及之处，是无数吼叫着的通红的锻铁炉。这里火花如雨，钉子像洪水，活塞、螺钉、杠杆、锉刀、螺帽像一片汪洋，铸铁、木材、阀门、钢条像大海。铁屑呛人喉咙。空气中有铁，人身上布满铁，一切东西都发出铁的臭味，铁有了生命，它成了有机体，它变成了流质，它走动，它采取各种形式来思想，以顺从所有任性的需要。在穿过风箱的呼啸声，铁锤的渐强音，能使铁块发出低沉叫声的车床的嘘嘘声中，拉斐尔来到了一间大房间，房间干净而空气流通，他可以舒舒服服地欣赏一下普朗歇特提到过的那台巨大的压榨机。他钦佩那些用生铁铸成的厚板，那些对称的铁机件，中间用牢不可破的核心焊接起来。

施皮格阿尔特向拉斐尔指着一个光滑的铁起动杆对他说：“如果您很迅速地转动这把摇手柄七次，您就能够使一切钢板喷射出无数钢屑，像针一样穿进您的大腿。”

“该死的！”拉斐尔叫了一声。

普朗歇特亲自将那块驴皮放进这台极其有效的压榨机的两块压板之间，而且以充满科学信心的安全感很快地转动那个起动器。

“大家全都躺下，否则我们就没命了。”施皮格阿尔特用雷鸣似的声音大喊，同时躺倒在地。

一种可怕的呼啸声在整个工场里鸣响。机器里的水冲碎铁块，喷射出力大无比的气流，幸亏是对准一个旧的锻铁炉，它将锻铁炉推倒，打翻，扭曲，像龙卷风绕住一所房子而且把它卷走。

普朗歇特很平静地说：“啊！那块驴皮像我的眼睛一样安然无恙！施皮格阿尔特大师，您的铁块里一定是有一根稻草，或者您的大管子里有一道缝隙。”

“不，不，我熟悉我的铁块。这位先生可以拿回他的古怪家伙，这里面一定藏着魔鬼。”

那位德国学者抓住一个铁匠用的铁锤，把驴皮扔到铁砧上，把愤怒所赋予他的全部力量，都发泄在这张法宝上，用尽气力地敲打，响声震动了整个工场，是工场从未听到过的。

普朗歇特拿起那块不听话的驴皮抚摩着，喊了起来：“一点痕迹也没有。”

工人们都奔过来。工头拿起驴皮，投进一个锻铁炉的煤炭里。大家在火前面围成一个半圆形，很不耐烦地等待一个巨大风箱的效果。拉斐尔、施皮格阿尔特、普朗歇特教授站在黑黝黝而聚精会神的人群中间。看见这些脑袋全是铁灰，只剩下眼睛是白色的人，穿的是黑色油腻发亮的服装，胸前长着浓毛，拉斐尔还以为自己被带到德国叙事诗里的神奇的黑夜世界。工头等驴皮在火炉里逗留了十分钟，然后用钳子将它取了出来。

拉斐尔说：“把它还给我。”

工头用开玩笑的态度将驴皮递给拉斐尔。侯爵很容易就能用手指摸弄那块又凉又软的驴皮。工人们立刻发出一声恐怖的尖叫，四散逃走，空荡荡的工场里只剩下普朗歇特和拉斐尔两个人。

感到绝望的侯爵喊起来：“这里面一定有魔鬼的力量在作怪。

难道就没有任何人力能够让我多活一天吗？”数学家一脸尴尬的样子回答：“先生，我错了。我们应该把这张怪皮交由轧钢机处理。我向您建议压榨机，真是没有眼睛。”

拉斐尔说：“是我要求这样做的。”

数学家叹了一口气，仿佛他刚被十二位陪审员宣判无罪释放。可是由于这块皮引起的怪问题使他感兴趣，他思索了一会儿然后说：

“应该用反应剂来对付这种未知的物质。我们去找雅费吧，也许化学比力学更走运些。”

拉斐尔催马飞奔，他希望在实验室里能够见到大名鼎鼎的化学家雅费。

普朗歇特看见雅费正坐在沙发上观察一种沉淀现象时，问他：“喂，老朋友，化学的情况如何？”

“它在睡大觉。毫无新消息。科学院倒也承认了水杨甙的存在。可是水杨甙，天冬酰胺，番木鳖硷，洋地黄甙，都不是什么新发现。”

拉斐尔说：“你们不能发明一些新东西，只好创造一些新名词了。”

“这倒是千真万确的事实，年轻人！”

普朗歇特教授对化学家说：“我说，请你给我们化验一下这个物质，如果你能从中得出某种成分，我就预先给它命名为魔鬼甙，因为我们想将它压榨，却损坏了一台水压机。”

化学家高兴地喊起来：“瞧呀，瞧这东西，这也许是一种新的单质。”

拉斐尔说：“先生，这只不过是一块驴皮。”

那位著名的化学家严肃地说：“您说什么？”

侯爵一边将驴皮递给他，一边说：“我没有开玩笑。”

雅费男爵用他的舌头舐了舐驴皮，他的舌头是最能品味出盐味，酸味，碱味和气体味的，经过试了几次以后，他说：“一点味道也没有！好吧，我们让它喝一点苯二（甲）酸吧。”

在这种定律的作用下，通常是很快就能破坏任何动物组织的，这张驴皮却没有一点变化。

化学家大喊：“这不是一张驴皮。我们要把这个神秘的不可知物当作矿物质来对付，把它放进不熔的坩埚里，看它会发生什么，我在坩埚里恰好有红色的碳酸钾。”

雅费走了出去，不久又回来了。

他对拉斐尔说：“先生，让我从这怪物身上取下一块，它太特别了……”

拉斐尔大声说：“取下一块！连一根头发丝您也休想取下来。”他又带着悲哀和嘲弄的神气再说一句：“不过，您尽可试试看。”

化学家用剃刀切那块皮，把刀片都弄断了；他试着用释放强大的电流来打碎驴皮，接着又用伏打电池放电，最后他的科学造成的雷电，在这张可怕的驴皮面前，只能宣告失败。那时是晚上7点。普朗歇特、雅费和拉斐尔三个人，丝毫没有注意到时间的飞逝，还在等待最后一次试验的结果。他们将驴皮放进合理数量的氯化氮里，引发了一场可怕的撞击，但驴皮胜利地完成了考验。

拉斐尔大喊：“我完了。上帝就在那里。我要死了。”

他走了，扔下两个目瞪口呆的学者。

他们面面相觑，不敢交流他们的思想，过了好久时间以后，普朗歇特才对化学家说：“我们千万不能把这件奇遇告诉科学院，我们的同僚们会嘲笑我们的。”

两个学者像基督徒从坟墓里走出来却没有在天上找到上帝一样。什么科学？无能为力！酸液吗？等于清水！红色的碳酸钾吗？可耻！伏打电池和雷电吗？两件小玩意儿！

普朗歇特添上一句："还有一台水压机像蘸湿了的面包块那样裂开了！"

雅费男爵沉默了一会儿以后说："我相信魔鬼！"

普朗歇特说："而我相信上帝。"

两个人都按照自己的身份说话。对一个力学家来说，宇宙就是一架机器，需要一个工人操作；对于化学来说，它是魔鬼的杰作，要把一切都分解，而世界是有运动能力的气体。

化学家又说："我们不能否认事实。"

"呸！为了安慰我们，那些空论派的先生们创造了一句晦涩难懂的话：愚蠢得像事实。"

化学家回答："我觉得你这句话是愚蠢的杰作。"

他俩都大笑起来，然后共进晚餐，就像两个惯于把奇迹看成普遍现象的人那样。

拉斐尔回到家里，被满腔冰冷的怒气折磨着；他再也不相信一切，他的思想在脑子里混乱得很，而且不停地旋转和晃动，像所有的人面对一件不可能的事那样。他本来自觉地相信施皮格阿尔特的机器有什么秘密的毛病，科学和炉火的无能为力也不使他惊异；可是当他摸弄驴皮的时候，驴皮的柔软，人类用各种毁灭的手段来对付它时，它又那么坚硬，这使他感到恐怖。这件无可争辩的事实使他感到眩晕。

他心想："我是疯了。从早上起我就没有吃过东西，我却不渴也不饿，只觉得胸膛里有一个火炉在烧我……"

他重新将驴皮放进原来的框子里，用红笔按目前驴皮的轮廓画上一圈以后，坐到沙发里。

他叫起来："已经8点了。今天这一天就像在梦里度过的一样。"

他把肘子靠着沙发的扶手，左手托腮，陷入悲惨的沉思，至于他在想什么，这种使人肝肠寸断的秘密，都是被死囚带到坟墓里去的。

他猛喊起来："啊，波利娜！可怜的孩子！尽管爱神有坚强的翅膀，有些深渊是爱情所不能飞越的。"

这一瞬间，他清楚地听见了一下忍不住的叹息声，凭着爱情的最动人的特权，他认出了那是波利娜的叹气声。

他想："这就是我的判决。如果她在这里，我愿意死在她的怀里。"

一阵爽朗而且十分快活的笑声，使他回过头去看他的卧床；通过半透明的帐子，他看见了波利娜的脸，她正像一个孩子做成功了一件调皮捣蛋的事那样高兴地微笑着；她的美丽的秀发卷成数不清的发卷，散落在肩膀上；她在那里好像一堆白玫瑰中间的一朵孟加拉红玫瑰。

她说："我骗过了若纳塔斯，他让我到这儿来。我既然是你的妻子，这张床我不是也有份的吗？亲爱的，不要骂我，我只想睡在你身边，给你一个惊喜。请原谅我这个疯狂的举动。"

她像猫儿般敏捷跳下床来，穿着细纱袍子显得容光焕发，她走过来坐在拉斐尔的膝盖上。

她的额角上露出担心的表情，问道：

"亲爱的，你说的是什么深渊？"

"死亡的深渊。"

她回答："你的话使我觉得不舒服。有些想法是我们这些可怜的女人们不能长久留在心里的，因为它们会置我们于死地。这是不是爱情的力量，或者是缺乏勇气？我不知道。死亡吓不倒我，"她笑起来，"同你一齐死，明天早上，我们一起，吻了最后一吻后死去，这真是一种幸福。我觉得这样我就活过了一百年。日子多少有什么关系，只要我们在一夜之间，在一小时以内，我们能够享尽一生的平安和爱情？”

拉斐尔说：“你说得对，这是上天借你的美丽的嘴巴说话。来吧，让我亲一个吻，然后我们死吧。”

她笑着回答：“让我们死吧。”

第二天早上约 9 点钟，阳光透过百叶窗的缝隙射进来，被细纱窗帘阻隔，光度暗了一些，仍然可以看到色彩富丽的地毯和柔软光滑的家具，这就是两个情人休息的房间。有些镀金的器皿在闪闪发光。一道阳光停留在被爱情的游戏扔到地上的柔软的鸭绒被上。波利娜的袍子挂在一个大的活动穿衣镜上，仿佛一个模糊的幽灵。小巧玲珑的鞋子被留在离床很远的地方。一只夜莺停在窗台上，它的反复歌唱声和突然展翅飞走的声音，惊醒了拉斐尔。

他把在梦中已经开始的想法用一句话说了出来：“要死亡，必须我的身体组织，这个受我意志力支配的有血有肉的结构，使我成为一个人的结构，有一种明显的损伤才行。医生应该认识生命受到威胁的征兆，能够告诉我到底是健康还是有病。”

他出神地看着自己睡着了的妻子，他的头被妻子的胳膊托住，说明妻子在睡梦中对他的亲切关怀。她像个大孩子般优雅地躺在那里，脸朝着他，似乎向他伸过去一个气息均匀而清新的半开半合的小嘴。她的细瓷般洁白的小牙齿，衬托出她的微露笑容的鲜艳的红唇；她的红润脸色和洁白肌肤，在这时刻比白天她最多情的时刻更鲜艳，更白皙。她的优雅的放松状态充满了信任，把入睡儿童可爱的魅力同爱情的媚态都混合起来了。

女人，即使是最淳朴的女人，在白天仍然受到社会习俗的约束，使得她们不敢天真地暴露她们的灵魂；可是睡眠似乎恢复了童年时期特有的生命力：没有什么能使波利娜脸红，她像天上可爱的仙女，理智并没有使她的一举一动都有含意，也没有使她的眼神里隐藏秘密。她的侧面清楚地显现在细麻布的枕头上，她的头发同粗大的蜂窝状皱褶混在一起，使她有点小淘气的样子；由于她是在欢乐中入睡的，她的长睫毛贴在脸颊上，仿佛为了阻挡太强的光线，以保护眼睛，或者当她想保留住完美的而又短暂的快感时，帮助她敛神冥想。她的小巧玲珑的耳朵，白里透红，被一缕头发绕住，由精致的花边结衬托出来，可能使一位艺术家，一位画家，一个老人爱得发疯，也许还能使一个失去理智的人恢复理智。眼看着他的情妇酣然入睡，在梦中还露出笑容，在您的保护下平安无事，在梦里还爱您，而看起来这个美人儿的生命已经消失，她还奉献给您一个默默无言的嘴巴，这张嘴巴在睡眠中正在向您谈到最后一次亲吻！看见一个完全信赖您的女人，半裸着体，用爱情裹着就好像用她的斗篷裹着一样，在放荡的生活中能够保持贞洁；赞美她的散乱的衣服，昨天晚上，为着讨您欢喜，她将一双丝袜很迅速地脱下来，为了表示她对您的无限信任，她解下腰带，这难道不是一种叫不出名字的快乐吗？这条腰带就是整个诗篇，它所保护的女人再也不存在了，它就是您的，它成了您；从今以后，您若不忠于它，就等于伤害自己。

非常感动的拉斐尔凝视着这间装满了爱情和回忆的房间，这里阳光都带着肉欲的色彩，再想到这个形体完美、年轻、多情的女子，尤其她的感情全部都要属于他，他不能同任何人分享。他真想一直活下去。他的视线一落到波利娜身上，她马上睁开眼睛，似乎阳光在打击她。

她微笑着说：“你好，朋友！你真漂亮，坏家伙！”

这两颗由于爱情、青春、半明暗的光线和长时间的沉默而打上优美印记的脑袋，构成一幅只应天上有的场景，它那暂时的魅力只能存在于热恋的初期，就像天真和单纯是童年的属性一样。唉！这种初恋的快乐，就像我们童年的欢笑一样，都将随风而去，只能生活在我们的记忆中，按照我们在私底下默想过去时的思路变化，或者使我们失望，或者给我们送来安慰的芳香。

拉斐尔说：“你为什么要醒过来？我多么喜欢看你熟睡呀，我高兴得流下了眼泪。”

她回答：“我也一样，昨晚我凝视着你睡觉的时候，我也哭了，不过并不是高兴的哭。听我说，我的拉斐尔，你听我说呀！你睡着以后，你的呼吸并不顺畅，你胸膛里有什么东西在回响，它使我害怕。你入睡以后还有点干咳，同我因肺痨而死去的父亲的干咳绝对一样。我从你肺部的声音中认出了这种疾病的某些古怪的征象。然后我发觉你发烧，我敢肯定，你的手是润湿的而且热得烫手。亲爱的！你还年轻，”她战栗起来，“你可以把病治好，如果，万一不幸……”她快活地大声说，“不会的，不会有什么不幸的。医生们说，这种病会传染的。”她搂住拉斐尔，用一个销魂夺魄的吻截住他的呼吸。

她说：“我不愿意活到变成老太婆。我们趁年轻时一同死去，我们就可以满手鲜花地走进天堂。”

拉斐尔将手插进波利娜的头发里，回答道：“这样的计划在我们身体健康的时候都会有的。”接着他便可怕地咳了起来，那是一种沉重而响亮的咳嗽，像是从棺材里发出来的，能使病人脸色发白，哆嗦不止，浑身是汗，因为这种病早已摇动病人的神经，震撼病人的肋骨，使病人的脊髓疲劳，而且将一种沉重感觉输进他们的血管里。拉斐尔虚弱不堪，脸色苍白，慢慢地躺下去，疲惫得像一个在最后挣扎中用尽了气力的人。波利娜目不转睛地注视着他，眼睛由于恐怖而睁得大大的，动也不动，脸色苍白，一言不发。

她想对拉斐尔掩饰那些使她心神不定的可怕预感，她说：“我们不要再干蠢事了，我的天使。”

她用手遮盖住面孔，因为她瞥见了死神的丑恶的骷髅。拉斐尔的脑袋变成土色而且深陷进去，仿佛从坟场深处掘挖出来供学者研究的死人头。波利娜想起了昨天晚上拉斐尔脱口而出的那句话，她心想："对的，有些深渊是爱情所无法飞越的，只好埋葬在里面。"

在这伤心的一幕发生以后几天，拉斐尔在3月的一个清晨，坐在一张沙发上，周围是四个医生环绕着他，医生叫他坐在房间窗前阳光照耀的地方，四个人轮流给他把脉，作触诊，询问他，表面上十分关切。

病人通过医生们的手势和他们额上出现的最微小的皱纹，来窥探他们的想法。这次诊断是他的最后希望。这些最高级法官将要对他的生或死做出最后判决。

因此，为了迫使人类科学说出最后一句话，拉斐尔请来了现代医学的权威人物。他的财产和他的名声，使人类知识三个体系的代表人物都来到他的面前。其中三个医生就概括了全部医疗哲学，因为他们代表正在论战中的三个学派：唯灵派、分析派和一个开玩笑的折中派。第四位医生是荷拉斯·毕安训，是一个有灿烂前途的饱学之士，也许是新挂牌医生中最杰出的人物，他是勤奋好学的年轻一代的代表人物，既聪明又谦逊，这年轻的一代准备继承巴黎学派五十年来搜集的宝贵资料，也许他们能够充分利用过去若干世纪提供的各种资料，来建造一座纪念碑。毕安训是侯爵和拉斯蒂涅的朋友，他已经为侯爵治病治了好几天，他还帮助侯爵回答三位教授的问话，有时他带着一定程度的固执，向他们解释：他诊断的结果似乎是肺结核病。

三位著名医生中的一位，方头阔脸，体格强健，似乎比他的两个对手更有天才，他对拉斐尔说："您一定是酒色不节制，过着挥霍无度的生活吧？或者曾经从事过很大规模的脑力劳动吧？"

拉斐尔回答："我曾经花了三年写了一部巨著，也许将来有一天您会研究这部书，后来我想用荒淫放荡的生活来自杀。”

这位名医点了点头表示满意，仿佛在对自己说：“我早就知道是这样！”

这位医生就是大名鼎鼎的布里塞，脏器学说派的领袖，卡巴尼斯[①]和比夏[②]一类学者的继承人，实证论和唯物论的医生，在这派医生的眼中，人是一种有限的生物，只受人体结构规律的支配，正常状态或者有害身心的反常状态都有明显的原因。

听了拉斐尔的回答，布里塞默默无言地朝一个中等身材的人望了一眼，这个人紫红脸膛，眼睛里闪耀着火光，仿佛属于古代半人半羊神的种族；他把背靠在窗台角上，聚精会神地凝视着拉斐尔一言不发。他就是卡梅里斯蒂医生，热情而虔诚的人，生机论者的领袖，梵–埃尔蒙[③]的抽象理论的富有诗意的拥护者。在他眼中，人的生命是一种崇高的、秘密的要素，一种不可解释的现象，它不把手术刀放在眼里，欺骗外科医生，内科的药物治疗无奈它何，代数的 X 和解剖学的论证也无法解答它的问题，它嘲笑我们的努力；它是一种捉摸不到又看不见的火焰，只听命于神的法律，它往往使一个被我们判为必死的人继续活下去，正如它使最能活下去的人体组织死亡一样。

第三个人是莫格雷迪医生，一个绝顶聪明的人，可惜是个怀疑论者而且喜欢嘲弄人，现在他的嘴角正露出嘲讽的微笑；他只相信解剖刀，并且同意布里塞的看法，认为一个身体健康的人也可能死去，同时认为卡梅里斯蒂也有道理，一个人死后仍能活着。他发现每种理论都有道理，但他不采纳任何理论，他认为最好的医学体系就是没有任何体系，一切依据事实来处理。他是这

---

① 卡巴尼斯（1757—1808），法国医生和哲学家。

② 比夏（1771—1802），法国解剖学家和生理学家。

③ 梵 - 埃尔蒙（1577—1644），比利时医生和化学家。

一学派中精明能干、爱探险的仆人，同时是观察之王，眼前这位伟大的探险家，伟大的讽刺家，正在研究那块驴皮。

他对侯爵说：“我想亲自证明一下，您的愿望同驴皮收缩之间，有怎样的巧合。”

布里塞说：“这有什么用？”

卡梅里斯蒂说：“这有什么用？”

莫格雷迪回答：“啊！你们的意见倒是一致的。”

布里塞再说一句：“这样的收缩是十分简单的。”

卡梅里斯蒂说：“它是超自然的。”

莫格雷迪装出一本正经的样子，把驴皮还给拉斐尔，反驳说：“实际上，皮的干缩是无法解释的事实，同时也是自然现象，从上帝开天辟地以来，这个事实就使医学界和美女们束手无策。”

拉斐尔仔细地观察这三位医生，他发觉他们对他的病痛没有任何同情之心。他们三个人，对他的每项回答都沉默不语，只用漠不关心的眼光打量他，向他提问却丝毫没有表露怜悯与同情。从他们的彬彬有礼中，处处可以看出他们对病人漫不经心。也许他们胸有成竹，也许他们还在思索，他们的说话太稀少了，太冷漠无情了，以致有些时候拉斐尔以为他们都已心不在焉。只有布里塞一个人不时对毕安训已经证明存在的令人灰心的症状回答一声：“好！好！”卡梅里斯蒂陷在深沉的默想中，莫格雷迪活像一个喜剧作家，正在研究两个脚本，准备将它们忠实地搬上舞台。毕安训的脸上流露出深深的痛苦，和充满悲哀的同情。他当医生的时间并不长，对病人的痛苦不能无动于衷，站在病榻旁边，他止不住感情激动。他不知道怎样停止眼中友情的热泪，这些热泪会阻止一个人看清周围的形势，像部队的将军一样，抓住有利时机去争取胜利，而不去倾听濒死者的哀鸣。医生们花了大约半个钟头去丈量病情和病人，就像一个裁缝为一个定制结婚礼服的青年量尺寸一样，然后他们就天南地北地随便闲谈，甚至谈到国家大事，最后他们想到拉斐尔的书房里去，以便大家商量一下，拟定判决书。

拉斐尔对他们说："各位先生，我能不能够参加你们的讨论？"

听到这个要求，布里塞和莫格雷迪就激动地尖叫起来，尽管他们的病人一再坚持，他们还是拒绝讨论的时候让他在场。拉斐尔不得不屈服于惯例，但是他心想，他可以偷偷地走到一个走廊里，他就很容易听到三位教授对他的医疗意见。

布里塞在走进书房的时候说："先生们，请允许我很快就把我的意见告诉你们。我既不想将意见强加给你们，也不希望引起争论。首先，我的意见是清楚的，准确的，是由我过去的一个病人，同目前我们会诊的病人，病情完全相同所得出的；其次，我的医院里有人在等着我，事情很重要，必须我亲自到场，所以我请求原谅我第一个发言。我们会诊的病人也是因为用脑过度……"

他转过身来问年轻的毕安训医生："荷拉斯，他写过一本什么内容的书呀？"

"关于意志的理论。"

"啊！见鬼，这个题目范围很广。我认为，他太累了，原因是用脑过度，饮食偏差，经常服用力量太强的兴奋剂。身体和头脑的激烈活动损害了整个机体。各位先生，很容易就可以从脸上和躯体上的症状，认出来胃部受到过异常的刺激，交感神经紊乱，上腹敏感，季肋收缩。你们想必注意到肝脏的肿大和突出。还有，毕安训先生在长期观察病人的消化状况以后，告诉我们说，他的消化很困难，很吃力。正确点说，他的胃已经不存在，人也就消失了。他的智力萎缩，因为人已经不能消化了。上腹部作为生命的中心，其逐步变坏会损害整个机体。由此而产生了经常和明显的辐射，混乱通过神经丛进入脑子，这就是这个器官经常过度激怒的原因。他还患有偏执狂。病人受到一种固执思想的重压。他认为这块驴皮真的在收缩，也许驴皮就一直是我们见到的样子；不过，不管它是否真的收缩，这块驴皮对他说来就是奥斯曼帝国某个首相鼻子上的斑点。赶快放些蚂蟥到他的上腹部来吸血吧，必须平息这个器官所受的刺激，因为整个人的中心就在这里，限定病人的饮食，偏执狂就可以消失。对毕安训医生我没有更多的话说了，他一定能够掌握治疗的全部过程和各种细节。也许病人会有并发症，也许呼吸道系统也受到刺激；可是我相信治疗肠胃方面更重要，比治疗肺部更迫切，更必要。持久地研究一些抽象的问题和某些激烈的情绪，在这个与生命有关的器官上产生了严重的紊乱；不过现在来矫正这些机器还来得及，还没有太大的损坏。”他对毕安训说，“您很容易就可以挽救您的朋友的生命。”

卡梅里斯蒂回答：“我们这位学识渊博的同行把结果当作原因了。是的，他细心观察到的各种病变的确在病人身上存在，可是胃部并不在机体内部造成辐射，并且一直伸展到脑部，像玻璃窗上的裂痕向周围扩散那样。必须用力一敲，才能打碎那块彩绘玻璃；这一下子，是谁敲的呢？我们知道吗？我们知道他生平的遭遇吗？先生们，生命的要素，即梵－埃尔蒙所说的地心之火，在他身上已受到损伤，生命力的最精华部分已经受到打击，神奇的火花，也就是联结全部机器，能够产生意志和生命科学的短暂智慧，已经停止调整人体机构的日常生理现象和各器官的功能；由此而产生我的有学问的同行所确诊的种种紊乱。病因不是从上腹部到脑子的，而是从脑子到上腹部的。”他用力猛拍胸部说，“不，不，我不是一个靠胃活着的人！不，问题不在这里。我没有勇气说，如果我有一个好上腹，其余的一切就不成问题了。”

他又用比较温和的语气补充说，“我们不能用同样的物理原因和千篇一律的治疗方法，去解释和医治严重疾病，不同的病人感染疾病的轻重是各有不同的。没有一个人是同别人完全一样的。我们每个人都有特殊的器官，不同的用途，不同的给养，去完成不同的使命，同时发展必要的课题，以完成我们所不知的正常现状。宇宙万物听命于崇高的意志，在我们身上产生而且维持生气勃勃的现象，在每个人身上清楚地表现出来，使每个人在表面上成为有限的存在，可是在某一点上却同无限的事业共存。因此，我们应该分别研究每个病人，深入地了解他，搞清楚他的生活内容是什么，他的生命动力是什么。从一块湿海绵的柔软，到一块浮石的坚硬，其间有无限的差别。人就是这样。在淋巴体质者的海绵状组织，同注定要长寿者的钢铁肌肉之间，无可改变地使用唯一的一种使病人虚脱的治疗办法，你们经常假定人的体力受到刺激，采用减少人的体力以致虚脱的办法，你们就要犯错误！这样一来，我想使用的是一种完全的精神治疗法，要进入病人的内心世界进行深入的检查。让我们从灵魂深处找病因，而不是从肉体的内脏去找吧！医生是受神灵启示的，赋有特殊的天才，上帝给了他洞察人的生命力的能耐，正如上帝赐给先知以未卜先知的慧眼，给诗人以展现大自然的能力，给音乐家以按悦耳的顺序来排列声音的技巧，模仿的典范也许就在天上！”

布里塞喃喃地说：“永远离不了他的那套专制主义的、君主制的、宗教的医学。”

莫格雷迪急忙提高嗓门，压住布里塞的牢骚，说：“先生们，我们的眼睛应该盯住病人……”

拉斐尔悲哀地喊道：“原来科学就是这样子！我的病能否治

好，就在一串蚂蟥念珠和一首玫瑰经之间[1]，就在迪皮特伦[2]的手术刀和霍恩洛厄亲王[3]的祈祷之间左右摇摆了。在区分事实和空言，物质和精神的界线上，有莫格雷迪在那里怀疑。人类的是和不是到处追逐着我！永远是拉伯雷的叽里咕噜或者咕噜叽里，如果我精神上有病，这是叽里咕噜！肉体上有病，这是咕噜叽里！我能活下去吗？他们不知道。普朗歇特起码是坦率的，他对我说：'我不知道'。"

这时候，拉斐尔听见莫格雷迪医生在大声说话：

"病人患有偏执狂，好吧，我同意；可是他有二十万法郎的年金，这样的偏执狂患者是少见的，我们起码得他们一个忠告。至于到底是他的上腹部影响了他的脑子，还是脑子影响了上腹部，我们在他死后也许可以用事实来判断。因此我们总结如下：他病了，这是无可否认的事实。必须给他某种治疗。医学理论暂且放下不谈。我们首先得用蚂蟥来平息他的肠胃刺激和神经官能症，这些症状的存在，是我们一致同意的；然后，我们送他去温泉。我们应用两种医疗方法同时给他治疗。如果他得的是肺病，我们就束手无策了，因此……"

拉斐尔迅速地离开走廊，回到他的沙发里去。过了一会儿，四个医生走出了书房，毕安训做他们的发言人，对他说：

"这几位先生一致同意有必要立刻放蚂蟥在胃上吸血，而且迫切需要进行既是肉体又是精神的同时治疗。首先，要实行节制饮食，使您的机体所受刺激得以平息下来。"

听到这里布里塞点头表示同意。

"其次，要有一个卫生的作息制度来约束您。因此，我们一

① 天主教徒惯常数着念珠念玫瑰经。

② 迪皮特伦（1777—1835），法王路易十八及查理十世的御医。

③ 霍恩洛厄（1746—1818），普鲁士将军，于1806年耶拿战役中被拿破仑大败。

致劝您到萨瓦的艾克斯温泉，或者到奥弗涅的多尔山温泉去，随您自己选择；萨瓦省的空气和风景都比康塔尔省的更宜人，您可以按照自己的兴趣，爱到什么地方都可以。”

这时候，卡梅里斯蒂医生不由自主地露出表示同意的动作。

毕安训又说：“这几位先生认为您的呼吸器官有点变化，他们一致同意我先前给您开的方子是有用的。他们认为您的病很快就能治好，关键在您能不能妥善地交替使用这几种不同方法……”

拉斐尔微微一笑，拉着毕安训到他的书房里去，说：“这就是您的女儿为什么是哑巴的原因[①]，”他把这次毫无结果的会诊诊金交给毕安训。

毕安训回答他说：“他们都是合乎逻辑的。卡梅里斯蒂感觉，布里塞观察，莫格雷迪怀疑。这同人有灵魂、躯体和理智不是相对应的吗？这三种基因的其中一种在我们身上起着或强或弱的作用，这样在人文科学里总有人的存在。拉斐尔，请相信我，我们治不好病，我们只能帮助治病。在布里塞医学和卡梅里斯蒂医学之间，还有一种观察疗法；不过要成功地运用这种疗法，得在十年前就熟悉他的病人。医学从实质上说，同所有其他科学一样，是有消极的一面的。因此你必须规规矩矩地生活，不妨到萨瓦省旅行一次；最好的做法是完全信赖大自然，而且永远要这样做。”

一个月以后，在一个美好的夏日黄昏时刻，几个到艾克斯温泉来的人，散步归来，大家聚集在俱乐部的客厅里。

拉斐尔坐在窗旁，背对着大伙，长时间地单独一人待在那

---

① 这句话的意思是：医生得出的结论同他诊断的用语不符。出自莫里哀的喜剧《屈打成医》，说的是一个性情粗暴的丈夫经常虐待妻子，妻子为了报复，胡说丈夫本是名医，要用棍子打他才肯治病。丈夫被迫为一个假装哑巴的姑娘治病，在诊断时丈夫说了一大堆术语来讽刺医生和伪科学，结论时说了这一句话。不料姑娘被他的话说得笑起来，病就好了。

里，陷入不自觉的沉思；在这种沉思里，我们的思想诞生、串联、消失，没有结合成形体，像淡淡的浮云在我们脑际掠过。这时候的悲哀是柔和的，快乐是轻飘飘的，灵魂几乎是睡着了的。拉斐尔自由自在地过着这种快乐的生活，沐浴在黄昏的温暖气氛中，饱尝着山谷里清新而芳香的空气，很高兴自己没有感到任何痛苦，而且最终摆脱了驴皮的威胁，使它不再开口。夕阳的红霞在山顶上消失的时候，空气中带着一丝寒意，他离开座位，顺手将窗门关上。

一个老太婆对他说："先生，麻烦您不要关上窗门好吗？我们都透不过气来了。"

这句话的特别尖酸的不调和音调，刺破了拉斐尔的耳膜；仿佛我们很想相信某一个人的友谊，这个人不小心漏出这句话来，暴露了他的无限自私，完全摧毁了我们感情上的甜蜜幻想。侯爵像个铁板着脸的外交家，向那个老太婆冷冷地瞟了一眼，叫个仆人进来，很生硬地对仆人说：

"打开这扇窗！"

所有的人听见了这句话，脸上都露出异乎寻常的惊讶。大伙儿马上窃窃私语，脸上都或多或少地现出富有表情的神气注视着他，似乎他犯了什么严重的不礼貌行为。拉斐尔自己则因为没有能够完全消除年轻人初出道时的胆怯，做出了羞愧的姿态；可是他马上振作起来，恢复了勇气，自己质问自己刚才奇怪的一幕到底是怎么一回事。突然间他脑子里一闪立刻清醒过来，往事清晰地显现在他眼前，其中由他引发的感情事件，尤其凹凸分明地再现出来，好像死尸身上的血管，经过巧妙的注射，自然科学家使最细微的血管也染上了颜色，显现得清清楚楚；他从这幅飞逝的图画里认出了自己，他的过去生活，一件件，一桩桩，每一天，每一种想法，都被他重温一遍；他稍觉吃惊地发觉自己在这欢笑的世界中，忧郁而心不在焉，整天想着自己的命运，只关心自己的病，对最微不足道的闲聊也表示不屑，避免那些在旅客之间迅速建立而瞬间即逝的亲密关系，因为旅客们并不打算再度相逢；他很少为别人的事烦恼，就像岩石一样，对于波浪的柔情抚摩和愤怒冲击完全无动于衷。

他有一种罕见的特长，就是能凭直觉看透每个人的灵魂：他在烛光下发现了一个黄脑壳，侧着脸，面带嘲讽的老头子，他想起来曾经赢过他的钱，却没有给他一个翻本的机会；稍远一点，他瞥见一个漂亮的女人，她曾对他使尽媚态，却发觉他冷淡无比；每一张脸都谴责他做过类似的错事，这些错事表面上难以解释，实际上错误的根源总是在无形中损害了别人的自尊心。他曾经不自觉地得罪了所有那些环绕着他转的人，伤害了他们的小小虚荣心。他大摆宴席请来的宾客，和他赠送过马匹给他们的人，对于他的穷奢极欲感到生气；他对他们的忘恩负义感到惊讶，就不再宴请他们和赠送他们礼品，以免他们再度受辱，不料从此以后他们认为受到鄙视，骂他有贵族派头。

他这样探测人心，就能够猜透最秘密的思想，他厌恶社会，厌恶社会的礼节和包装。他既有钱又聪明绝顶，就遭人羡慕和憎恨；他的沉默使好奇的人感到迷惑，他的谦逊在小人物和肤浅之辈看来，似乎是高傲。他猜出来他对他们犯下了潜在的、不可饶恕的罪，他逃脱了他们对他的庸俗的裁判。他不顺从他们的查根问底的专制做法，知道怎样摆脱他们；他们则本能地联合起来，共同对他的秘密王朝进行报复，让他感觉到他们的力量，把他放到被多数人排斥的地位，使他知道，他们也不需要他。

看到世界的真相，他起初是怜悯，不久就战栗起来，因为他想到这种柔软的权力，能扯下他的肉体面纱，揭露埋在下面的道德本性，他索性闭起眼睛，什么也不看。突然间，一道黑色的帷幕，遮盖住这个凶险的真理幻影，而他自己，却处在可怕的孤立状态中，等待着各种势力和各种控制的降临。

这时候，他猛烈地咳嗽起来。在这群偶然聚集在一起的上流社会人士中，他听不到任何一句表面上漠不关心，实际上至少在礼貌上是同情的话，他听见的只是带敌意的惊叹句，和低声的怨言。社会已经不屑于在他面前化装打扮了，因为他也许都能猜透它的真面目。

“他的病是传染的。”

“俱乐部的主席应该禁止他走进客厅。”

“治安如果好的话，真是应该禁止这样的咳嗽。”

“一个人病到这种程度，就不应该到温泉来。”

拉斐尔站了起来，要躲避公众的咒骂。“他们会把我从这里赶走的。”他想。他到房间里散步。他想找一个护身的处所，便折回来向一个无所事事的年轻女人走去，他心里想好了几句恭维的话要对她说。可是，等他走近的时候，她就转过身去，假装注视着那些跳舞的人。拉斐尔害怕这个晚上他已经使用过他的法宝，他既没有心思，也没有勇气开口同人谈话，便离开了客厅，避进了台球房。在那里，没有人同他谈话，也不同他打招呼，连好意看他一眼的都没有。他的好沉思的天性，运用内渗的方法，使他明白了他引起人们厌恶的总的和合理的原因。这个小圈子也许自己不知道，是遵守上流社会的大法律的，它的那套无法改变的道德规范，整个地展现在拉斐尔的眼前。回顾一下过去，他就发觉福多拉才是完美的典型。他不能期望社会能对他的疾病有更多的同情，正如他不能期待福多拉对他的贫困有更多的同情一样。

上流社会将不幸的人从它的怀里驱逐出去，正如一个健康的人将生病因素从体内驱逐出去一样。我们的世界痛恨苦楚和不幸，它怕它们同怕传染病一样，在它们同罪恶之间，它会毫不犹豫地选择罪恶，因为罪恶是一种奢侈品。不幸尽管崇高伟大，社会也能将它变成渺小，而且能用一句俏皮话使它变成笑料。社会画些讽刺漫画来凌辱那些被打倒的国王，因为它相信国王曾经冒犯过它；社会就跟斗兽场里的罗马青年女子一样，它从不怜悯那些倒下去的角斗士；它靠金子和嘲笑来过日子；大凡世界各民族都有这样一种骑士组织，它们的信条就是："弱者该死！"因为到处都有富人崛起，而这个信条就是铭刻在被有钱人家塑造，被贵族阶级培养的心灵深处的。

你要将中学里的孩子们集合起来吗？这个社会的缩影是更真实的，因为集合的孩子们更天真和更坦率。你在这里可以发现穷困的社会最底层，他们是些受苦难折磨的人物，经常不是受轻视，就是被怜悯，《圣经》答应他们将来可升天堂。你要到低一级的生物层里去看看吗？如果家禽饲养场里的一只家禽有了病痛，其余家禽就会用喙啄它，撕掉它的羽毛，把它啄死。上流社会忠于这个自私自利的宪章，对于那些相当大胆的穷苦人，敢于冒犯他们的节日，败坏他们的欢乐，他们必然严加惩治。有谁如果身心有病，手中缺少金钱和权力，他就是一个不可接触的贱民。让他留在他的沙漠里吧，假如他越过界线，他会发现到处都是严冬：冷冰冰的眼光，冷冰冰的态度、语言和心肠；在他应该得到安慰的地方，如果他没有收获到侮辱，他就算幸运的了。濒死的人们，留在你们孤寂的床上吧。老头子，单独一个人躲在你们冰冷的火炉边吧。可怜的没有陪嫁的姑娘，留在你们荒凉的顶楼上，冬天冷得像冰镇，夏天热得像火烤吧。如果上流社会容许有一个不幸的人，难道不是为了改造他为己所用，从他身上得到好处，给他装上驮鞍，配上嚼子，驾上鞍褥，骑在他的身上借以取乐吗？爱使性子的女伴呀，装出愉快的样子吧，忍受所谓有恩于你们的女主人的装腔作势吧，为她抱着小狗，同这些英国长毛狗争宠吧，逗女主人乐，猜出她的心意，然后闭上你的嘴吧！至于你，不穿制服的仆役之王，帮闲的食客，你是无耻的寄生虫，把你自己的个性留在家里，学着东家的样子，他怎样吃东西你也怎样吃东西，他哭你也哭，他笑你也笑，把他的挖苦的话当成十分讨人欢喜的话；假如你要说他的坏话，等到他垮台以后再说。这就是上流社会敬重一个不幸的人的办法：把他杀掉或者加以驱逐，鄙视他或者把他阉割。

这些想法在拉斐尔的心中涌现，迅速程度就像诗人的灵感一样。他向周围张望一下，感到一股阴森的冷气迫人，那是上流社会散发出来使穷人离开的，它侵入你的灵魂，比腊月的北风冻僵躯体更厉害。他把两臂交叉抱在胸前，背靠在墙壁上，陷入深沉的忧郁。他想，这个可怕的社会组织只给人们提供了很少的幸福。它们是什么？是些没有欢笑的娱乐，不开心的愉快，没有享受的节日，没有快感的兴奋，总之，是壁炉里的木柴或者炉灰，没有一丝火星。等到他抬起头来的时候，他发觉自己只剩下单独一人，打台球的人都跑光了。

他对自己说：“要使他们对我的咳嗽表示敬意，我只要对他们显示我的权力就行了。”

想到这一点，他将蔑视当成一件斗篷，扔在上流社会和他自己之间。

第二天，温泉疗养所的医生来看他，样子很亲热，对他的健康很担心。拉斐尔听到他的充满友情的说话，心里很高兴。他发觉这位医生的脸上显得既和蔼又善良，他的金色假发的发卷只只都有博爱仁慈的气息，他的方角服装的裁剪方法，他的裤子的褶痕，他的宽大而有点像公谊会教徒穿的那种鞋子，一切的一切，直到他的小辫子上的发粉在他的微驼的背上撒下的一圈白粉，都流露出他的使徒性格，表达他有基督徒的慈善心肠和为他人的牺牲精神，这个人对他的病人十分热诚，以致他被迫经常同他们玩纸牌和掷骰子，他的赌术相当精，总是赢他们的钱。

医生同拉斐尔经过长时间谈话以后对他说："侯爵先生，我一定能消除您的忧虑。现在我对您的身体情况知道得相当清楚，我敢说，巴黎的医生们对您疾病的性质根本弄错了，虽然我知道，他们都是伟大的天才。侯爵先生，除非发生意外事件，您会活到玛土撒拉[①]的岁数。您的肺像锻铁炉的风箱一样强健，您的胃连鸵鸟都自愧不如；可是如果您逗留在温度高的地方，您就有被干净、迅速地埋在圣地里的危险。侯爵先生只需听我说两句话就明白了。化学证明呼吸在人体内真正构成燃烧作用，而燃烧程度的强弱，则以每个人身体结构所汇集燃素多寡而定。在您身上，燃素特别丰富，如果您允许我这样说的话，您是一个含氧过度的人，因为您有火热的体质，注定是有伟大爱情的人。清新和纯洁的空气，对体质软弱的人，能增强他的生命力，您呼吸了这种空气，却会帮助您体内已经过快的燃烧，进行得更快。因此，维持您的生命的条件之一，就是牛棚和峡谷的稠密的空气。是的，最适合天才人物生存的空气是在德国的肥沃牧场，在巴登—巴登，在特普利兹等处。如果您不讨厌英国，它的多雾环境能够减轻您的白热化程度。可是我们的温泉位于地中海平面一千法尺以上，对您是致命的。这就是我的鄙见，"他不禁做出了一个谦逊的姿势；"我提这意见是违背我们的利益的，因为如果您照这意见去做，我们就会失去您，这对我们是很大的不幸。"

如果他不说最后这几句话，拉斐尔很可能被这位伪装善良的医生的甜言蜜语所迷惑，可是他是洞察一切的观察家，他不能不从医生的语调、姿势和眼色，同这场稍带一点开玩笑的谈话

① 据《圣经》旧约《创世记》第五章，玛土撒拉是挪阿的祖父，活了九百六十九岁。

中，猜出这位矮个子的使命，毫无疑问他是受那班快乐的养病人委托而来的。这班脸色红润的无所事事之徒，这些厌倦生活的老太婆，这群到处流浪的英国人，这些爱打扮的轻佻妇女，逃过丈夫的监视，被情郎带到温泉里来，他们合谋要驱逐一个可怜的濒死病人，这个病人身体虚弱，表面上看来是无法抵抗日常的迫害的。拉斐尔看出来在这场阴谋中有可供消遣之处，他就接受了这个挑战。

他回答医生说："既然你们舍不得我离开这里，我就设法一边继续留在这里，一边充分利用您的忠告。从明天起，我叫人在这里盖一所房子，按照您的处方，改变室内的空气。"

医生认为拉斐尔嘴角上出现的微笑含有辛辣的挖苦味道，只能对他行礼告退，找不出一句话来回答他。

布尔热湖是处在群山中的一个宽广的剖面，周围都有缺口，离地中海有七八百法尺高，剖面中间闪耀着一大片蓝色的水，世界上没有别的水比得上它。从猫牙山上往下瞧，这湖在下面宛如一块遗失了的绿松石。这颗漂亮的水滴，方圆有三十六公里，某些地方水深五百法尺。在风和日丽之下，驾着一叶扁舟游于湖水之上，耳边听到的只是桨声，望眼天边，看到只是云雾中的群山，可以欣赏法国一边莫列纳山顶上灿烂耀眼的雪景；时而经过披上由羊齿植物和小树织成的天鹅绒服装的大块花岗石，时而经过带着笑容的山冈；一边是沙漠，另一边是富饶的大自然，正是一个穷人参加富豪的宴会；这种调协和不调协构成的景色，其中一切都是伟大的，一切又都是渺小的。群山的外观改变了视觉和透视的效果：一棵高达一百法尺的枞树看起来像根芦苇，宽阔峡谷只像狭窄的小径。这个湖是唯一能够密谈心里话的地方。人们在那里思索，在那里谈情说爱。在任何别的地方，你都无法找到水、天空、山峦和大地如此情投意合的地方。这儿有医治人生一切危机的灵丹妙药。这地方保存着痛苦的秘密，它安慰痛苦，减轻痛苦，它给爱情投去严肃和集中的成分，使爱情更深刻和更纯洁。一个亲吻在这里会变得崇高伟大。然而这个湖尤其是回忆之湖，它的波光水色更能帮助人们回忆，它是一面镜子，每个人都来这里照一照。

拉斐尔只在这样的美景中才能忍受他的精神负担。他能在这里继续懒洋洋的样子，耽于幻想，了无欲望。医生来访以后，他出外散步，叫人用船把他送到一个美丽山冈的荒凉的沙嘴上，山冈上面有一个名圣伊诺桑的村子。从这山冈顶上，可以看到比盖山的全景，山脚下流着罗纳河，还能看到湖底。可是拉斐尔最爱从这里凝视的，是河对岸上孔布镇的那座令人伤感的修道院，那是撒丁岛历代国王的陵墓，一块块墓地匍匐在群山面前，仿佛朝圣的香客抵达了目的地，俯伏在地一样。一阵均匀而有节奏的桨声打破这里风景的静寂，给他送来单调的像僧人诵经的声音。

拉斐尔奇怪在这一带湖边通常是很僻静的，怎么会遇到游人？他一边继续沉思，一边仔细观看坐在船上的是些什么人，他认出了坐在船尾的正是昨天晚上很粗暴地命令他关窗的那个老太太。

那条船驶过拉斐尔面前时，只有老太太的女伴同他打招呼，这个可怜的贵族女子他好像是第一次见到。这些游客很快就消失在岬角后面，过了一会儿，他已经忘记了他们，他忽然听见身边有女人衣服的窸窣声和轻轻的脚步声。他回过头来，看见了老太太的女伴；瞧她拘谨的样子，他猜出来她有话要对他说，他就向她走去。她的年龄约有三十六岁，身材高大而消瘦，干瘪而冷漠，她像所有老姑娘一样，眼光显得有点为难，同她犹豫不决、拘谨、不灵活的步伐再也不调协了。她同时既是年纪大又年轻，她用举止的庄严，来表达她非常重视她的操行和美德。她还有习惯于自爱的女人那种审慎的和修道院式的举止，大概是为了在爱情遭遇中不致犯错误。

她后退几步，仿佛她的贞操已受到牵累，然后对拉斐尔说：“先生，您有生命危险，不要再到俱乐部里来了。”

拉斐尔微微一笑，回答她说：“小姐，既然您肯屈驾到这儿来，那就请您解释清楚一点……”

她又说：“啊！如果没有强有力的理由驱使我到这儿来，我才不会冒失宠于伯爵夫人的危险，一旦她知道我来通知您……”

拉斐尔大声说：“谁会去告诉她呢，小姐？”

老姑娘用猫头鹰看到太阳时那种微微颤抖的眼光看了他一眼，回答道：“这话不错。可是，想一想您自己；有好几个青年想把您赶出温泉，他们决心向您挑衅，强迫您进行决斗。”

远处传来了老太太的声音。

来给他传递信息的老姑娘，听到女主人的嗓音，早就跑了，岩石间又响起了老太太的尖叫。

“可怜的姑娘！穷苦的人总是相互了解，彼此帮助的。”拉斐尔边这样想边坐在树下。

所有科学的开门钥匙毫无疑问是一个大问号。我们的大部分有价值的发现应归功于“怎么样？”人生的智慧也许就在任何时候都问一个“为什么？”可是这种生搬硬凑的先见之明也会毁掉我们的幻想。因此，拉斐尔事先没有作过哲学的思考，就将老姑娘的善行作为他遐想的主题，他觉得这善行里充满了敌意。

他想：“一个贵妇人的女伴爱上了我，这并没有什么特别的地方：我只有二十七岁，有贵族头衔和二十万法郎的年金！可是她的女主人，害恐水症比母猫更厉害，把她带到船上，来到我身边，这岂不是一桩古怪又奇妙的事吗？这两个女人，从萨瓦到这儿来，为的是在这儿大睡懒觉，睡到中午还问是否天亮了，难道今天居然不到 8 点就起床，为的是跟踪我而又装成碰到的样子吗？”

过了不久，这个老姑娘同她四十岁人天真的言行，在他眼里成了这个奸诈和爱戏弄人的社会的新变化，成了一种小心眼的诡计，拙劣的阴谋，教士或者女人的无谓的争吵。

她所说的决斗，是无稽之谈或者是对他的恐吓？这些小心眼的人们，像苍蝇那么放肆和讨厌，却也成功地刺激了他的虚荣心，唤醒了他的自豪感，引起了他的好奇心。他既不准备上他们的当，也不愿被当作懦夫，也许这小小的一幕剧提起了他的兴趣，他当晚就到俱乐部去。他站在那里，手肘靠在壁炉的大理石上，在主客厅里静静地等待着，同时注意不使自己给人以把柄；但是他也在仔细观察别人的脸，可以说，他是以自己的谨慎向大伙儿挑战。他像一头守门狗，对自己的力量很有把握，坐在家里等待战斗，不作无谓的狂吠。

傍晚接近结束时，他在赌博大厅里漫步，从进口大门走到台球房的进口，不时向台球房里正在打台球的年轻人瞟上一眼。走了几圈以后，他听见了他们提到他的名字。虽然他们在低声谈话，拉斐尔很容易就猜到了他已经成为他们争论的焦点，最后他终于听到了他们高声说的几句话：

“你吗？”

“是的，我！”

“我不相信你！”

“我们打赌好吗？”

“啊！他行。”

拉斐尔为了好奇，想知道他们打赌的目标是谁，停下来想仔细地听一听他们的谈话，这时候，一个青年从台球室里走出来，这个人身材高大而壮健，脸色红润，不过眼睛盯着人看，神气放肆而无礼，很像一些有体力可依靠的人。

他用冷静的口气对拉斐尔说："先生，我受委托要告诉您一件您似乎不知道的事：您的脸和您这个人叫这里所有的人看见了就感到恶心，尤其是我；您太有礼貌，想必不会不肯为公众的利益而牺牲自己，我请您不要再到俱乐部里来。"

拉斐尔冷冷地回答他："先生，这种玩笑在帝政时代曾经在好几个兵营里流行过，到了今天，已经是很没有教养的玩笑了。"

青年又说："我不开玩笑。我给您再说一遍：您住在这里对您的健康没有什么好处；炎热的气候，阳光，客厅的空气，一伙人聚居在一起，都有害于您的疾病。"

拉斐尔问："您在哪里学的医学？"

"先生，我在巴黎勒巴热射击学院得过学士学位，在剑术之王塞里西埃那里得到击剑博士头衔。"

拉斐尔反驳："您还有一个学位要争取，研究一下礼貌法典吧，您取得这个学位就成为十全十美的贵族了。"

这时候，许多年轻人都走出了台球房，有些脸带微笑，有些沉默不语。别的赌客也关心起这件事，大家都扔下纸牌来听一听这场能促使他们高兴的争吵。拉斐尔独自一人处身于这群充满敌意的人中间，只好尽量保持冷静，不使自己犯任何错误；可是他的对手胆敢挖苦他，居然巧妙地用尖酸刻薄和幽默风趣的话来掩盖侮辱的意图，于是他严肃地回答他说：

"先生，今天已不准许打别人的耳光了，可是我实在想不出用一句别的什么话来痛斥您的懦怯行为。"

有几个年轻人抢过去把两个吵架的人隔开了，他们说：

"够了，够了，你们两个明天一起算账吧。"

拉斐尔走出客厅，他的身份是得罪人的人，他接受了一个约会地点，离波尔多古堡不远，在一块斜坡的小草地上，附近有一条新开的公路，决斗的胜利者可以从公路直达里昂。拉斐尔必须选择一样，或者躺倒在床上，或者离开艾克斯温泉。社会胜利了。

第二天，早上 8 点钟，拉斐尔的对手，由两个证人和一个外科医生陪同，首先来到决斗场地。

决斗青年仰望蔚蓝的天空，环顾四周的湖水和岩石，丝毫没有怀疑和哀伤的想法，他高兴地大叫起来："这个地方真好，今天天气晴朗，最适于决斗。"他又继续说，"如果我击中了他的肩膀，我就会让他在床上躺一个月，是不是，医生？"

外科医生回答："那是最起码的了。不要去碰那棵小柳树，否则会弄累了您的手，您的打击就没有什么把握了。您可以杀死您的对手，而不是仅仅打伤他。"

一辆马车驶过来的声音传来了。

两个证人说："他来了。"过了不久他们就瞥见公路上有一辆由四马拉着，配有两个车夫副手的四轮旅行马车驶过来。

拉斐尔的敌手喊起来："多怪的派头！他居然乘着马车来送死。"

决斗就跟赌博一样，最轻微的意外事件都能影响一心只想胜利的当事人的心理；因此，那个决斗的年轻人十分焦急地等待那辆马车的到达，谁知那辆车在公路上停下来了。若纳塔斯老头儿头一个笨重地从车上下来，然后帮助拉斐尔下车，他用衰弱的胳膊扶着拉斐尔，像一个情人对待情妇那样无微不至地关怀。他们两人都消失在隔开大路和决斗地点的小径上，过了好久才再度出现，因为他们走得很慢。那等待着的四个人眼看着这奇怪的一幕都深深地感动：他们看见拉斐尔靠在老仆的胳膊上，脸色苍白，精神委顿，像痛风患者那样行走，低着头，一句话也不说。简直可以说，他们两个都是被打败的老头，一个被岁月打败，另一个被思想打败；第一个的岁数写在他的白头发上，年轻的那个根本看不出年岁。

拉斐尔对他的敌手说："先生，我一夜没有合眼。"

这句冰冷的话和随同一起的可怕的眼光，使那位真正的冒犯者战栗起来，他意识到自己的错误，对自己的行为暗暗感到羞耻。拉斐尔的态度、声音和举止上都有点奇怪。侯爵歇息片刻，每个人都学他的样保持沉默。当时焦急不安和专心关注的气氛达到了极点。

侯爵接着说："现在还来得及，给我赔个小小的不是，请这样办吧，先生，否则您就是死路一条。眼前这时刻您还依仗您的本事，以为在决斗中您会占到上风，而不在决斗面前退缩。好吧，先生，我十分宽容，我可以预先告诉您我的优势。我拥有一种可怕的力量，我只要有这样的愿望，我就可以使您的本事化为乌有，可以遮住您的视线，使您双手发抖，心脏狂跳，甚至将您杀死。我不想被迫使用我的力量，因为我使用它付出的代价太大了。您不会单独一个人死去的。如果您拒绝向我道歉，您的子弹会落到这个瀑布的水里，哪怕您是惯于杀人的，而我的子弹，我不用瞄准，会一直打进您的心窝。"

这时候嘈杂的人声打断了拉斐尔的话头。侯爵在说上面那番话的时候，固定不动的眼睛一直盯着他的敌手，眼睛里射出令人没法忍受的光芒，他挺直身子，露出毫无表情的脸，活像一个凶恶的疯子。

青年对他的证人说："叫他闭嘴，他的嗓音在绞扭我的五脏！"

外科医生和两个证人齐声喊道："先生，别说了。您的大发议论毫无用处。"

"各位先生，我在尽我的责任。这位青年有后事要安排的吗？"

"够了，够了！"

侯爵继续站在那里，一动不动，眼光一分钟也不离开他的敌手，那个青年仿佛被一股有法术的力量慑住，就像鸟儿遇到了蛇一样，他不得不忍受这道置人于死地的目光，躲开了，又不断地再接上。

他对一个证人说："给我水喝，我渴了。"

"你害怕了吗？"

他回答："是的。这人的眼光是灼热的，把我慑住了。"

"你想向他道歉吗？"

"来不及了。"

两个决斗者被安排在相互距离十五步远的地方。他们身边各有两把手枪，根据决斗的规则，在证人发出信号以后，他们可以自由射击两次。

充当拉斐尔敌手的副手大声喊道："你做什么，夏尔？你先上子弹后装火药了。"

青年喃喃地说："我必死无疑，你们把我安排在面对太阳一边了。"

"太阳在您后面，"拉斐尔用严肃而庄重的语调对他说，边说边缓慢地为他的手枪装弹药，既不关心信号已经发出，也不在乎他的对手用心瞄准他。

这种不可思议的安全感，含有令人害怕的成分，连那两个被强烈的好奇心吸引前来观看的马车夫，也害怕了。拉斐尔在玩弄他的超人力量，或者想试验它一下，转过身来同若纳塔斯说话，敌人的子弹向他打过来的时候，他正注视着他的老仆人。夏尔的子弹打断了一根柳树枝，反弹到水里去了。拉斐尔随便放了一枪，子弹直中敌人的心脏。他根本不管那个青年怎样倒下去，就急急忙忙地找出那块驴皮，看看一条人命要他付出多少代价。那件法宝变得只像一块小橡树叶那么大小了。

侯爵喝道："喂，车夫，你们在看什么？上路吧！"

当晚回到法国[①]，他马上动身取道奥弗涅公路到多尔山温泉去。在旅途中，他心里突然出现了一种想法，正如一缕阳光透过密云晒进幽暗的峡谷一样。

这是凄凉的光线，无情的智慧！它照亮了已经完成的事件，揭露了我们的错误，把我们毫不原谅地放在我们面前。他突然想到，拥有权力，不管是多大的权力，却没有教会我们怎样去使用权力。君主的权杖对儿童来说，只是玩具，对黎塞留大主教来说，是一柄斧头，对拿破仑来说，是撬起世界的杠杆。权力对我们来说，只能让我们仍然是我们，但却能使伟大人物越加伟大。拉斐尔有权力可以做任何事，他却什么也没有做。

在多尔山温泉，他再度遇到那些上流人士，他们急急忙忙地躲开他，越远越好，就像野兽发现自己的一只同类躺在路上死去，远远地嗅了一嗅便赶紧逃跑一样。这种憎恨是相互的。他的最后一次遭遇使他深深地憎恨社会。因此他的第一件事就是在温泉附近找一个僻静的隐居所。他本能地感觉到他需要接近大自然，需要真正的感情交流，需要我们得意扬扬地走进田野过着与草木共处的那种生活。

他到达后的第二天，就辛辛苦苦地攀登了桑西峰，游览了高山上的峡谷，观看了空中的景致，不为人知的湖泊和多尔山上的村舍，这里险峻和荒野的美丽景色，已经开始吸引我们画家的画笔了。有时会出现一些优美、清新令人惊叹的景致，同这些外貌险恶的荒凉山岭形成强烈的对照。在离开村子约二公里的地方，拉斐尔到了一个处所，这里大自然像个孩子般快活和爱打扮，把许多宝贝都藏到这里来了；拉斐尔看见这个风景如画而又天真未凿的隐居所，就决心在这里住下来。这里的生活应该是安静的，

① 艾克斯温泉所在的萨瓦省，于1860年法意条约订立后才正式属于法国。

俭朴的，自然生长的，就跟树木那样。

设想一下一个倒过来的圆锥体，不过那是一个大口的花岗石圆锥体，又像一个边缘有许多奇形怪状而凹凸不平的缺口的大脸盆；这一边，有些笔直的桌面，上面寸草不生，平整光滑，作蓝青色，阳光在上面慢慢地滑过，如同照射在镜子上；那一边，大块的岩石被裂缝切破，被沟壑分割成皱褶，吊下来一块块熔岩，是雨水慢慢地冲刷的结果，顶上往往生长着几棵发育不良的矮树，在那里受狂风的虐待；然后，这里那里，有些像凸角堡的岩石，幽暗而凉爽，上面长着一簇栗树，高度像雪松，或者是些暗黄色的岩洞，张开又黑又深的大嘴，周围密密丛丛地长着荆棘和野花，嘴里长着一条青葱翠绿的舌头。

这个盆形山谷，也许过去是一个火山口，底层有一池清水，反射出钻石的光芒。这个很深的池子周围都是岩石，垂柳，菖兰，梣木和无数盛开鲜花的芳香植物，延伸出去是一片绿草地，活像英国人玩滚球戏的草坪；草地上的草细嫩而漂亮，是由岩石缝隙渗透出来的涓涓流水滋润，施肥则由狂风暴雨不停地从高山顶上冲下来的腐烂植物负责。水池的边缘像岩石底部一样切削成狼牙状，水池可能有三个阿尔庞[①]的面积；按照岩石同水的距离，草地约有一或者二阿尔庞宽；有些地方，却仅能容许牛群走过。到了一定高度，植物就不能生长。岩石在空中组成千奇百怪的形状，染上朦胧的色彩，使高山看起来模糊地有点像天上的云彩。同峡谷的温和外貌相比，这些光秃秃的岩石呈现出荒芜、贫瘠和野蛮的景象，还害怕岩石沙泥会塌方，岩石形状十分古怪，其中一块得了一个绰号叫嘉布遣会修士，因为那石的形状确是像一个僧人。

① 阿尔庞是旧时的土地面积单位，相当于七点五亩。

有时这些直刺天空的尖峰，这些大胆架设的桥墩，这些空中洞穴，轮流反映出亮光，按照太阳的运行和大气的变化，时而金色，时而紫红，忽又变为鲜红、暗淡或者灰色。这些高峰呈现出一幅连续不断却又变化无穷的美景，像鸽子颈上变幻无定的虹彩。往往，在仿佛用巨斧劈开的两片熔岩之间，一道美丽的光线透进来，那是在清晨或者日落时分，光线一直落到欢笑着的谷底，在那里同池水嬉戏，仿佛一道金光，透过百叶窗的缝隙，射进一间为午睡而紧闭门窗的西班牙卧室。太阳在旧火山口上面翱翔，由于远古大洪水前的某次变革，旧火山口里已盛满了水，不久侧面的岩石已经被太阳晒得发热，旧火山口也亮起来了，它的迅速发热能使种子发芽，草木繁盛，给花染上颜色，使这个不为人知的角落里果实成熟。

拉斐尔来到这儿的时候，他看见了几头母牛在草地上吃草；他向池塘走了几步，又见在一片最宽阔的地段上，有一间简朴的房屋，由花岗石建成，用木头盖顶。这所类似茅舍的房顶，同周围景色十分和谐，上面装饰着苔藓，常春藤和鲜花，说明房子十分古老。一缕细长的炊烟，从破烂的烟囱里升起，连鸟儿也不害怕。门口摆着一张长凳，安置在两株巨大的忍冬之间，红色的花朵散发着香气。在葡萄藤以及无拘无束到处乱开的玫瑰花和茉莉花花环的遮掩下，墙壁几乎看不到了。居民对于这种乡村的装饰毫不在乎，没有心思照料它们，让大自然去培养它们尚未开发的灵活调皮的美。婴儿的屎布就挂在一棵酷栗子树上晾晒。一只猫蹲在一架打麻机上，下面有一只刚洗擦过的黄色小锅，躺在一堆土豆皮上。

拉斐尔看见房屋的另一端，有一道用枯荆棘编成的篱笆，目的大概是要阻止鸡群入内损坏水果和菜园。世界的尽头仿佛就在这里。这所房子像是巧妙地修筑在岩洞里的鸟窝，充满了艺术构思又是自然形成的。这是天真和善良的大自然的一部分，真正的乡间建筑，可是富有诗意，因为它在离我们过分雕琢的诗歌千里之外一枝独秀，同任何其他思想毫无共同之处，只出自它本身，真是偶然得之的慧心巧思。

拉斐尔来到这里的时候，阳光正在从右向左照射，使得植物的颜色更加辉煌，突出和加强了亮光的魅力，明暗的对比，岩石的黄色和灰色的底层，叶子的各种不同的绿色，一丛丛蓝色、红色和白色的鲜花，攀缘植物和它们的吊钟花，苔藓天鹅绒闪耀着的光泽，欧南石的红紫色花串，尤其是清澈如镜的水面，忠实地反映出花岗石的山顶、树木、房屋和天空。在这幅美妙的图画上，一切景物都有自己的光彩，从亮闪闪的云母石到躲在柔和的半明暗光线里的金色草堆；一切看起来都十分调协：不管是毛色光滑的带斑点的母牛，还是像流苏似的悬挂在水面上的脆弱的水生花草，它们处在洼地里，这里有天蓝色和翠绿色的昆虫在嗡嗡鸣叫，有像头发似的带沙泥的树根，长在乱石构成的丑陋的头像上。

水的温暖香气，花儿的芬芳，岩穴的气息，使这所孤独的小屋充满了馨香，这就给拉斐尔一种快意的感觉。这个世外桃源也许在收税官的名册上也漏掉了，笼罩在这一块地上的庄严的静寂，突然被两只狗的吠叫声所打破。母牛们回过头来对着山谷的入口，把润湿的鼻子朝拉斐尔仰着，笨拙地看了他一会儿以后，又回过头去吃草。一只山羊同它的小羊像变戏法似的悬挂在岩石上，它们蹦蹦跳跳地走过来，停在靠近拉斐尔的一个花岗岩桌面上，似乎在向他提问。狗吠声引出一个胖小孩来，他站在那里张着嘴巴，接着又出来一个中等身材的白头发老头。

这两个人同这里风景、空气、鲜花和房屋是和谐的。在这片富饶的自然环境里，健康是到处泛滥的，老年和童年在这里都同样美好；总之，在各种类型的生活中，都有一种原始的自由自在，一种常规的幸福，否定了我们平庸枯燥的道德说教，治好我们被情欲膨胀了的心。老头子属于施奈兹[①]雄壮画笔所最爱绘画的那种类型；脸是褐色的，脸上无数皱纹仿佛摸上去很粗糙，一只笔直的鼻子，突出的双颊布满红色的脉络，好像一块葡萄藤的老叶子；有棱有角的脸部，到处显露出坚强有力的特性，即使在力量已经消失的部位仍是如此；双手布满老茧，虽然现在已经不再劳动，却仍然保持着少量的白毛；他的真正自由的男子汉气概，使人预想到，要是在意大利，他也许由于热爱他的宝贵的个人自由而变成强盗。孩子是地道的山里人，一双黑眼睛可以正视太阳而不眨眼，茶褐色的脸色，一头蓬乱的棕色头发。他样子机灵而十分果断，动作自然，像个小鸟；穿着破旧，从衣服的裂痕可以看见他白嫩的皮肤。

两个人都一言不发地站在那里，互相挨近，行动都受同一种感情驱使，脸上的特征也证明他们的生活同样是无所事事者的生活。老头子采纳了孩子的游戏，孩子学会了老人家的脾气，他们两个弱者之间仿佛订了契约似的，一个是精力正要结束，另一个是精力正要发展。过了一会儿，一个约莫三十岁的妇女出现在门槛上。她一边纺线，一边走路。她是一个道地的奥弗涅女人，红光满面，快活，直爽，牙齿雪白，奥弗涅人的脸型，奥弗涅人的身材，奥弗涅的发型和长袍，奥弗涅人的丰满的乳房，还有她的说话和说话的腔调，也是奥弗涅的。她是当地最完美的典型，有勤劳的习惯，没有文化，省吃俭用，诚恳真挚，一切都具备了。

她向拉斐尔行了一个礼，两人就谈起话来；狗安静下来了，老头子坐在长凳上晒太阳，孩子跟着他的母亲，她到哪里他就跟

① 施奈兹（1787—1870），法国画家，是名画家大卫的学生。

到哪里，他一声不响，只是注意倾听，仔细打量拉斐尔。

“大娘，你们在这里不害怕吗？”

“先生，我们为什么要害怕？我们一挡住入口，谁能够进到这儿来？啊！我们一点儿也不害怕，”她边说边把侯爵让进屋子里的大房间，“何况，小偷到我们家来，有什么好偷的呢？”

她指了指被烟熏黑了的墙壁，墙上的全部装饰，就是有蓝、红、绿三种颜色的着色图画，画名：《债主之死》《耶稣受难》《帝国近卫军士兵》；然后，在房间的这里那里，有一张带帐柱的胡桃木旧床，一张弯腿的桌子，几只板凳，一只面包箱，吊在天花板下的肥肉，一只装了盐的罐子，一只长柄锅；在壁炉上，几只发黄的着色石膏像。走出屋子，拉斐尔瞥见岩石中间有一个男人，手里拿着一把锄，弯着腰，好奇地注视着房屋。

奥弗涅女人不由得露出农妇们常见的微笑来，对拉斐尔说：“先生，这就是我的男人，他在上头种地。”

“那位老人家就是您的父亲吧？”

“对不起，先生，他是我男人的祖父。他像您看见那样，年纪已经有一百〇二岁了。您猜怎么着？最近他还带着我们的小家伙步行到克莱蒙去哩！他以前是个很强壮的人，现在嘛，他只是睡觉和吃喝了。他经常同小家伙逗着玩。有时小家伙带他到山上去，他也就去了。”

拉斐尔马上决定生活在这老头子和小孩子之间，呼吸他们的空气，吃他们的面包，喝他们的水，同他们一样睡觉，在血管里输入同他们一样的血。这是濒死的人的怪念头！变成这块岩石上的一只牡蛎，以求多保护几天他的贝壳，来麻痹一下死亡，这就是他个人道德的典范，是人类生存的真正样式，人生的美好理想，唯一的生活，真正的生活。他的心里产生了一种吞没了整个宇宙的极端自私的思想。在他眼里，再也没有宇宙，宇宙已经全部移转到他身上。对病人来说，世界从床头开始，在床脚告终。这景色便是拉斐尔的病床。

有谁在一生中不曾有过一次侦察蚂蚁的行迹和活动？不曾将干草塞进一个金黄色鼻涕虫借以呼吸的唯一洞口？不曾研究过一只瘦长的蜻蜓的花哨举动？有谁没有欣赏过一片橡树叶子，在红色的背景上突出无数彩色的脉络，活像哥特教堂的玫瑰花形玻璃？谁没有美妙地长久注视雨水或者阳光落在褐色瓦片上所产生的效果？或者欣赏过露珠、花瓣、花萼的形形色色的边缘？谁不曾沉溺在具体的梦幻里，懒洋洋又无所事事，漫无目的却会引导到某种思想里？谁不曾经历过童年的生活，没有工作，懒懒散散，像个野人似的生活？

拉斐尔就这样子过了好几天，没有忧虑，没有欲望，感觉身体有明显的好转，觉得特别舒服，这就平息了他的不安，减轻了他的痛苦。他攀登岩石，坐在高峰上，放眼眺望，前面景致宽广辽阔。他在那里整天整天地逗留，像草木向着太阳，像兔子守着洞穴。或者，为了熟悉植物的现象，天空的变化，他便观察大自然在地上、水里和空中各种成就的进展。

他企图和大自然的内在活动结合在一起，并且相当全面地对大自然消极服从，以便对支配仅有本能的生命那种专制而保守的法则俯首听命。他再也不愿意成为自己的负担。就像从前的罪犯一样，他们被法庭追捕，只要能到达祭台的阴影下面，就能得救，拉斐尔也尝试着躲进生命的圣殿里。他终于成功地变成这个广大而有力的果实的组成部分：他适应了各种恶劣天气，住过所有的岩洞，熟悉了所有植物的特性和习惯，研究过温泉的流动状况和矿脉，认识了不少动物；总而言之，他同这块一片生机的土地结合得那么好，可以说，他已经抓住了大地的灵魂，探知了它的秘密。对他来说，一切物类的无限形态，都是同一种物质的发展，同一种运动的各种组合的结果，这是一个巨大的存在物在作广大的呼吸，这个存在物活动，思想，走路，长大，拉斐尔也想同它一样长大，走路，思想和行动。他异想天开地把自己的生命同岩石的生活混同起来，他已植根于岩石之中。

亏得这种神秘的天启论，在他的虚假的康复期，拉斐尔处身在这个充满欢笑的美景最初时刻，就品尝到了第二个童年的乐趣，正如大自然在痛苦的过程中给予一定数量的休息一样，也允准一些有益的谵妄。他在这里寻幽探胜，计划做千件事，却一事无成，第二天就忘记了昨天的打算，他无忧无虑，觉得自己很幸福，他认为自己已经得救了。

一天早上，他偶然在床上一直逗留到中午，迷迷糊糊还在半睡半醒的梦幻中，在这种状态下，现实会穿上神奇的外衣，而幻想会有现实的轮廓。他第一次听到了女房东对若纳塔斯报告他的健康状况，若纳塔斯是每天都来问她的。那个奥弗涅籍的女房东一定是相信拉斐尔还在熟睡，没有压低她那山区妇女高音域。

她说："他的病没有见好，也没有变坏。昨天晚上他整夜咳嗽，咳得连灵魂都要咳出来了。他不停地咳，不停地吐痰，这位亲爱的先生，真叫人可怜。我同我男人，我们心想，他哪来的力气这样子咳法。真叫人心碎。他害的是什么倒霉的病！他是一点儿也没有好转啊！我一直害怕有一天早上会发现他死在床上。他的脸苍白得像个蜡制的耶稣像！真的，他起床时我看见过他，他的可怜的躯体简直骨瘦如柴。他自己甚至不觉得不好！他无所谓，他耗费精力来奔跑，仿佛他的健康好得不得了。他能忍住毫不抱怨，也算真有勇气。可是，说真的，他还是埋在地里比躺在草地上好，因为他在受着耶稣的苦难！我们并不希望这样的事情发生，先生，这并不符合我们的利益。可是即使他给我们的钱现在不给了，我们仍然爱他，我们不是受利益驱使的。"她接着说，

“啊！上帝！只有巴黎人会得到这种怪病！他从哪里得来的？可怜的年轻人，可以肯定他的病不会好了。这种寒热，您瞧，逐渐使你衰弱，使你消瘦，使你送命！他一点也不怀疑，一点也不知道，先生。他一点儿也没有发觉……若纳塔斯先生，不要为这个去哭！应该说，他将因不再受苦而觉得幸福。您应该为他奉献一台九日祈祷。我看见过有人因为九日祈祷病就好了，我情愿献一支蜡烛来挽救一个这么温柔，这么善良的人，他简直是复活节的羔羊。”

拉斐尔的声音太微弱了，使人无法听见，他不得不耐着性子听下这场多嘴瞎说。不过，他的忍耐到了极度时就把他赶下病床。

他对若纳塔斯喝道：“老坏蛋！你想要我死吗？”

女房东以为看见鬼了，吓得赶快逃走。

拉斐尔继续说：“我不许你对我的健康有丁点儿担心。”

老仆人一边揩眼泪一边回答：“是的，侯爵老爷。”

“你，从今以后，没有我的命令你最好不要到这儿来。”

若纳塔斯很想听从命令；可是，在离开以前，他用忠诚和同情的眼光望了侯爵一眼，拉斐尔从眼光中读到了他的死亡判决。拉斐尔一下子气馁了，猛然间明白了自己的真实处境，他坐在门槛上，双手交叉在胸前，垂下了脑袋。若纳塔斯吓坏了，走到主人身边。

“老爷？”

病人大喊：“滚开！滚开！”

第二天的早上，拉斐尔爬上岩石，坐在一个长满苔藓的裂缝上，从这里可以望见从温泉通到他的住处的一条狭窄的小径。岩石脚下，他远远望见若纳塔斯又在同女房东在谈话。一种恶作剧的力量，把他们频频点头，绝望的手势，女房东阴森可怖的天真谈吐，都对他一一阐明其含意，甚至有些致命的语言也通过风和在静寂中传送给他。

他害怕极了，只好逃到最高的山峰上，一直在那里待到傍晚，仍然不能驱逐那些不祥的思想，这些思想是由于他变成了残酷的关心对象而在他心中唤醒的。突然间女房东在夜幕的暗影下像影子似的猛然屹立在他面前；由于诗人的奇想，他想从她的黑白相间的裙子里，看出来同幽灵身上干枯的肋骨模糊地相似。

她对他说："露水落下来了，亲爱的先生。如果您继续留在这儿，您会不折不扣像颗落到泥泞里的果子那样烂在地里。应该回家了。吸进露水是不卫生的，何况您从早上到现在还没有吃过东西。"

他大喊起来："天打雷劈的，老巫婆，我命令您让我随自己的意思过活，否则我就搬走。每天早上您为我掘坟墓已经够了，起码晚上不要再掘了。"

"您的坟墓！先生！为您掘坟墓！它在哪里，您的坟墓？我们只想看见您跟我们的父亲一样健在，而不是在坟墓里！坟墓！我们总是相当早就要进坟墓的。"

拉斐尔说："够了。"

"请挽着我的胳膊，先生。"

"不用。"

男人最难接受的感情是怜悯，尤其是当他应该得到怜悯的时候。仇恨是一服滋补剂，它能使人活下去，它唤起复仇的念头；可是怜悯却能杀人，它使弱者更衰弱，它是变成花言巧语的恶意，它是藏在温柔里的蔑视，或者是藏在冒犯里的温柔。拉斐尔发现，在百岁老人心中，怜悯是得意扬扬的；在小孩身上，怜悯是好奇的；在妇人那里，怜悯是叫人厌烦的；在丈夫心里，怜悯是有利害关系的；可是，不管这种情感以何种形式出现，它始终育孕着死亡。一个诗人把一切都写成诗，或者是可怕的诗，或者是快乐的诗，要按他所受到强烈印象如何而定；他的激昂的心不采纳那些柔和的色调，总是选择那些强烈的和鲜明的色彩。眼前这种怜悯在拉斐尔的心里产生一种悲伤和忧郁的诗篇。他大概没有想到，当初他想接近大自然的时候，天然的感情是这样坦率的。有时他自认为单独一人在树下同顽固的咳嗽搏斗（他从来没有胜利过，总是吃了败仗出来），他往往看见一个小孩明亮而灵活的眼睛，小孩处在草丛中最醒目的地位，像个野人，小孩仔细端详着他，带着孩子的好奇心，其中包含着戏弄和乐趣，还结合着关心和冷漠无情。苦修会会士挂在口头的那句可怕的话："兄弟，人必有一死，"似乎经常写在同拉斐尔住在一起的老乡们的眼里；他不知道他最害怕的到底是他们的天真的说话，还是他们的沉默不语；他们的一切都使他感到不舒服。

一天早上，他看见两个穿黑衣服的男人在他周围转来转去，嗅嗅他，偷偷地研究他；然后，假装到这儿来散步，他们向他提出了几个普通的问题，他简单地回答了他们。他认出了他们一个是疗养院的医生，一个是疗养院的神父，毫无疑问是若纳塔斯派来的，他们是受到房东的询问或者被濒死者的气味吸引来的。他仿佛看到了自己的殡葬队伍，听见了神父们葬歌声，他数了数蜡烛，只能通过一层黑纱来观看这里的丰富的自然美景，他还以为他在这里重新找到了生命呢。过去向他宣告长寿的一切，现在都向他预言生命即将结束。第二天，他动身到巴黎去，临别时受到房东们对他凄凄凉凉和真诚地哀伤的祝愿。

经过整整一夜的旅行，他醒过来时已经处身在波旁内喜气洋洋的一个山谷中，眼前转动着这些美丽风光，很快就消逝过去，宛如梦中朦胧的景象一样。大自然以一种残酷的娇媚展示在他的眼前。过了不久阿利埃河就在肥沃的景色中展开它的波光粼粼的水带，然后，一些小村落端庄地隐藏在黄赭色岩石的峡谷深处，只露出它们的钟楼尖顶；一忽儿，一个小峡谷的磨坊突然出现在单调的葡萄园后面，接着总是出现秀丽的城堡，山腰里的村落，或者两边植着雄伟的白杨树的公路；最后是卢瓦河和它的长长的钻石河面在它的黄金色细沙中闪耀。真是无穷无尽的诱惑！激动的人自然，像儿童那样生气蓬勃，抑制不住6月的热爱和活力，必然要吸引病人无神的眼光。他拉起马车的百叶窗，又沉沉入睡了。

将近黄昏，马车驶过科纳，他被一阵快乐的音乐声吵醒，发现自己正好遇上一个乡村节日。驿站就坐落在广场附近。马车夫们为他的车子换马的时候，他看见了欢乐的居民们的跳舞，姑娘们头饰鲜花，又漂亮又迷人，年轻小伙子们充满活力，老农夫们的肥胖的脸很高兴地被酒灌红了。小孩子们在逗乐，老太婆们边说边笑，每个人都有一副好嗓子，欢乐的气氛甚至感染了衣服和摆好的酒席。广场同教堂都呈现出一派幸福景象；屋顶、窗户、甚至乡村的大门，都仿佛穿上了节日的盛装。

拉斐尔像所有垂死的人那样，不能忍受一丁点儿声音，他克制不住要发出一声可怕的喊声，他产生一个愿望，想使这些小提琴都变成哑巴，使这片欢腾化为乌有，使这些喧哗归于沉寂，驱散这个傲慢无礼的节日狂欢。他满怀悲愤地登上马车，回头再望广场，他看见快乐已被吓走了，乡下姑娘都走光了，板凳上空无一人，他的愿望实现了。只在供乐队使用的台上，还有一个瞎眼的乡村乐师，还在用他的单簧管，吹奏一支刺耳的圆舞曲。这个没有跳舞的音乐，这个孤独的老头，外表忧郁，衣衫褴褛，头发散乱，躲在一棵椴花树的阴影下，仿佛就是拉斐尔的愿望的幻想形象。猛然间6月里带电的乌云落下了一场倾盆大雨，顷刻间又云收雨散。这是十分自然的一件事，因而拉斐尔除了瞧一瞧天上几朵淡白的云被风吹走以外，并没有想到要看一眼那张驴皮。他重新缩进马车的角落里，车子不久就在路上滚动。

第二天他到了家，进了卧室，走近壁炉旁。他叫人生了一炉旺火，他觉得冷；若纳塔斯给他送来信件，全都是波利娜写来的。他慢条斯理地打开第一封信，摊开信纸，就像拿到的是收税官免费寄来的浅灰色催税单。他读第一段：

> 走了，这是逃跑，我的拉斐尔。怎么！没有人能告诉我你在哪儿？如果连我也不知道，有谁能知道呢？

他不愿意继续念下去，冷静地拿起那叠信，扔到壁炉里去，用冷漠而无神的眼光，凝视着火焰将带着香气的信纸扭曲、萎缩、翻腾、弄碎。

有些碎片在炉灰上滚动，让他看见了一些句子的开头，一些词，烧掉一半的思想，他觉得有趣，便不由自主地当作娱乐般看下去：

> 坐在你的门口……等待着……任性……我服从……情敌……我吗，不！……你的波利娜……爱……再也没有波利娜了吗……如果你想离开我，你还不至于抛弃我……永恒的爱……死……

这些片言碎语使他产生一种内疚之情，他拿起火钳，从火焰中救起了最后一片信纸。

波利娜在上面写着：

> 我嘀咕过，可是我没有抱怨，拉斐尔。你使我离开你这么远，你一定是想免除我受悲伤的重压。终有一

天，你也许会杀掉我，但是你太善良，不忍使我痛苦。好吧！不要再这样离开我了。我能忍受最大的痛苦，只要你在我身边就行。你要我忍受的忧愁不再成为忧愁：因为我心中的爱情比我向你表示过的还要多得多。我能忍受一切，只是不能忍受远离你身边而痛哭，又不知道你……

拉斐尔将被火烧焦的残余信纸放在壁炉上，突然间又把它扔进了火里。这张信纸太生动地象征他的爱情和命运了。

他对若纳塔斯说：“去把毕安训先生找来。”

毕安训医生来了，发现拉斐尔躺在床上。

“我的朋友，你能为我配制一种稍为带点鸦片的饮料吗？这种饮料要能经常使我处于昏睡的状态，又不至于因常喝它而有害身体。”

年轻的医师回答：“那最容易不过了，可是你每天得站立几个小时，以便吃饭啊。”

拉斐尔打断他的话头说：“几个小时？不，不，我充其量只想起来一个小时。”

毕安训问：“你为什么要这样做呢？”

病人回答：“因为睡着觉，还是活着。”

医生写配方的时候，拉斐尔对若纳塔斯说：“不要让任何人进来，哪怕是波利娜·德·维什诺小姐也不行。”

老仆人送年轻医生到大门口时，问毕安训：“荷拉斯先生，还有办法吗？”

医生不由自主地露出一个怀疑的手势，回答道：“他可以继续活很久，或者今晚就死。在他家里，活着和死去的机会是均等的。我一点也弄不明白。应该使他散散心。”

“使他散心！先生，您不了解他。他前几天连哼一声都没有就杀死了一个人！没有什么能使他散心。”

拉斐尔一连好几天无所事事地陷入假寐中。依靠鸦片的物质力量对我们非物质的灵魂产生作用，这位具有极丰富想象力的男子，降低到懒惰野兽的水平，这些野兽待在森林里，像植物的遗体，不肯挪动一步去抓一个容易抓到手的猎物。他连天上的灯光也熄灭了，阳光再也照不进他的屋里。约莫晚上 8 点钟，他起了床，并不清醒地意识到自己的生存，他吃饱了肚子，马上又去睡觉。他的冰冷而干缩的时间，只能带给他模糊的形象，在黑色的背景上一些表面痕迹，半明半暗的光线。他把自己埋在深沉的静寂里，不做任何动作也不思想。一天晚上，他比平时晚了许多才醒过来，发现晚餐没有为他准备好。他打铃叫若纳塔斯。

他对老仆人说：“你可以离开了。我已经使你成为富翁，你会度过一个幸福的晚年。可是我不愿意再让你玩弄我的生命。怎么！坏蛋，我饿了，我的晚餐在哪儿？回答我。”

若纳塔斯不由自主地露出一个满意的微笑，他拿起一根蜡烛，烛光在公馆的宏大房间一片黑暗中摇曳闪烁；他把又一次任人摆布的主人领到一间宽阔高大的走廊里，突然打开了走廊的门。马上拉斐尔身边溢满灯光，他觉得目耀眼眩，被面前从未见过的景象惊呆了。原来他的玻璃大吊灯全部装上了蜡烛，他花房里最罕见的奇花异卉很艺术地布置在各处，一张桌子上闪耀着银餐具、金器皿、螺钿和瓷器用具；一桌冒着热气的豪华宴席摆得齐齐整整，其中的美味珍馐使人馋涎欲滴。

他看见了他的朋友都邀请齐全，还有珠光宝气的女宾们混在一起，女客们袒胸露臂，头发上戴满鲜花，目光灼灼，一个个都貌美如花，通过肉感的化装尤其能挑逗人：这一个，用爱尔兰式紧腰上衣把最诱人的形体描绘出来，那一个，穿上一件性感的安达卢西亚式紧身女胸衣；这一个，扮成半裸体的狄安娜女猎神，那一个，仿照德·拉·瓦利埃小姐的打扮，显得羞怯而多情，她们全都准备一醉方休。所有来宾的眼光里都闪耀着快乐、爱情和欢愉。当拉斐尔死人般的面孔在门口出现时，爆发了一阵欢呼声，又迅速，又火红，活像这个临时凑成的盛宴发出的光线。人声，香气，光线，这些迷人的美女，全都刺激他的感官，唤醒他的食欲。一阵动听的音乐，从隔邻客厅传过来，以滔滔不绝的谐音掩盖了这种醉人的杂声，从而完成了这幅奇异的景象。

拉斐尔觉得自己的手被一只敏感的手紧紧握住，那是一个女人的手，女人就是阿基莉娜，她正抬起雪白、鲜嫩的胳膊要拥抱他。他明白了当前的景象并非他在灰蒙蒙的梦境里所见到的短暂景物那么模糊和怪异，他发出一声惨叫，猛然间把大门关上，朝他的老仆人的脸上狠狠地打了一个耳光。

他大声斥骂："混蛋，你一定要把我弄死吗？"

他由于刚才冒过一次险而心脏突突直跳，然而他还有余力回到自己的房间里，喝下大剂量的安眠药水，躺下睡着了。

若纳塔斯从地上爬起来说："真见鬼！毕安训先生倒是吩咐过我要他散散心的。"

时间接近午夜。在这时刻，出现了生理学的怪现象，使医学为之惊讶和遗憾，那就是拉斐尔在睡眠中焕发出美丽的光辉。他的雪白的双颊上染上的鲜艳的玫瑰色。他的优雅犹如少女的前额，显示他有天才。生命在这张安详而焕发的脸上如鲜花之盛开。简直可以说他是母亲保护下安睡的儿童。他睡的是一觉好觉，他的红嘴唇呼吸均匀，气息纯洁；他面露微笑，一定是梦见了美好的生活，也许他是百岁老人，也许他的孙儿女正在祝愿他长命百岁，也许他在太阳底下，坐在他的乡下长凳上，在树荫下像个先知那样，从高山顶上，望见了远方的乐土！

“原来你在这儿！”

这句话是用银铃般嗓音说出来的，立时驱散了他梦中的迷雾形象。借着灯光，他看见波利娜坐在他的床头，不过波利娜由于多日未见和心怀悲苦而显得更美丽了。

拉斐尔看见这张像睡莲似的洁白脸庞，不由得目瞪口呆，她的脸在黑色长发衬托之下，在阴影中显得更白。眼泪在她的颊上留下晶莹的泪痕，泪珠还挂在颊上，稍为一动，就可以落下。她穿着白色服装，脑袋倾斜，半屁股坐在床边，样子像刚从天上下凡的天使，又像一口气就可以吹散的幽灵。

拉斐尔睁开眼睛以后，她大声说：“我全忘记了。我只想对你说：我是你的！是的，我的心里充满了爱情。啊！我的天使，你从来没有这样美。你的眼睛令人震惊。可是我全猜到了！你是背着我去寻找健康，你怕我……就这样。”

拉斐尔用低沉的声音回答：“走吧，走吧。请你走开吧。你留在这里，我正要死。你想眼睁睁看着我死吗？”

她学着说：“死！难道你能留下我单独死去吗？死，你还年轻！死，可是我爱你！死！”她说话的声音深沉而带喉音，突然出现了一下疯狂的动作，她抓住他的双手。

她说：“你的手冰冷，难道是我的幻觉吗？”

拉斐尔从枕头下面取出那张驴皮，驴皮又小又易碎，像长春花的叶子一样，他让她瞧了瞧，说：“波利娜，这就是我的生命的美好形象，让我们道个永别吧。”

“永别？”她十分惊讶地跟着说一句。

“是的。这东西是一件法宝，它能满足我的一切愿望，代表我的生命。请看现在还剩下多少。如果你再盯着我瞧，我就要死了……”

年轻的姑娘以为拉斐尔神经有毛病，她拿起驴皮，走去找一盏灯来。摇曳的灯光同时照亮了拉斐尔和驴皮，她十分仔细地研究她的情人的脸同那张神奇驴皮的最后残余。拉斐尔看见她由于恐惧和爱情而越发变得漂亮，他控制不住自己了：过去卿卿我我的场面和极度兴奋的狂欢，早已作为回忆沉睡在他的心里，现在突然苏醒过来，就好像一炉不曾彻底熄灭的炉火，死灰复燃了。

“波利娜！到这儿来，波利娜！”

一声可怕的尖叫从年轻姑娘的喉咙里发出，她睁大了眼睛，原来因闻所未闻的痛苦而紧锁的双眉，现在由于恐怖而张开，她从拉斐尔的眼中看出来他有狂烈的情欲，过去她认为这是她的光荣；可是随着欲望的增强，她手中的驴皮也在收缩，使她的手发痒。她连想也不想，就直奔隔壁客厅，把门关上。

垂死的拉斐尔在后面追她，边追边喊：“波利娜！波利娜！我爱你！我喜欢你！我要你！如果你不开门，我就要诅咒你！我想为你而死！”

由于回光返照，他不知从哪里来的力气，把门推倒在地，看见他的情妇半裸着体，在一张长沙发上打滚。波利娜试着撕裂自己的胸脯自杀，未遂所愿，她想死得更快些，想用披肩来勒杀自己。

“只要我死，他就能得救！”她心里这样想，一边想一边毫无结果地勒紧活结。

她的头发散乱，裸露着肩膀，衣衫凌乱，在这场同死神的搏斗中，双眼含泪，脸像火烧，身体在可怕的绝望中扭曲，她在醉心于爱欲的拉斐尔眼中，越发千娇百媚，更增加了他的兴奋程度；他像猛禽那样轻捷地扑到她的身上，撕碎她的披肩，想搂她到怀里。

拉斐尔想找出一些语言来表达他的正在吞噬他的全部力量的情欲，他找到的是胸膛里哽住的喘息声，每一下呼吸都使胸膛更凹进一些，声音似乎从脏腑里发出来的。最后，他再也无法构成声音，他就咬住波利娜的胸脯。若纳塔斯听见了叫声惊骇万分，赶紧走来，看见年轻姑娘在角落里蹲在尸首上面，他设法将尸首从姑娘手中夺过来。

姑娘说："您要什么？他是我的，我杀了他，我不是已经预言过了吗？"

La peau de chagrin

B a l z a c

尾 声

“后来波利娜怎样了？”

“波利娜吗？好吧。你曾否有时在冬天一个温暖的夜里，坐在你家的火炉前面，甜蜜地回忆谈情说爱或者青春岁月，眼睛却在欣赏火焰在一块栎木上烧成的条纹？这儿，燃烧描绘出一块块方格，那里，它像天鹅绒般闪光；蓝色的小火焰奔跑、跳跃、在炽热的炭火上面游戏。一个陌生画家来了，他利用这片火焰，运用唯一的一种技巧，在这些紫色或者紫红色的火焰中间，绘画了一个超自然的人像，异常精致，这种转瞬即逝的现象，绝不会第二次出现。她是一个头发被风吹起的女人，她的侧面流露出美妙的热情，这是火中之火！她微笑，她消逝了，你永远不能再见到她。永别了，火焰之花；永别了，不完整的要素，意外的要素，来得过早或过迟，不能成为一粒好金刚石。”

“可是波利娜呢？”

“你还没听懂吗？我再说一遍。请让开！请让开！她来了，她是幻象之后，她像亲吻般易逝，她像闪电那样活跃，也像闪电那样从天上燃烧着喷射出来，她是非创造的存在，整个是精神，整个是爱情。她寄住在火焰的躯体之中，或者说，火焰为她才在一瞬间获得生命！她的身体线条十分美妙，使你会认为她是从天上来的。她难道不像天使般光辉灿烂吗？难道你没有听见她的翅膀在空中颤动的声音吗？她飞来停在你身旁比鸟儿更轻，她的可怕的眼睛吸引你；她的温和而有力的气息，像有魔法一样，引诱你的嘴唇；她逃走了，把你一起带走，你感到离开了大地。你很想用你的发痒的手，狂热的手，只要一次，摸一摸这个白雪般的躯体，搓揉一下这头金黄的头发，吻一吻这双亮晶晶的眼睛。一阵酒气使你陶醉，美妙的音乐使你着迷。你的神经全部震动，你浑身都是欲望，都是痛苦。啊，无以名之的幸福！你接触了这个女人的双唇，可是突然间一阵剧痛使你惊醒。哈，哈！你的脑袋撞到床角上了，你吻的是床柱的棕色桃花心木，冰冷冷的镀金床架，一个青铜制品，一个铜制的爱神。”

“可是，先生，波利娜呢？”

“还没有完！你听我说，一个明媚的早晨，一个青年人挽着一个漂亮女人的手，登上了一艘名叫‘昂热城’号轮船，从图尔出发。他俩这样联结在一起，长时间地欣赏卢瓦河宽阔水面上的一个白色形象，这个形象人工地从雾里诞生，仿佛像是水同阳光结合的结果，又像是云彩和空气任意形成的幻象。

“这个流动的物体一会儿是水精灵，一会儿又是空气中的女精灵，在空中飞翔，仿佛想找一个字，这个字在记忆里回旋，却想来想去想不出，不让你抓住；她在各个小岛间漫步，她在高高的白杨间摇头晃脑；后来，她变得硕大无朋，她或者使袍子里的无数褶裥闪耀发光，或者使阳光在她脸部周围造成的光轮灿烂夺目；她在村子上头飞行，在山丘上飞翔，好像想阻止汽轮船从于塞古堡前面经过。你简直可以说她是标致的堂妹中一个贵妇的幽灵，想保卫她的祖国不受现代的入侵。”

“好，我懂了，这就是波利娜。可是福多拉呢？”

“啊，福多拉，你会遇见她的。昨天她在滑稽剧院，今晚她要去歌剧院，她无处不在，如果你愿意这样说的话，她就是整个社会。”

巴黎，1830 至 1831 年

出 品 人：许　永
出版统筹：林园林
责任编辑：许宗华
特邀编辑：林园林
装帧设计：海　云
印制总监：蒋　波
发行总监：田峰峥

投稿信箱：cmsdbj@163.com
发　　行：北京创美汇品图书有限公司
发行热线：010-59799930

创美工厂
微信公众平台

创美工厂
官方微博